Herdemciwanê

Berhevkar:
Eslîxan Yildirim

HERDEMCIWANÊ
Berhevkar
Eslîxan Yildirim

WEŞANÊN AZAD
Çîrok: 01/01

Edîtor
Eslîxan Yildirim

Sererastkirin
Serwet Denîz

Berg û Rûpelsazî
Şener Özmen

Çapa Yekemîn:
Enstîtuya Kurdî Ya Amedê, 2009

Çapa Duyemîn
Weşanên Azad, 2013

Çapxane
İMAJ MATBAACILIK SAN. TİC. LTD. ŞTİ.
Litros Yolu, 2. Matbaacılar Sitesi, C Blok 2 BC 6
Topkapı / İstanbul
Tel: 00 90 212 501 91 40
Sertîfîka No: 26954

ISBN: 978-0-9575612-0-5
Company No: 8291088

Navnîşan
WEŞANXANEYA AZAD
41 Handa Walk
LONDON
N1 2RF
www.wesanxaneyaazad.com
info@wesanenazad.com

Herdemciwanê

Berhevkar:
Eslîxan Yildirim

Eslîxan Yildirim

Di sala 1960'î de li Nisêbînê hatiye dinyayê. Dibistana seretayî û ya navîn li Nisebî-
nê xwendiye. Dûre li Erziromê, Lîseya Mamostehiyê ya Keçikan a Nenehatûnê û
dîsa di heman dibistanê de Enstîtuya Perwerdehiyê qedandiye. Bîst salan li Nisêbî-
nê mamostetî kiriye. Ji sala 1999'an ve li ser dîrok û çandê lêkolînê dike. Sê zarokên
wê hene. Bi Kurmancî, Tirkî û hinekî jî Erebî û Ingilîzî dizane.

Berhemên wê:

Tarihin Tanığı Nusaybin (Nisêbîna Şahida Dîrokê), Şaredariya Nisêbînê, 2001
Kaniyek ji Mezopotamyayê Nisêbîn, Weşanên Enstîtuya Kurdî ya Stenbolê, 2005
Herdemciwanê (Çîrokên Gelêrî), Çapa I., Weşanên Enstîtuya Kurdî ya Amedê, 2009
5 Çîrokên Zarokan (Pîrê û Dîk, Gayê Cot, Herdemciwanê, Pîrê û Rovî, Rovî û Şêr),
Weşanên Enstîtuya Kurdî ya Amedê, 2009
*Di Sedsala 20'an de Kurdistan û Sînor, Cild I (Dîroka Sînorê Di Kurdistana Bêsînor
De)*, Weşanên Enstîtuya Kurdî ya Amedê, 2009

Naverok

PÊŞGOTIN

Dema em zarok bûn me gelek caran li çîrokan guh-
dar dikir. Zêde kêfa me ji çîrokan re dihat. Hin
çîrok bi şevan dom dikir. Hin ji wan ji bo ku gelek
caran dihatin gotin me hemû zanibûn lê dîsa jî em ji wan têr
nedibûn û me dîsa dîsa didan gotin. Çîrokbêj her ku çîrok
digot em pê re diketin dinyaya çîrokê; navên ku di çîrokan de
derbas dibûn, wek kanî, hût, teyrê sîmir di xeyala her zarokekî
de bi hawayekî bûn, lê dema dihat gotin, 'Hût got; Biim, biim
bêhna xelkê xerîb tê!' dibû kurpekurpa dilê me tevan.

Me zanibû çîrok gelekî xweş in, em pê diketin nav xeyalên
bêserî û bêbinî jî. Lê qet me nizanibû ku rojekê em ê wan ji bîr
bikin û nikaribin ji zarokên xwe re bibêjin. Hinekan ji me nêzi-
kî sed çîrokî ji ber kiribûn. Ji bilî ku kal û pîr, dê û bavê me ji
me re bêjin me zarokan jî di nav hev de carna ev çîrok ji hev re
digotin. Îro dema min ji wan kesan xwest ku wan çîrokan ji me
re bibêjin, bi piranî gotin me ji bîr kirine. Hinek ji wan ji çîro-
kekê çend gotin hatin bîra wan, hinekan ji wan dema ji me re
vegotin çend çîrok tevlihev kirin. Ev ne tenê ji bo derdora min
î nêzik wilo ye. Min ji gelek kesan pirsî û hema hema bersiv
eynî bû. Yanê îro tu kes ji me û zarokên me wek dê û bavên
xwe, pîrik û kalikên xwe nizane çirokan bêje. Pîr û kalên me jî

7

hemû bi çîrokan nizanin, hin ji wan zanin. Ew jî ji ber ku bi salan wan nabêjin wek ê berê nizanin. Hin ji yên ku çîrok ji min re gotin beşeke çîrokê zanibûn bi beşekê nizanibûn. Bi qasî dihat bîra min cudabûna wan ji yên ku di zarotiya xwe de min guhdar kiribûn hebûn; çîrokin jê min ji çend kesan guhdar kir heta bi tevayî temam bûn. Ji ber wilo çîrokên me gelek tişt ji xwe winda kirine. Bêgûman di vê navberê de gelek çîrokên me jî bi kalik û pîrkên me yên çûne ser dilovaniya xwe re çûne, winda bûne.

Me çima çîrok ji bîr kirin? Sedema vê ji me hemûyan ve diyar e. Heta beriya sih çil salî di civatên kurdan de gelek caran wens bi çîrokan bû. Yanî ne tenê ji biçûkan re, di civatên mezinan de jî gelek derban çîrok dihatin gotin. Çîrokan him hişmendî didan, him ji bûyerên derên dûr û ji dîrokê xeber didan. Ji ber wilo berê bandora çîrokan bi gelek hawayan li ser civatê hebû. Lê îro ji ber tiştên wek televizyon û kompîturan jiyan bi tevayî hatiye guhertin. Wek berê di şevbuhêrkan de çîrok nayên gotin. Hin ji çîrokzanan belkî her ji çend salan carekê nema çîrokan dibêjin. Ev jî jibîrkirin û tevlihevkirinê bi xwe re tîne.

Ji bilî jibîrkirin û tevlihevkirinê çîrokên me yên hene jî li gora demê qels mane. Wek ku me li jorê îfade kir kesên me yên bi çîrokan zanin kesên bi emir mezin û ji perwerdehiya demê dûr in. Ev jî dike ku çîrok qels bikeve. Yanê tu bikî nekî kesê ku çîrokê vedibêje xwe jî tevlê dike. Meyla çîrokbêj, nêrîna çîrokbêj tevlî çîrokê dibe. Hûn ê vêna di çîrokan de jî bibînin. Mînak, hin motîfên di çîrokê de tên bikaranîn mirov dibîne ku bêhna beriya hezar salan jê tê lê bi bandora Misilmaniyê gelek çîrokbêj mijarê bi olê û bi gotinên baweriya xwe dihûnin. Di hin çîrokan de jî motîfên îro hene. Ev bi çîrokbêj û têgihiştina wan ve girêdayî ye.

Ji aliyekî ve ji ber ku dibistan û saziyên kurdan tune ne kurd bi dilê xwe nikarin çanda xwe bi pêş bixin û belav bikin. Ji aliyê din ve ji ber ku îro teknolojiya wek televizyon û înternetê gelek wextê neslê niha digire û ev jî bi piranî bi zimanekî din e û ji çand û nêrînên biyanî xeber dide neslê nuh di bin bandora jiyaneke ji derveyî xwe de ye. Ev jî gelek pirsgirêkan bi xwe re tîne.

Wek ku em hemû zanin edebiyata devkî di çanda neteweyan de pir girîng e. Edebiyata kurdan a devkî gelekî dewlemend e, lê ji ber sedemên ku me li jorê da xuyakirin ber bi windabûnê ve dere û heta niha bi qasî hêjabûna xwe cih di cîhanê de negirtiye. Heger xortên me yên ku nû digihên bi çanda xwe û bi zimanê xwe perwerde bibûna bêgûman wê îro edebiyata me di asteke din de bûya. Heke em bên ser çîrokan bêgûman wê zêdetir çîrokên me hebûna, wê xweştir bibûna û gelek ji wan bi derfetên serdemê wê ji hin xebatên wêjeyê re bibûna bingeh, hin ji wan wê bibûna fîlm û hwd. Lê hîn ne dereng e. Ku di demeke nêzik de li hemû herêman kampanyayek bê destpêkirin û hemû tiştên mayî bikevin bin qeydiyan, wê danheveke pir hêja derkeve holê.

Çîrokên di vê kitêbê de tenê li Nisêbînê hatine berhevkirin. Heta ez karim bêjim ev danhevî bi piranî min ji kesên derdora xwe kiriye. Ji ber wilo ev çend çîrok ji çîrokên herêma me ne dilopek in jî. Min hîn ji dema xebata kitêba Nisêbînê dest bi berhevkirina van çîrokan kiribû û çîrokên bi navê *Mihemed, Teştro, Pîrê û Rovî, Mirîşka Gavên, Pîrê û Dîk, Gayê Cot* di kitêbê de cih girtibûn. Bi dû de min berhevkirina xwe dewam kir û niha ez ji vê danhevê hinekî bi we re par ve dikim. Çîrokin jê li gelek herêman tên gotin, lê hin cudabûn di navbera wan de heye. Carna di herêmekê de jî eynî çîrok cuda cuda tên gotin. Ji ber wilo dibe ku hinek xwendevan van çîrokan bi lewnekî din zanibin.

Çîrokên di vê kitêbê de cure cure ne. Gelek şiklên çîrokan di vir de cih girtine. Lehengê hinekan ji wan dîk in, ê hinekan ji wan xortekî jêhatî û spehî ye. Di hinan jê de hût û teba hene. Lehengê hinekan jê *Senecoq* û *Reşik* in. *Reşik* û *Senecoq* di çîrokên kurdan de kesayetiyên cuda ne û bi serê xwe ne. Bi piranî zarokên jîr û mekroh temsîl dikin. Gelek çîrokên *Reşik* û *Senecoq* hene. Tenê me sê mînak girtine. Bi kurtasî mirov kare bêje gelek dinyayên cuda di van çîrokan de hene.

Ev çîrok ji kesên ku temenê wan ji çil salî zêdetir e hatine guhdarîkirin, piraniya wan di kasetên teyb û kamerayan de hatine qeydkirin û me dûre nivîsîne. Min nexwest ez dest bidim gotina çirokan, çilo hatibûn gotin min wilo nivîsîn. Tenê di hinek cihan de bêyî ku vegotin bê guhertin hin rastkirin hatin kirin. Ji ber wilo bêgûman wê kêmanî di rastnivîsê de hebin.

Ji aliyê din ve wek ku tê zanîn çîrokgotin û çîroknivîsandin gelekî cuda ne. Dema kesek çîrokan dibêje bi lebt û dengê xwe çîrokê temam dike û wê zindî dike. Dema gotin tê nivîsandin tu bikî nekî ew germayî kêm dibe. Encex bi vegotinina mirov karibû wê valahiyê hebekî dagire lê wek ku min berê îfade kir min nexwest ez zêde dest bidim van çîrokan. Ji ber ku ev xebat bi armanca arşîvkirinê hat kirin. Ku mirov bixwaze dûre mirov kare li ser van çîrokan bi gelek hawayî xebatê cuda bike.

Di vê xebatê de keda gelek kesan heye. Ez dixwazim spasiyên xwe pêşkêşî wan bikim. Beriya her tiştî kesên ku çîrok ji me re vegotin wek Zeko Elmas, Edla Akdogan, Şikriyê (Akçakale) Talatî, Mehmed Yildiz, Xensê Dag, Mehmet Çetîn, Huseyîn Tokay, Xalîp Yusufoglu, Zibêda Yildirim ez gelekî spasiyên xwe pêşkêşî wan dikim. Çîrokên ku me dan hev hîna me hemû nenivîsîne. Tenê hinekan ji wan di vir de cih girtiye. Di tîprêziya çîrokên di vê kitêbê de di serî de Gula Zibêr û Halîme

Aslan, alîkariya Adar Tanhan, Mahmût Aş û Medya Yildirim gelekî bi min re çêbû. Ez gelekî spasdarê wan im. Piştî min nivîs hebekî bi ser hev de anîn bi pêşniyar û alîkariya hin kesên di edebiyata kurdî de xwedî cihekî girîng in xebatê şiklê xwe yê dawîn girt. Mînak, di çîrokên bi navê *Herdemciwanê* û *Kerê Lalê Fûriya Ava Girarê* de nivîskar û helbestvan Bro Omerî alîkarî bi min re kir. Çîroka bi navê Gulperî bi alîkariya helbestvan Arjen Arî hat rastkirin. Di dawiyê de hemû ji aliyê xebatkarên Enstîtuya Kurdî ya Amedê ve hatin kontrolkirin. Ez spasiyên xwe pêşkêşî hemûyan dikim. Ez spasiyên xwe pêşkêşî yên ku alîkarî kirine û navê wan nehatiye nivîsandin hemûyan jî dikim. Herî dawiyê ez dixwazim spasiyên xwe pêşkêşî malbata xwe bikim. Her çar birayên min di hemû xebatên min de di her warî de alîkariya wan bi min re gelekî çêdibe. Ez çiqas spas bikim têr nake. Diya min ji ber ku her dem a herî nêzikî min bû, dema ez di derekê de dialiqîm pirî caran min ji wê alîkarî dixwest. Ji bilî vê, wê jî hin çîrok û serpêhatî ji min re gotin û min ew qeyd kirin. Bi kurtasî alîkariya diya min gelekî bi min re bûye. Spas yadê.

Eslîxan Yildirim

SÎN Û GULÊ, XERACÊ MISRÊ, SOLKIRÊ BEXDÊ

∾

Carek hebû ji caran, rehme li dê û bavê guhdaran. Dibê, biraziyekî yekî hebû, navê wî Mihemed bû. Mihemed dere cem apê xwe dibêje, apo keçika xwe bide min. Apê wî dibêje, ku tu meseleya Sîn û Gulê, Xeracê Misrê, Solkirê Bexdê ji min re neynî ez qîza xwe nadim te. Ew jî radibe karê xwe dike ku here, van meseleyan fêm bike, lê nizane bê wê bi ku de here, wê çilo bi ser wan vebe. Dide ser rê, dibê helbet ez ê bi ser hinan vebim, ez ê ji wan bipirsim, encex bi pirsê ez xwe bigihînim wan. Dere û dere û dere dibetile. Digihê darekê. Li bin darê rûdinê, kurkê xwe dikişîne serê xwe û dibêje, ez ê bêhnikekê ji xwe re razêm bê ka Xwedê çawa dike. Carekê dinêre ku hema marekî qalind, devê wî ji hev û bi darê ve hilkişiya ku here çêlikên teyrê baz bixwe. Ew jî nemerdiyê nake, hema radibe ser xwe, radihêje şûrê xwe li serê mar dixe û dike qetqetî. Sê çar çêlikên baz hene, her çêlikekê qetekî datîne ber wan û yekî jî datîne dera hanê, dibêje, ev jî ji diya we re. Îcar ji darê dadikeve û dîsa serê xwe dixe bin kurkê xwe û di xew re dere.

Teyr jî ji wê ve tê, dinêre ku reşek li bin darê ye. Bi xezeb tê yê, dibê heye neye yê ku her sal çêlikên min dixwe ev e. Dere radihêje zirnihîtekî weke gayekî û dike ku bi ser serê Mihemed de berde. Hema çêlikan kir wîze wîz û gotin,

- Yadê wîlo nek!

Diya wan got,

- Çima?

Gotin,

- Bise, wî ruhê me xelas kir, tu ka wer!

Wê jî kevir berda, hat nav çêlikan, nêrî ku va zirqetekî mar li wir e. Çêlikan got,

- Yadê! Marek hat ku me bixwe, vî zilamî hat mar kir qetqetî û her yekî ji me qetek da me, me xwar; got, ev jî behra diya we, ev ji te re hişt.

Mihemed hingî betiliye, roj jî tê ser şiyar nabe. Teyr dibêje, ev qencî bi min û zarokên min kiriye divê ez lê miqate bim. Radibe baskê xwe di ser serê Mihemed re vedike fireh dike, jê re dike sî. Mihemed heta berê êvarî jî şiyar nabe. Kêm zêde ka bê heta kengî dimîne. Dema şiyar dibe, teyr difire û xwe berdide ber, pê re diaxive. Dibêje,

- Te ev qencî bi min kiriye, ka ez ji te re çi bikim? Di dinyayê de te çi divê? Her sal ez dihatim ku çêlikên min tune ne, tu nabêjî wî marî dixwarin. Te em jê xelas kirin. Ez qenciya te li xwe nahêlim. Ka ez ji te re çi bikim?

Mihemed dibêje,

- Tê çi qenciyê bi min bikî, ez li ser riyekê me ez nizanim ez bi ku de derim. Ez ji bo meseleya Sîn û Gulê, Xeracê Misrê, Solkirê Bexdê fêm bikim derketime rê, lê ez nizanim ez ê bi ku de herim, ez ê çilo xwe bigihînim wan.

Teyr dibêje,

- Ez cihê wan zanim. Tu kengî digihê wan... Ku ez te nedim ser baskên xwe û li cem wan yek bi yek negerînim tu nikarî

14

bigihîjî wan.

Mihemed dibêje,

- De ka ez çawa bikim?

Teyr dibêje,

- Bajarek li pişt vî çiyayî heye. Here vî bajarî heft dûvên beranan û heft tenûr nan werîne. Dema min tu birî, her ez bilind bûm tê dûvekî û tenûrek nan bavêjî devê min, ji bo ku taqet bi min ve bê. Yan na ez nikarim te bibim her sê bajaran.

Mihemed radibe dere bajêr. Bi rê de tî dibe, dere malekê li derî dixe, jina malê derdikeve. Dibêje,

- Roja we bi xêr xwehê, ez tî bûme tu firek av nadî min. Xwakê dimîne heyirî, ava wê tune ye. Fedî dike lê ma wê çi bike dibêje,

- Kekê ava me tune ye.

Mihemed got,

- Çima?

Jinikê got,

- Hûtek ketiye devê kaniya me, nahêle em avê jê bînin. Her ji heft rojan em ê keçikekê bixemilînin bikin wek bûkan û em ê bibin miqabilî wî; wê bê xwe dadê, heta keçikê bixwe, bigeh-firîne wê avê berde. Di vê navê re her yekê em ji xwe re cerek av direvînin û wê dîsa bê bikeve devê kaniyê. Jixwe îşev dora qiza paşê bajêr e, wê keçika xwe bixemilîne bibe jê re.

Mihemed radibe dere cem xerat, keçikekê ji textikan çêdi-ke. Destên wê, lingên wê, serê wê, çavên wê, porê wê wek însa-nan çêdike û çavên wê jî kil dike, hema tê bibêjî eyn însan e. Lê hundirê wê tije barûd, saçme, bizmar kiriye ku hema bê devê xwe bavêjê wê bi derbekê re agir bavêjê û wê ji hev bela wela bike.

Mihemed radihêje keçika ji dar û dere bal kaniyê. Qîza paşê bajêr jî hatiye ku wê bidin hût. Keçika paşê dinêre ku wa ye keçikek din di destê zilamekî de ye û ber bi hût ve dere. Ew disekine. Hût tê, dema devê xwe tavê keçikê Mihemed dibê çerq û şixatê pê dixe, agir berdide keçika darîn û ew qas derb û saçme û barûd bi hût de diteqe, hût dibe piçik û parî. Av diherike, tev dibe xwîn; hema keçika paşê destê xwe di nav xwînê dadike û li nav pişta Mihemed dixe.

Delêl berdidin nav bajêr, bela dibe ku av hatiye berdan. Li bajêr dibe qîr û qiyamet. Heçî digihên hev dibêjin, ev çi bû, çawa çêbû, kê ew hût kuşt?

Dibê, Paşê temamê bajêr civand û got,

- Ka bêjin bê kê ev qencî kiriye?

Li hev dinêrin, ew dibê ez im, ew dibê ez im...

Keçik dibêje,

- Na, ne ev in, min nîşan kiriye ez nas dikim.

Û dikeve nav wan. Şûna destê xwe yê bi xwîn li nav pişta Mihemed dibîne. Dibêje,

- Yabo ev e.

Dinêrin li nav pişta wî şûna destê keçikê yê bi xwîn heye. Paşê got,

- Ya xortê delal, te qenciyek pir mezin bi me û bajarê me kir. Ka em ji te re çi bikin? Te çi ji dinyayê divê ez ê bidim te.

Temamê civata wî dibêje, te keçik ji hût re şandibû, va ye keçik ji mirinê xelas kir ; keçikê bidê û hew. Mihemed dibêje,

- Dergîstiya min heye, ji bo wê ez di vir re derketime. Min ji we qebûl e, tiştê heye ez ê tiştekî ji we bixwazim, wê bidin min bes e.

Paşe dibêje,

- Çi ye?

Mihemed dibêje

- Heft dûvên beranan û heft tenûr nan.

Paşe dibêje,

- Ev û ne tiştekî din.

Hema her yek ji aliyê xwe ve bixar beziya; ê ku heywan serjê kir, ê ku hevîr kir, ê ku bi tenûrê ve bazda nan çêkir. Heft tenûr nan û heft dûvên beranan wê saetê hazir kirin û anîn li devê derî danîn. Mihemed ew birin û çû cem teyr. Teyr got,

- Dûvekî û tenûrek nan bavê devê min û wer ser pişta min.

Mihemed nan û dûv dayê, çû li ser pişta teyr xwe bi cî kir û teyr firiya. Teyr xwe bilind kir, bilind kir û carê dibêje 'Mihemed ma dinya ji te ve çawa xuya ye?' Mihemed dibêje, bû bi qasî hewşekê; kêlîkek din dibêje bû bi qasî teştekê. Di vê navê re carê dûvekî û tenûrek nan daveje devê teyr. De û de û de, Mihemed dibêje, bû bi qasî hêkekê û dawiyê got ew jî nema xuya ye, ji reşk û tarî de ket. Fêm kirin ku gihan bajarê Sîn û Gulê. Teyr dibêje,

- Mihemed qesra Sîn û Gulê di neqeba heft behran de ye. Ez ê te bibim heta ber şivîla qesrê û ez ê du perîkên xwe bidim te. Tê herî binerî, bipirsî. Kêliya li te teng bû tê her du periyên min li hev bixî ez ê li ber te hazir bim.

Mihemed dere hundirê qesrê, Sîn bixêrhatinê tê dide û bi mêvanê xwe dadikeve. Mihemed dinêre ku mêkewek li wir e, zerikek dims û zerikek xwê li ber e. Dibîne ku mêkew nikilê xwe di xwê dadike û di dims dadike, di xwê dadike û di dims dadike. Dims ji bedêla avê ve vedixwe û xwê jî di bedêla xwarinê de dixwe. Xwarin ji Mihemed re danîn, Sîn got,

- Kerem bike xwarinê bixwe, xwarin hazir e. Tu ji riya dûr ve hatiyî niha tu birçî yî.

Mihemed got,

- Na ez xwarina we naxwim. Heta tu meseleya vê mêkewê ji min re nebêjî ez xwarina we naxwim. Ev mêkew çima dims vedixwe û xwê dixwe.

Sîn got,

- Biner Mihemed min ev qesr ji seriyên kesên ku bi mesele-ya me hisiyaye ava kiriye. Ez meseleyê ji te re bibêjim divê ez serê te jêkim.

Mihemed got,

- Bila ez vê meseleyê fêm bikim, xem nake serê min jê ke.

Sîn dest bi meseleya xwe kir, got,

- Ev kew keçika apê min bû, hîn di zikê diya xwe de bû min digot ku zaroka hina çêbibe ez ê ji xwe re xwedî bikim, ez nahêlim şîrê însanan bixwe. Bila şîrê însanan nere zikê wê. Wexta jinapa min welidî keçikek jê re çêbû, ji min re gotin wa ye jinapa te welidî. Ez bixara çûm min ji jinapa xwe re got, jina-pê şîrê xwe nedê û vê keçikê bide min. Jinapa min got, lawo ji te re, bibe. Keçik dan min, min anî mal û min xwedî kir bi şîr û şekir. Min şûşt û veşûşt, min ediland. Çi jê re lazim bibûya min ji ku û çilo baniya min ê baniya. Min mezin kir, min kir mektebê, mekteb jî xelas kir. Piştî emrê wê bu 14, 15 sal, min got îcar bes, ez ê li xwe mehr bikim. Keçika apê min e, min xwedî kiriye û ez gelekî jê hez dikim. Min li xwe mehr kir. Sal derbas bûn. Hespekî min ê bayî heye û yek jî yê behrî heye. Ez dinêrim hespê bayî ismê ruh lê nemaye. Ez difikirim, ez dibê-jim ev çima hespê min wilo lê hatiye. Min got, a baş ez îşev guhdariyê lê bikim, ez binerim bê halê wê çi hal e. Em ketin nav cihan, dil jina min de ez ketim xew de; min dît hêdîka ji ber min rabû, çû morîka xewê anî xist ber guhê min û çû ber sindoqê bedlek çekê xweşik li xwe kir, li ber mirêkê xwe kil kir, xwe ediland û derket. Min bi dû de nêrî û hêdîka ez rabûm min li pêjna wê guhdar kir. Min dît li hespê min ê bayî siwar bû û çû. Min jî da dû. De li vir û de li wir, ji bajêr derket, ket çiyakî û sekinî. Min jî hespê xwe li cihekî girêda û ez peya mam bi dû de. Geh ez xwe li ber tehtekê vedişêrim, geh ez dikevim ber hejikekê. Min dît çû ber devê şkeftekê, hespê xwe li wir girêda û bi derencê ve daket. Nuh ket derî dengek ji hundir hat got, "Ez ê îşev sed daran li te xim, çima tu zû nehatî?" Jinikê got, "Ma ez çawa bikim, nebxêro ranediza. Heta ku ket xew ez hatim, ma ez çawa bikim." Ez ber bi şkeftê ve çûm ew hîn pevdiçûn. Mêrik got, "Min sund xwariye ez ê sed darî li te xim." Û rahişt melkesê li nav pişta wê xist, got, "Ev jî sed dar heye." Ya Mihemed, kêf û henekê xwe kirin. Dûre deng hat got, "Îcar divê ez rabim herim." Min jî xwe da alî. Min dît derket, bi ser pişta hespê ket û çû. Ez ketim şkeftê, min nêrî; ku pênc zarokên wê û mêrê wê ev şeş nefs li jêr in, ebîdê reş in. Min rabû serê ebîd û her pênc zarokên wan jê kir û serê wan xist xurcika xwe, min avêt ser mehîna xwe û min da rê. Min zanibû jina min di ku derê re dere, di dera nêzik re min li oxira wê xist û berî wê min xwe gihand malê. Min xurcika xwe danî hundir û ez çûm min dîsa xwe xist nav livînan. Min morîka xewê xist guhê xwe û min çavê xwe girt min xwe di xew re bir.

Min dît va ye pêjna wê hat. Çû hesp bir axo girêda û hat hundir xwe vekir, çekên xwe xist sindoqê û ber bi livînan ve hat. Jixwe bûye sibeh. Xwe xist nav livînan nexist, min xwe veparimand, min got, iiih çima îşev xewa min ne xweş bû. Jinê biner min tehlikin anîbûn, evarî min ji bîr kir ez bibêjim werîne em bixwin, here niha werîne. Min dît çû rahişt xurcikê got, ya star ev çi giran e. Anî û got guş û vala kir. Nêrî ku serê zarokên wê û mêrê wê ne. Hema bi şiva sêrê ve beziya û hat şivek li nav pişta min xist got, bibe ker. Ez bûm ker. Dehfek jî da min ez derxistim hewşê û berda min. Ez mam li ser sergoyan. Ez ne karim qirşikan bixwim, ne tiştê din. Çavê min li xwarinê digere, dilê min nabije tiştên din. Lê ma ka! Ez digerim, digerim heta gepik nanê hişk ji nav gemara xelkê bi dest min dikeve. Roj bi roj ez ji dest xwe derim. Carekê min dît va ye yek tê dibêje, va ye kerek bêxwedî, ez ê pê ava liquntê bikişînim. Ez birim, kurtan li min kir û heta êvarê av bi min kişand. Carê kayê bi serê min vedike û wilo derdixe; dibêje, ev bêxwedî kayê naxwe û hema heta êvarê wê avê bi min bikişîne. Pişta min hemû bû birîn, di bin wan tenekeyan de ez diricifim, ez birçî me. Min got, vî mala min xera kir wilo çênabe. Min got gurm û xwe bi ser tenekan de xist; hemû pelixîn. Mêrik got, bêxwe-diyo te tenekeyên min hemû şikênandin. Rabû kurtan ji min kir û dehfek da min. Ez dîsa mam li derve li ser sergoyan.

Dema Sîn vana ji Mihemed re vedibêje carê ji kewê re dibê-je, ma wilo bû ne wilo bû? Kew jî nikulê xwe li erdê dixe, wek ku bibêje erê wilo bû, serê xwe dihejîne. Her dibêje ji kewê dipirse, "Ma wilo bû, ne wilo bû?" Ew jî serê xwe dihejîne û nikulê xwe li erdê dixîne, dibêje, "Erê wilo bû."

Û Sîn axaftina xwe dom dike, dibêje,

- Du xwehên Gulê hene. Li bajarekî din in. Dibêjin, ka em herin cem Sîn û Gulê bê halê wan çi ye, îşê wan çilo ye. Dema hatin di ber min re çûn, yek ji wan li xwe vegeriya got, ez xêrê ji layê xwe nebînim ev çavê Sîn in! Ez nas dikim, eyn ew qeh-pika xweha min ew kiriye ker. Min jî serê xwe hejand, yanî min got ez im. Ez nas kirim. Dere malê dibêje, "Kanî Sîn?" Gulê dibêje, "Ez ji ku zanim." Xweha wê dibêje, "Bi rê de me kerek dît, me şibandê. Qey te kiriye ker, pepûkê? Gulê dibêje, min nedîtiye. Ez mame li ser sergoyan, heta ez piçek nan bi dest dixim çavê min derdikeve. Tu nabêjî xweha wê şiva sihrê jê didize; min dît va ye hat û şiv li min xist ez kirim wek berê, wek niha. Ez dîsa bûm zilam.

Sîn ji kewê re dibêje, "Wilo bû ne wilo bû?" Kew serê xwe dihejîne dibêje, "Wilo bû." Û dîsa dewam dike, dibêje,

- Xwehê wê çûn mala xwe. Piştî xweh çûn dîsa şiv li min xist, ez vê carê kirim kûçik û berda min. Ez vir de wir de derim, ez mam li ber tenûran. Ez li ber tenûran vedikevim bê hinek tiştekî nadin min. Kûçik jî li min vedihewin, min bêhn dikin. De ne bêhna însanan ji min tê. Min bêhn dikin û dibe ewt ewta wan, geh dev li min dikin. Ez ji ber wan direvim xwe dixim qul milan.

Carê Sîn ji kewê re dibêje, "Wilo bû ne wilo bû?" Kew serê xwe dihejîne dibêje, "Wilo bû."

- Demek tê re derbas bû. Xwehên wê dibêjin, "Ma di dilê me de, gelo halê wan çilo ye? Dîsa vê tiştin bi serê Sîn de neanîbe, ka em dîsa seriyekî bidin wan." Xwehê wê dîsa hatin, di ber min re çûn; yekê got, "Ez xêrê ji birayê xwe nebînim ev ne kûçik e, çavê vî tevde çavê Sîn e, ez zanim! Ev xweha me vê derbê Sîn kiriye kûçik." Min jî terya xwe hejand.

Çûne malê gotine, "Ka Sîn dîsa ne xuya ye?" Gulê gotiye, "Ez nizanim, min nedîtiye." Dîsa bi hawayekî şivê jê didizin û tên. Hatin şiv li min xistin ez kirim însanê berê.

Sîn ji kewê dipirse, dibêje, "Wilo bû, ne wilo bû?" Kew niku- lê xwe li erdê dixe. Sîn dîsa axaftina xwe didomîne,

- Xwehên wê pê de xeyidîn gotin, "Vî zilamî tu xwedî kirî, tu şûştî û veşûştî; tu çima wilo bê nan û xwê derketî." Xweh rabûn çûn malê. Vê derbê ji bo ku şivê bi dest bixînim ez mam bi dû şivê de. Kêliya derba min lê hat min rahişt şivê û min li jina xwe xist; min got bibe mêkew û heta tu sax bî bila dims û xwê li ber te be. Ji wî wextî heta nuha jina min bû kew û dims û xwê dixwe. Ev kew jina min e. Îcar va tu bi çîroka min hisi- yayî, divê ez serê te jê kim. Mihemed got,

- Bila heyra, lê destûrê bide min, ez herim destavakê bistî- nim.

Sîn got,

- Here.

Hema Mihemed çilo derdikeve ku here destavê perîkên teyr li hev dixe, teyr li ber disekine û difire dere. Teyr dibêje,

- Îca ez ê te bibim ku?

Mihemed dibêje,

- Min bibe cem Xeracê Misrê.

Teyr wî dibe cem Xeracê Misrê, wî li wir datîne û dibêje,

- Kengî îşê te xelas bû tê dîsa periyên min li hev bixî ez ê ji te re li ber te hazir bim.

Teyr çû û Mihemed jî çavê xwe li dora xwe gerand. Dît ku zilamek ji vî seriyî dere wî seriyî û di vê zikakê re dere di ya din re difitile û a din re û li dora bajêr digere û hema li hev difitile. Dimîne hema ji xwe re lê dinêre, ji xwe re dibêje, ev li çi digere, vî ev hesp beherand ev çi meseleya wî ye, gelo ev çima wilo dike? Hema lê dinêre. Heta muxribê mêrik heywên ji hal de dixe. Dema dibe muxrib mêrik berê xwe dide malê, Mihemed dide dû; ji xwe re dibêje, heta meseleya xwe ji min re nebêje ez nanê wî naxwim.

Mêrik dikeve malê, dibîne ku zilamek bi dû de ye. Jê re got,

- Tu çi kes î, te çi divê?

Mihemed got,

- Ez xerîb im ez kesekî nas nakim, hema min tu dîtî min da dû te, ku tu qebûl bikî îşev ez ê mêvanê te bim, li cem te bim.

Mêrik got,

- Ser seran ser çavan, mêvan mêvanê Xwedê ne.

Rabû tiştê ku heye, şîv anî li ber Mihemed û xwe danî û got;

- Kerem bike em şîvê bixwin.

Mihemed got,

- Heta tu meseleya xwe ji min re nebêjî ez şîva te naxwim. Ez vî qasî li miqabilî te bûm, ji sibeha Xwedê de tu nesekinî, te ev heywan beherand.

Mêrik got,

- Navê te bixêr.

Got,

- Mihemed.

Mêrik got,

- Biner Mihemed, ez meseleya xwe ji te re bêjim divê ez serê te jê kim.

Mihemed got,

- Xem nake, bila ez meseleya te fêm bikim, bila serê min jê bibe.

Mêrik dest bi meseleya xwe kir, got,

- Ya Mihemed, pîrekek min hebû û me gelekî ji hev hez dikir. Rojekê ez derketim derve, min dît, ba û bahozek tê tiştekî dûrî aqilan. Ez li mal vegeriyam min got, ya star çi xezeb tê. Jina min got, "Bi îşê Xwedê neştexile." Bêhnikek çû bû êvar, ez dîsa derketim ku va ye xerabtir bûye, qilanek tê. Ez dîsa li mal vegeriyam, min got, şeva wek a îşev kesî nedîtiye, ev çi şev e, ev çi qilane. Jina min xwe qehirand û got, "Min ji te re got, bi îşê Xwedê meştexile, tu dîsa wilo dibêjî." Cara sisiyan ez cardin derketim û ez vegeriyam min got, îro firtoneyek rabûye kes nikare behs û salox bide. Min dît hema jina min rabû boxçika xwe derxist, tiştên xwe xist nav, girêda, xist destê xwe û di derî re derket. Min got qey, bêhna wê ji min teng bû, wê hebekî here mala cîranan bêhna xwe derxe, ku bêhna wê derket wê li mal vegere. Ya Mihemed, jina min derket û ew derketin. Hew çavê min pê ket. Ev çend sal derbas bûn, kesek nizane bê ne bi erdê de çû ne bi ezmanan de firiya. Ez her roj derketim, bi zikakan ketim, ez dibêjim de wê ji vê malê derkeve, de ha wextî di vê zikakê re ez pêrgî wê bibim. Erd û ezmanan hilanî, ev qas sal ez lê digerim û min nedît. Kesek tu saloxan jî di heqê wê de nade. A meseleya min jî ev e. Her roj ez derdikevim û li jina xwe digerim. Îcar va ye tu meseleya min elimî, divê ez te bikujim.

Mihemed dibêje,

- Bila heyra, de bise ez herim destavê û ez ê bêm.

Mihemed rabû çû ser qesrê û perî li hev xistin, teyrê wî li ber sekinî. Teyr got,

- Îcar ez ê te bibim cem Solkirê Bexdê.

Teyr firiya firiya firiya û Mihemed bir bir li Bexdê, li ber dikana, li ber cihê ku sola çêdikin danî. Got,

- Va ye ez ê herim, dîsa kengî îşê te qediya, tê periyên min li hev bixî ez ê bêm bi te ve.

Û teyr firiya çû, Mihemed ma li wir. Mihemed xiyala xwe da yê solkir ku, yê solkir dirêşa xwe di vir re û wir re di destê xwe re derbas dike û li hewa dinêre; dirêşa xwe dibe viyalî û wiyalî û li jor dinêre nizane bê çi dike. Heta êvarê Mihemed ma di miqabil ê solkir de û yê solkir jî hema wê dirêşa xwe bibe û bîne lê çavên wî li jor in. Tu emel ji ber nare. Heta êvarê ne şekalek dirût ne tiştek. Êvarê jî dikana xwe girt, li ezmana nêrî saxtî kir, dît ku tişt tune berê xwe da malê. Mihemed da dû. Solkir dinêre ku zilamek dide dû, li xwe vedigere dibêje,

- Xêr e, tu çi kes î?

Mihemed dibêje,

- Ez xerîb im, ez li vî bajarî kesî nas nakim, ma tu îşev min nahewînî.

Solkir dibêje,

- Ser seran ser çavan, ma çawa ez te nahewînim.

Tevde derin malê. Ka bê çi şîv heye jê re datînin. Mihemed dîsa dibêje,

- Heyra ez şîva te naxwim heta tu meseleya xwe ji min re nebêjî, bê çima te wilo li destê xwe dikir.

Solkir got,

- Heyra meseleya min dirêj e û ez meseleya xwe bêjim divê ez serê te jê kim.

Mihemed got,

24

- Bibêj, bavo serê min jêke.

Solkir dest bi meseleya xwe kir û got;

- Rojekê ez li dikana xwe bûm. Mîn dît kevokekê hat li ser devê deryê dikanê danî. Avira min pê ket ku xirxalek zîv di lingê wê de ye. Min destê xwe avêt xirxalê wê, min dît ez bi xwe re bilind kirim bilind kirim bilind kirim û ez li çiyakî xewlecî avêtim. Ew firiya çû, ez mam. Ez li dora xwe dinêrim, ez dibêjim ya Rebî ev vir ku ye, ez ê bi ku de herim, ez ê çawa bikim. Biner bê min çi anî serê xwe. Ez hebekî vir de wir de geriyam; ha ne bi tûyî min dît tehtek vebû û pîrek derket çû denê xwe di kaniya binya mala xwe dakir, tije kir û vegeriya. Vegera ku vegeriya hema bi dû de hêdîka ez jî ketim hundir. Heylooo! Min dît ku hundir tije text in. Çil û yek text di hundir de hebûn. Ez hêdîka ketim bin textekî. Textê ku ez ketim bin, zir-cifniyek birinc û goşt di bin de bû; ez ketim ser, min jê têr xwar û min nema deng kir. Ez mam di bin texd de veşirtî. Dîna min dît, ku çil kevok hatin û periyên xwe ji xwe kirin û bûn çil keçik, keçikên wilo spehî, tu dibê ev û ne ev. Keçikekê ji wan got,

- Yadê îro min çi kir tu zanî?

Diya wan got,

- Te çi kir pepûkê?

Got,

- Min li ser devê dikaneke solkir danî, mêrik sol çêdikirin min ji xwe re lê nêrî, min dît destê xwe avêt xirxalê lingê min. Min jî ew bi xwe re bilind kir û bilind kir û min anî avêt wiya-lî çiya.

Diya wê got,

- Te çima wilo kir lawo, te çima avêt? Rabe her werîne!

Keçikê got,

- Ez ji ku zanim bê min li ku danî, bê bi ku de çû, ez ê çilo bi ser vebim.

Diya wê got,

- Tu ji ku tînî tê bînî, rab here!

Keçikê rabû ku periyên xwe li xwe ke ez ji bin text derketim, min got, ez li vir im. Man şaş, gotin, "Tu çilo, di ku re hatî ketî hundir?"

Min ji jinikê re got, ez bi dû te re ketim hundir. Kêfa jinikê gelekî hat. Jinikê got,

- Ez diya wan im û ev çil keç jî keçikên min in. Tu jî ji îro û pê de lawikê min î. Ez ê van her çil keçikan li te mehr bikim û her çil ji te re. Hema şevê li ba yekê razê. Tê lawikê min bî û tê li ba me bî.

Kêfa min hat, min got, ez ê xenê bibim. Her çil li min mehr kir û her şev ez derim ser textê yekê. Keçik derin seydê tiştan tînin, goşt tînin; ez xenê bûme. Ez çendekî mam, şevekê şeytên ji min re got, her ser textê xesiwa xwe. Ez rabûm hêdîka ber pê de çûm û min li ser textê wê xwe xist ber. Bi min şiyar bû, got,

- Tu bi şaşî hatiye ser vî textî, ev text yê min e.

Ez rabûm, ez çûm ser textê yekê ji wan. Şeytên dîsa got, rabe here ser textê dê. Ez cardin rabûm çûm ku ez têkevim ber. Jini-kê got,

- Îro çi bi te hatiye tu xwe şaş dikî, vir textê min e.

Min got, erê ez şaş bûme û ez rabûm dîsa vegeriyam. Ez bîs-tikekê mam, dîsa şeytan ket qelbê min, derba sisiyan ez rabûm çûm ser cihê xesiwa xwe. Xeswa min dehfek da min û deng li keçikan kir got,

- Rabin vî bibin li ber dikana wî deynin û werin.

Rabûn perîkên xwe yên pê difiriyan li xwe kirin û bi qepe-ra min girtin ez anîm lî ber dikana min avêtim. Îcar ji wê wextê ve çavê min maye li riya kevokê. Ez her kêliyê li jor dinêrim, ez dibêjim ha wextî kevoka min bê, ha wextî bê. Ez vî qasî li benda kevokê me.

Hîn berî ku bê ez ê îcar serê te jê kim Mihemed got,

- Ez karim derkevim destavakê?

Solkir got,

- Here.

Mihemed nuh derket, perîk li hev xistin û teyrik hat li ber sekinî. Bi ser pişta teyr ket, teyr firiya firiya û hey firiya, hat li bin dara xwe danî. Got,

- De here oxir be ji te re.

Mihemed got,

- Te ez xenê kirim. Ne ji te bûya min ji ku karibû, ev qas der bidîtina. Bi siwarbûnê û bi firê te ez xenê kirim. Te gelek qencî bi min kir.

Teyr got,

- Te jî qencî bi min kir, her sal vî marî çêlikên min dixwar te em jê xelas kirin, mala te ava.

Mihemed rabû hat malê mesele hemû ji apê xwe re gotin. Wî jî qîza xwe dayê û dawetek ji wan re çêkir ku heft rûnên û behs bikin.

XANA KENGÊ

∾

S ê hevalên hev hebûn. Her sê heval ji bajarê xwe derke-
tine û çûne bajarê Stenbolê, li wir ji xwe re xebatê
dikin. Karê wan kolan bû, kolana temelê xaniyan diki-
rin. Rojekê her sê heval li dû hevdu kolanê dikin xwediyê şixul
jî li cem wan e, ew ji Stenbolê ye; xebatkar dinêrin ku va ye zila-
mek û yekî selikek di dest de, pê re dimeşin û tên. Zilam yekî
minasib e ber bi çav e; bala xebatkaran dikişîne. Xebatkar
dimînin ji xwe re lê dinêrin, ji xwediyê îş dipirsin dibêjin,
- Ev kî ye?
- Ew mezinê vî welatî ye, padîşahê Stenbolê ye.
Her sê xebatkar li dû hevdu dişixulin û ji xwe re dipeyivin.
Yek ji wan dibêje,
- Xwezî vî însanî hinek malê dinyayê bida min. Madem
Padîşahê vî bajarî ye îmkanên wî hene, ez ji vî halî xelas kiri-
bûma. Hinik malê dinyayê bida min, wek dikanekê tiştekî min
ê ji xwe re vekira ez ê ji vî halî ji vê teba destan xelas bibûma.
Padîşah jî nêzik dibe, deng derê. Hevalê wî yê din jî dibêje,
- Ma ku vî padîşahî qîza xwe bida min wê dinya xera bibû-
ya. Ez ê bibûma zavê padîşah, wê cihê min xweş bibûya. Ez ê ji
vî ezabî xelas bibûma.
Hevalê wan ê dawîn dibêje,

- Ma ne ew jî 'evdekî wek me ye, Xwedê ew rutbeya mezin û dewlemendî dayê bûye padîşah. Ma ew çi ye ku bide min, ê ku bide min Xwedê ye. Xwedayê ku daye wî ez dixwazim ku ew bide min jî.

Ev gotin hemû derin guhê padîşah. Padîşah piştî vedigere seraya xwe dibêje wezîrê xwe,

- Here du, sê eskeran jî bi xwe re bibe û here li filan ciyî temelê xaniyekî dikolin, sê kesên xerîb li wir hene, hûn ê wan ji min re bînin.

Derin her sê mirovan digirin û tînin. Karker dibêjin,

- Sûcê me çi ye, ji bo çi hûn me dibin, me ji îşê me dikin?

Esker dibêjin,

- Wele emir ê padîşah e, em jî nizanin, di vir re hatiye hûn dîtine, ka wê çi pirsê ji we bike em nizanin.

Wan dibin hizûra Padîşah. Padîşah dibêje,

- Zarowên qenc, wexta ez di ber we re çûm we çi got deng hemû hat min, îcar kê ji we çi gotibe hûn ê yek bi yek li vir jî ji min rê bibêjin.

Ê ewilî dibêje,

- Ya padîşahê adil, ji xwe me nizanibû tu padîşah î, em xerîbên vî bajarî ne, ji qonaxa mehekê du mehan dûrî vir em hatine vî welatî, em ji xwe re dişixulin. Xwediyê ciyê ku em tê de dişixulin ji me re got, ev padîşah e. Min jî got, ev padîşah be, jê tê, xwezî hinek malê dinyayê bida min, ez ji vê teba destan xelas kiribûma. Min ev gotin tenê kiriye, min tişteki din negotiye.

Padîşah jê re dibêje,

- Tu derbasî vî aliyî bibe.

Ji yê duduwan re dibêje,

- Rast bêje, ez zanim bê we çi got, hemû hat guhê min, bes ez nizanim bê kîjan gotin a kê ji we ye, ka bêje bê te çi got.

Xebatkarê duduwan dibêje,

- Ya padîşahê adil, di hizûra te de ev gotin ne baş e, lê min got qey dengê min nehatiye te. Min jî got, xwezî qîza wî hebûya û bi helaliya Xwedê bida min, ez ê bibûma zavayê paşê, ez ê pê dewlemend bibûma, ez ê ji vê tebê xelas bibûma.

Padîşah ji wî re jî got,

- Tu jî derbas bibe vî aliyî.

Û vegeriya ser xebatkarê sisiyan got,

- Bêje, bê te çi gotibe bi rastî bêje.

Xebatkar got,

- Ya padîşahê adil, welehî min got, ew jî evdekî wek me ye. Ew çi ye ku bi malê wî ez dewlemend bibim. Ê ku ew dewlemendî û meznayî dayê Xweda ye. Ez ji Xwedayê xwe hêvî dikim ku ji destê wî bigihê min. Min ev gotiye.

Padîşah bi qehr ji wezîrê xwe re got, vîna bibin têxin zindanê. Xebatkarê sisiyan birin kirin hepsê. Padîşah dikanek da xebatkarê ku malê dinyayê ji padîşah xwestibû. Jê re got, te ev xwestin kiriye, ev ji min tê, va dikana te ji te re. Ji yê ku qîza wî xwestiye re dibêje, yê te jî qîzek min heye, min nediviyabû ez bidim tu mirovî û kesî jî ji min newêribû bixwaze, qey nesîbê te bû. Padîşah qîza xwe lê mehr dike, cî didinê, mal didinê, dibe wek lawekî padîşah.

Wext tê re derbas dibe. Rojekê qîza padîşah ji zilamê xwe re dibêje, ma tu ji kîjan welatî yî, welatê te çawa bû, malbata te kî ye, merivê te, çi xebat li welatê te hene, dê û bavê te çi dikin? Ev serê salekê duduwan e tu bi min re zewiciyî, te rojekê ji min re behs nekiriye. Ma te bêriya wan nekiriye? Qey tu bêxwedî yî?

Mêrik dibêje;

- Dê û bavê min hene. Ez ji filan welatî me. Xwediyên min hene. Lê ji ber ku piştî ez bi te re zewicîm ez ketime nav xweşiyê min behsa wan ji te re nekiriye.

Qîza padîşah dibêje;

- Ma te bêriya dê û bavê xwe, merivên xwe, birayê xwe nekiriye?

- Çawa min bêriya wan kiriye.

- Em herin welatê te?

- Bila, em ê herin, bêje bavê xwe, ku destûra me bide em ê herin.

- Ez nabêjim, tu here bêje û destûrê jê bixwaze, em ê tevde herin.

Mêrik dere cem xezûrê xwe. Xwestina xwe jê re dibêje, dibê, ku tu destûrê bidî me ez û pîreka xwe em ê herin welatê min. Min bêriya welatê xwe, malbata xwe kiriye. Padîşah dibêje, tu bi destê xwe yî. Tu kengî bixwazî herî ku derê tu serbest î, heke heta niha te ji min newêribû ji îro pê de destê te ji te re ye. Tu karî herî.

Tê mizgîniyê dide jina xwe û dere cem hevalê xwe yê dikandar jî, dibêje;

- Filankes, va ye em ê herin welêt, ma tu jî nayê bi me re em herin cî û warê xwe?

- Çawa ez nayêm, ez jî dixwazim ez bêm. Min gelekî bêriya dê û bavê xwe kiriye, ev fikra te gelekî baş e.

Dest bi kar û barê rê dikin, hespê xwe zîn dikin, nan û avê, ji rê re çi lazim be hema kar dikin. Qîza paşê ji mêrê xwe re dibêje;

- Carna te behsa hevalkî xwe yê din jî dikir, ez ne şaş bim. Ma hûn dudu bûn an sisê?

- Em sisê bûn.

- Ka ew hevalê we yê din?

- Bavê te ew hevalê me xistiye zindanê.

- Ez bêyî wî hevalê we nayêm. Em herin welatê we wê merivê vî însanî lê bipirsin. Bibihîzin ez qîza padîşah im û bavê min ew heps kiriye ew avêtiye zindanê, wê tiştinan bêjin ez ê li ber xwe kevim. Ev ji min re tiştekî ne xweş e. Tu û hevalê xwe yê dikandar herin cem bavê min, destûra hevalê xwe ji bavê min bixwazin em ê her çar bi hev re herin.

Her du heval derin cem padîşah destûra hevalê xwe jê dixwazin. Padîşah dibêje,

- Lawo ma hema ez wê wextê qehirîbûm min ew avêt zindanê, ma hûn rojekê nayên naynin bîra min. De herin hevalê xwe ji zindanê derxin, bînin.

Derin wî ji zindanê derdixin. Dinêrin ku va ye çekên wî hemû rizyane, riha wî bûye bihustek, porê wî bi ser çavê wî de hatiye, ji taqet ketiye, nema ber xwe dibîne, hema zêde perîşan bûye. Padîşah dibêje,

- Tu filankes î?

- Erê.

Li yê ber destê xwe vedigere dibêje,

- Wî bibin himamê, wî kur bikin, porê wî biqusînin, qenc wî paqij bikin û çekên xweşik lê kin.

Dibin wî dişon, çekan lê dikin, du, sê rojan wî xwedî dikin, bi ser xwe ve tê, medê wî xweş dibe. Hespekê jî jê re kar dikin, bi qasî malê hevalên wî jê re zêr, pere û xwarinê hazir dikin. Ji nû ve her çar bi rê dikevin. Ji bajarê Stenbolê berê xwe didin rojhilat ber bi welatê xwe ve.

Qederê bîst rojan, mehekê dimeşin. Havîn e, dinya germ e, ava wan jî xelas bûye. Digihên cihekî ku her der ziwa ye, teht in, siyek tune ye xwe bidin ber, hebekî bêhna xwe berdin, av tune ye. Her çar ji têna ketine, betilîne, nema karin bimeşin. Hespên wan ji taqet ketine, nema karin ling bidin ber xwe. Bi hawayekî jihevdeketî, bi nikulkê digihên serê çiyayekî, li biniya xwe dinêrin ku avek dibirîqîne, dora wê şînkayî ye. Li hev dinêrin, kêfa xwe tînin, dibên îcar ka kî ji me xurt maye ku karibe here heta cem avê, ji me re avê bîne? Ê dikandar di nav hersêkan de dibêje ez ê herim. Li hespê xwe siwar tê û berê xwe dide jêr, xwe li avê digire. Heta hebekî dere ji hevalê xwe ve xuya ye, dûre ji ber çavên wan winda dibe, bi dûr dikeve, ji wan ve nema xuya ye. Hingî tî bûye çilo digihê ser avê xwe ji hespê davêje û xwe noqî ser avê dike. Qurt û qurt û qurt têna xwe dişikîne. Hespê wî jî avê vedixwe.

Qederekê dimînin hevalê wan li wan venagere, saetek diqe-de nayê. Çiqas li jêr dinêrin, daran saxtî dikin tu pêjna wî nakin. Ji hev re dibêjin, va hevalê me venegeriya, ev tiştin hatin serê wî, ka em herin binerin bê çi bûye. Zavayê paşê ji hevalê xwe re dibêje, tu bêtaqet î vê neqlê ka ez ê herim. Li hespê xwe siwar tê û hêdî hêdî serberjêr dibe. Bi çi halî xwe digihîne ser çem. Dinêre ku va ye hevalê wan li erdê dirêjkirî ye. Ji xwe re dibêje, heye tune ye viya gelek av vexwariye û dilê wî êşiyaye. Ew jî hingî tî bûye xwe dadaye avê têr vexwariye, hespê wî jî avê vedixwe û di cî de ruh ji wan jî dere; nema pêjin ji wan tê.

Lawikê ku di zindanê de mabû ji jina hevalê xwe re dibêje;

- Jinbirê, va ye mêrê te jî venegeriya, ka em çawa bikin, ev tiştek li wan diqewime bê ka çi ye? Ez tenê herim binerim, te li vir tenê bihêlim çênabe, çûn heye belkî veger tune be. Ez te tenê bişînim dîsa çênabe. Ka em ê bi hev re herin, bê ka çi bi hevalên me hatiye em bibînin.

Her du li hespê xwe siwar tên û derin ku va ye her du heva-lên wan û her du hesp ketine, mirine. Mêrik dibêje, binere qet tu avê venexwe, mirina wan miheqeq ji avê ye, heta em tiştekî fam nekin divê em bi xwe karibin, ji vê avê venexwin. Bi serê her du hespan digirin ji avê bi dûr dixînin, tên avê saxtî dikin difikirin bê çiyî vê avê heye. Mêrik dinêre ku va ye zihayekî maran di devê kaniyê de ye, mirî ye. Av lê diqelibe û diherike.

Bangî jinikê dike dibêje,

- Wa jinbirê ka were binere va ye marek bi qasî qedenakî di devê kaniyê de ye, mirî ye. Heye tune ye jehra wî tev li vê avê dibe ji bo wilo hevalên me pê mirine. Ez ê rabim mar ji devê kaniyê derxînim, bila dûre jî av teqnikî biherike, heta qîynetya me hat ku jehra mar safî bûye em ê ji nûv de avê vexwin.

Mêrik şûrê xwe ji ber xwe derdixe, mar dike qet qet û dikiş-kişîne heta ji avê bi dûr dixîne. Tiştekî di devê kaniyê de nahê-le, paqij dike. Li aliyekî rûdinên, teqnikî din av diherike û tiştê ji mar maye li ber xwe dibe, av qenc paqij dibe. Mêrik pêşiyê dere hespê xwe tîne ser avê. Hesp têr avê vedixwe û vedikişe nav daran. Devê wan ziwa bûye, qet taqet di wan de nemaye, çavê wan maye li hespê; demeke baş dimînin dinêrin ku tiştek pê nehat. Derin hespê din jî tînin avdidin, tişt bi wî jî nayê. Mêrik dibêje, pêşiyê ez ê avê vexwim, heke ez mirim tê li wela-tê xwe vegerî, tê meseleyê ji bavê xwe re bibêjî. Ku tiştek bi min nehat ji xwe tê jî vexwî. Mêrik bi tirs li avê daqûl dibe û hêdî hêdî vedixwe. Bîstikekê xwe radigirin, tişt pê nayê. Îcar jinik radibe têr avê vedixwe û li hevdu rûdinên.

Dimînin heyirî bê wê çi bikin. Mêrik dibêje;

- Ku em vegerin cem bavê te, em meseleyê jê re bibêjin, ji me yeqîn nake. Wê bê min tu avêtibû zindanê, tu qehirîbû ji ber wilo te hevalên xwe kuştiye. Tu şahidiyê bikî wê bibêje vana pev re ev tişt kirine, destê hev digirin. Wê serê me her duwa jê ke. Em herin welatê xwe, wê mala xezûrê te, mala bavê lawikên din bên cem me, em bê hal û mesele wilo ye, padîşah keçika xwe dabû layê we, dikanek dabû filankes, me hema berê xwe da welatê xwe û li filan derê ava ku vexwarin jehra mar tê de bû pê mirin, wê kî ji me yeqîn bike. Ka niha ev laşên xwe em çilo bikin?

Diponijin, dişêwirin ku riyekê bidin ber xwe. Mêrik dibêje,

- Ka tu li mala bavê xwe vegere, ez ê jî ji xwe re bi riyekê de herim.

- Jinik dibêje, madem tu bi min re nayê û tu naçî welatê xwe jî, tu herî ku ez ê jî bi te re bêm, bêyî te ez bi ciyekî de narim.

Berî bidin rê, radibin du tirban di ber hev de dikolin, hevalên xwe vedişêrin û li ser kêlê wan navê wan dinivîsin, bi dû de jî dibêjin bi ava jehra maran mirine. Bi xem û bi kul bi ser rê dikevin.

Çend saetan li ser hespên xwe derin. Bi rê de digihên bazirganekî, jê dipirsin;

- Hûn ê bi ku de herin?

- Em ê bi aliyê Bexdayê ve herin.

- Hûn ê di ku re herin?

- Em ê di aliyê bajarê Kengê (Nisêbînê) re herin, ji wir em ê derbasî Bexdayê bibin, em tucar in.

- Em jî bi we re bên?

- Werin.

Qonaxa rojekê du rojan bi hev re dimeşin, digihên bajarê Kengê. Mêrik û jinik dibêjin em gelekî betilîne, qûtê me jî li me xelas bûye, em nema karin bi rê de herin, em ê çend rojan li vî bajarî bimînin. Dipirsin bê karin li ku bimînin. Bazirgan xanekê şanî wan didin, dibêjin, herin li wir hûn karin bimînin. Bazirgan bi riya xwe de dewam dikin. Ew jî derin xanê cihê razanê ji wan dixwazin, ê li ber xanê dibêjin;

- Cihê vala li cem me nemaye. Hemû hundir dagirtî ne. Bes hundirekî me tenê vala ye, ew jî em nema didin miştêriyan. Ji ber ku çi kesê di wir de razaye sibehê me laşê wan ji wir derxistiye. Kes nizane jî bê çi bi wan tê. Îcar em wan ji kîsê xwe jî kefen dikin, tirbên wan dikolin û vedişêrin. Me rabû ew hundir xilqand, em nema didin kesî. Havîn e, ji xwe re bi hawayekî cihekî çêkin, heta sibê, belkî cihin vala bibin.

Zilam dibêje;

- Heyra ez zilam im, li ku be ez karim razêm, xem ne dikir, ma ne divê em cihekî ji xweha min re bibînin. Ji zû ve em bi rê de ne, gelekî betilî ye, ev çend şev in em têr ranezane. Tu hundirekî bi çi didî ez ê du carî, sê carî lê bidim te û wî hundirê xilqandî ji me re veke. Tiştê Xwedê kiriye betal nabe. Qey qedera wan kesan hatibû. Ji xwe em du kes in, em ê şiyariyê li hev bikin. Ka bê Xwedê çawa dike.

Ê ber xanê tima dibe, zêrekî ji wan distîne û dere deriyê hundir ê nema didan kesî ji wan re vedike. Lemba wan ji wan re pêdixe û miftê dide wan. Li hundir du dîwan hene. Her yek li ser yekê rûdinên. Bêhna xwe vedikin, lê bi mitale ne, ka bê wê çilo li wan bibe sibe. Mêrik dibêje,

- Jinbirê tu pêşiyê razê heta berdestê sibê, dûre ez ê bîstekê razêm. Ev ê ku li vir dimirin an hinek tên wan dikujin, an jî tiştin bi wan vedidin? Hey heta sibehê em ê tiştekî fam bikin.

Jinik dibêje, ka ez ê pêşiyê şiyar bimînim, mêrik qebûl nake. Jinik xwe dirêj dike û radizê, mêrik şiyariyê dike.

Çend saet derbas dibin tiştek nabe. Ji xewa dixile lê dibê na, divê ez şiyar bimînim. Ber destê sibehê dinêre ku va ye dûpişkek ji qorzîkekê derket, hat nîvê hundir geriya, geriya û dîsa çû ket qula xwe. Dûpişk gelekî mezin e û tiştekî wek mûyekî jî bi dû de xuya ye. Mêrik dibêje heye tune ye ev dûpişk bi xelkê vedide. Ji ber vê ye yên ku di vî hundirî de radizên dimirin. Radibe, dibê ka bê ez vê dûpişkê nekujim. Hêdi hêdî qula dûpişkê dikole, bi tayê pêve riya wê dişopîne. Piçik ax di vir re, kevirekî di wir re derdixîne, dike ku xwe bigihîne dûpişkê bi ser deriyekî vedibe. Tenê wek kulekekê cihek vekirî ye, aliyê din xitimiyê. Serê xwe di kulekê re derbas dike, dinêre ku çi binere. Hundirek aliyek tije zêr e, aliyek tije zîv e, aliyek tije dur e; xezîneyeke pir mezin e. Ji çavê xwe bawer nake. Kevirekî duduyên din ji ber xwe dide alî, destê xwe dirêj dike bi zorê digihîne perçeyek duduyên xezîneyê, derdixe, qenc lê dinêre, fam dike ku ev ne xewn e, rast e. Di cî de kevir û axê li cihê wan vedigerîne, dike wek berê û qulê jî digire. Serê xwe datîne û hebekî radizê.

Dibe sibeh, ê li ber xanê tê li derî dixe, dibêje;

- Hûn sax in, hûn mirî ne?

Mêrik radibe derî vedike, dibîne ku va ye du kes tevir û bêra wan bi wan re ye, li aliyê din jî kefen hazir kirine, li benda wan in ku cenazê wan ji wir derxînin. Wexta derî tê vekirin, dimînin şaş, li hev dinêrin, dibêjin va ye sax in.

Bi bêhna fireh radibin, dev û ruyê xwe dişon, taştiya xwe dixwin. Jinik jê dipirse bê şevê din tiştek dîtiye, tiştek fêm kiriye nekiriye. Mêrik dibêje, min tişt fêm nekiriye. Di dilê xwe de dibêje bi bêhna fireh ez ê jê re bêjim, ka ez binerim bê rewş çawa ye, xuya ye ji heyamên berê ev di bin erdê de mane. Her du jî dibêjin em ê çend rojan ji xwe re li vir bin. Bêhna xwe vekin. Carina ew û yên li wir dimînin li hev rûdinên, ê li ber xanê bi wan re rûdinê, ji xwe re diştexilin. Rojekê ji yê ber xanê re dibêje;

- Ka kî xwediyê vê xanê ye?

- Xwediyê wê filan kes e.

- Ma vê xanê nafiroşe, me yê ji xwe re bikiriya?

- Wî jî gelek caran behs dikir digot, ev kesê ku li vir dimirin, bi min nexweş e ez gelekî pê aciz dibim, hinan kirîbûya min ê bida. Hema heqek baş tê de bihata min ê bifirota.

Dema kirîna xanê dibihîze jinik dozê li mêrik dike, dibêje tê bi çi xanê bikirî. Îcar mêrik meseleyê ji jinikê re vedike. Dibêje em ê xanê bistînin û ku me şixuland em pereyan ji kesî nastînin.

Bangî xwediyê xanê dikin. Li hev rûdinên. Xwediyê xanê ji

mêrik dipirse;

- Layê qenc tu dixwazî xanê ji xwe re bikirî?
- Erê.
- Tu ji ku yî?
- Lê nepirse.
- Navê te çi ye?
- Navê min filankes e.
- Ma perê te hene tu vê xanê bikirî?
- Elhemdulîlah, hebek perê me heye.
- Ma tê çi bikî ji xanê?
- Ez dibêjim ez ê hemûyî xera bikim û ji nû ve ava bikim, bikim xêra xwe. Ez dixwazim heta ku qediya heq ji kesî nestî- nim, hema bila rêwî li xwe neheyirin.
- Ma ev pîrek kî ye?
- Ew xweha min e.

Li hev dikin. Xwediyê xanê heqê xwe distîne, derin cem qazî û miftî, xanê diqulipînin ser navê mêrik, xanê dispêrinê.

Radibe bangî hosteyê bajarê Kengê dike. Jê re dibêje, "tê vê xanê xera bikî. Xana ku tu nuh çêkî bila cihê jinan başqe tê de hebe, bila himam tê de hebe, bila cihê xwarinê, cihê rihkurki- rinê, porjêkirinê hebe, cihê ceh û kayê lê hebe." Wext derbas nakin, bangî karkeran dikin. Xanê xera dikin, tenê hundirê ku xwediyê wê yê nuh tê de dimîne dihêlin. Xanekê ava dikin ku lê bibe qal û behs. Cihê zilaman û cihê pîrekan başqe çêkirin, cê xwarinê, cihê porjêkirinê, rihkurkirinê, himam, cihê ceh û kayê çêkirin. Li her aliyekî kesên ji bo îş bi mehaneya xwe li wir dişixulin hene. Kesên rêwî ku tên tu heqî ji wan nastînin. Deh tên û deh derdikevin. Ê ku pê nizanin perê xwe derdixin ku bidin, dikin û nakin heq ji destê wan nagirin, dibêjin ji bo riya Xwedê, xwediyê vê xanê em bi mehane heqê xwe jê distînin, tembî kiriye em ji tu rêwiyan pereyan nastînin.

Rojekê du rêwî riya wan bi Kengê dikeve. Ev her du derwêş derin xanê rihê xwe kur dikin, porê xwe jê dikin. Dema ku heq didin ji destê wan nagirin. Derin himamê xwe dişon ê li ber himamê pereyan ji destê wan nagire. Li cihê xwarinê, heqê razanê tu kes heq ji wan nastîne û ji wan re dibêjin xwediyê xanê heq ji kesî nastîne. Dimînin ecêbmayî. Çend rojan li wir dimînin bi vî hawayî derbas dibe. Dipirsin dibêjin ev xwediyê vê xanê qey zilamekî gelekî mezin e, padîşah e, milûk e çi ye? Ê ber xanê dibêje, ew jî yekî wek min û te ye. Ne padîşah e û ne milûk e. Ew jî li vir li hundirekî dimîne. Radibin derin civata wî. Li cem rûdinên. Jinik jî çekên zilaman li xwe kiriye û li cem rûniştiye. Li jinikê dipirsin dibêje, birayê min e. Qehwa wan, çaya wan tê ber wan û ji xwe re diştexilin.

Derwêş ji Bexdê hatine, wê herin Stenbolê. Ji Kengê bi hey- ranî vediqetin. Digihên Stenbolê, derdikevin hizûra padîşah li civata wî dibin mêvan. Padîşah dibêje, gelo mêrê ji min mêrtir hene, ji aliyê danê ve, ji aliyê mêraniyê ve, ji aliyê merdbûnê ve. Ez hevqas xelkê xwedî dikim, ez hevqas rehmê li xelkê dikim.

Her du derwêşan li hev nêrîn. Xana bajarê Kengê tê bîra wan. Bû pistepista herdukan. Yek ji wan dibêje em ê bêjin ê din dibêje, ji me re ne lazim e em nabêjin, çima em ê serê xwe biê- şinin. Hek ev gotin ne bi dilê padîşah be û ji me biqehere. Tu nabêjî hişê padîşah li ser wan e, dibîne ku pistepista wan e. Bangî wan dike dibêje;

- Ev hûn her du çi ji hev re dibêjin?

- Ya padîşahê mezin, em tiştekî dixwazin ji te re bêjin, lê em ceger nakin.

- Bêjin bê hûn ê çi bêjin.

- Bi merdbûnê û bi mêrbûnê hin hene ku tu nagihê qama wan.

- Ev kî ne li ku derê ne?

- Li bajarê Kengê ne. Xwediyê xanê heye ji te bêhtir danê dike. Rêwiyên ku derin wê xanê, heq ji wan nastînin. Çend rojan li wir bimînin, heqê xwarina wan, razana wan, himama wan, kurkirina wan nastînin. Em li hevqas cihî geriyane, hîn me tiştekî wilo nedîtiye.

Gotin bê dilê padîşah e, xwe diqehirîne. Ê derwêş dibêjin,

- Ku hûn ji me yeqîn nekin va ye em ê li vir bin, zilamên xwe bişîne Kengê, bila herin li wê xanê binerin. Heke me derew kiribe em li ber cezayê xwe sekinî ne.

Padîşah dibêje,

- Na ez ê bi xwe herim û ez ê we jî bi xwe re bibim, ku ne wilo be ez ê serê we her dukan jê kim. Derwêş dibêjin,

- Em li ber te sekinî ne.

Dibe ya din î rojê karê xwe dikin, 15, 20 zilam bi karwanî xwe girêdidin. Padîşah jî xwe wek yekî ji wan girêdide û bi rê dikevin. Ji bajarê Stenbolê derin bajarê Kengê. Derwêş bi rê zanin, rast xwe li xanê digirin. Padîşah xiyala xwe didê ku xan gelekî mezin e. Çûn û hatin tê de gelek e. Cihê jinan başqe ye, cihê zilaman başqe, cihê xwarinê, cihê kurkirinê, cihê porjêkirinê, cihê ceh û kayê heye. Yek bi yek hema diceribîne. Pera derdixe dide wan, kes ji destê wî heq nagire. Keçik bavê xwe nas dike. Dere ji hevalê mêrê xwe re dibêje, va ye bavê min li vir e. Îcar ji bo çi hatiye, ji ku tê, wê here ku ez nizanim, bila tu pê zanibî. Mêrik dibêje, min bavê te nedîtiye, min rojekê dîtiye ew roj jî ez avêtime zindanê û ev çend sal jî derbas bûne. Ez bixwe wî nas nakim, nayê bîra bin. Jinik dibêje bi hawayekî ez ê wî pêş te bikim.

Êvare padîşah û yên pê re tevde derin civata xwediyê xanê, ji xwe re diştexilin. Jinik bi hawayê zilaman girêdayî ye, bi lebta xwe bavê xwe bi zilêm dide naskirin. Zilam dibêje, heke hûn guhdar bikin ez ê ji we re çîrokekê bêjim. Civat bê deng dimî-

ne û li mêrik dihishisin. Dest bi çîroka xwe dike. Ji serî ve çi bi
serê wan hatibe ta bi derziyê vedike û dibêje yekî rêwî ev çîrok
ji min re gotiye. Padîşah fêm dike ku çîrok, çîroka qîza wî ye.
Heta cihê ku avê vedixwin û dudu ji wan dimirin deng nake.
Dûre nema xwe digire, gelekî li ber qîza xwe dikeve û dipirse
dibêje îcar ew her du kesên ku sax man çûne ku derê? Xwedi-
yê xanê dibêje ez nizanim, yekî ev çîrok ji min re gotiye. Dîsa
çîroka xwe berdewam dike. Tîne tîne heta ku xanê çêdike, xanê
dide naskirin dûre dibê ew kes ez bûm ya padîşahê min. Qîza
wî jî serê xwe vedike û xwe bi bavê xwe dide naskirin. Ji bavê
xwe re dibêje, vî însanî tiştên gotiye hemû rast in, kêm gotiye
zêde negotiye, evqas felek hatin serê me, va ye îro em li vir in.

Mêrik dibêje;

- Ya padîşahê mezin, va ye te meseleya me ji serî heta binî
hemû fam kir. Qîza te jî heta îro em wek xweh û bira ne. Îcar
te divê qîza xwe bi xwe re bibe, te divê li vir bide mêrekî, va ye
bi silametî ez qîza te dispêrim te û hûn bixwazin heta sax be
bila li vir be.

Padîşah qîza xwe û xwediyê xanê li hev mehr dike, sê roj û
sê şevan daweta wan li dar dixin û bi dilê xweş li Stenbolê vedi-
gere.

❧

Dibê, wezîrekî mîrê Cizîra Botan hebû. Mîr dil keti-
bû jina Wezîr. Demekê Mîr wezîrê xwe şand xûkî-
tiyê. Her wezîr diçû xûkîtiyê şeş mehan nedihat.
Heta xerc ji xelkê dida hev demek dirêj derbas dibû.

Piştî wezîr diçe mîr dibêje, 'wezîr ne li mal e, ez ê herim
mala wan.' Ro li nîvro ye, dinya germ e; mîr rabû çû mala
wezîr. Pîreka wezîr jî li mal e. Pîreka wezîr dinêre ku mîr hat
mala wê, ma ecêbmayî. Pîreka wezîr nikare li himberî mîr bia-
xive, bêje 'ez tenê me neyê mala me.' Bixar baz da, çû doşeka ku
wezîr di nav de radiza anî ji mîr re danî. Mîr derbas bû, li ser
doşekê rûnişt.

Jinikê dît ku lebta mîr ne baş e, nêta wî xerab e. Jina wezîr
radibe çend hêkan ji mîr re dikelîne û her yekê bi hawayekî
rengîn dike û datîne ber mîr. Mîr hêkan dixwe pê de jina wezîr
dipirse û dibêje;

- Ya mîrê min, te ji van hêkan çi fêm kir, kîjan şikil hêk ji ya
din cudatir bû?

Mîr dibêje;

- Hemû wek hev bûn.

Îcar jina wezîr dibêje;

- Ya mîrê min, pîrek hemû jî yek in. Tu Mîrê Botanê yî, tu

gelekî mezin î û tu hatiyî mala wezîr tu li dor namûsa wezîr digerî. Ev bi te nakeve.

Mîr gelekî li ber xwe ket, bimira jê re xweştir bû. Rabû û berê xwe da malê çû mal. Kesek pê nizane lê mîr bi xwe zane û gelekî li ber xwe dikeve.

Sê meh qediyan wezîr vegeriya. Wezîr hat mala xwe. Bû êvar jina wî doşeka wî jê re danî. Tu carî doşeka wezîr ji kese-kî re danetanî, kesek li ser doşeka wî ranediza. Heta wê çaxê ew doşek tenê ji bo mîr hatiye derxistin û hew.

Dema xewa wezîr hat, çû ser cihê xwe, xwe çilo dirêj kir biz-marek tê re çû. Wezîr destê xwe peland, nêrî ku bizmarekî zêrîn e. Tu nabêjî bizmarê şekala mîr zêr e. Wek ku tu cerek av bi wezîr dakî, di cih de dimîne. Ji xwe re dibêje, wey! Heye neye mîr hatiye mala me. Kesekî din ku bizmarê zêrî bi kar bîne tune, ma ji wî pê ve wê kî be. Lê di eynê xwe dernexist, guh li jina xwe jî nexist, lê nema li pîreka xwe nêrî, nema wechê wî lê vebû.

Ka bê mehek çû bê du meh çûn, wezîr qet berê xwe nade jina xwe, pê re naştexile. Jinik di xwe fikirî got, 'heye neye ji doşekê tiştek gihaye zilamê min. Kesek nizane vê meselê, ji min û mîr pê ve kes tune bû. Çi bûbe ji doşekê bûye.'

Rojekê dîsa civata mîr geriyaye. Roja civînê ye, gelek kes li wir in, mîr û wezîr jî di civînê de ne. Keçikek wezîr a 6, 7 salî heye. Diya wê gulekê dide destê keçika xwe û dibêje;

- Lawo here vê gulê bibe têxe destê mîr û tê bibêjî, 'ya mîrê me, dewsa şêrekî çûye nav baxçeyê me, xwediyê baxçe nema xwe dide ser baxçe, berê xwe nema didê. Îcar ka tu çi dibêjî?'

Keçikê rahişt gulê û çû nav civatê. Wezîr jî li qîza xwe dinê-re, dibîne ku qîza wî çû gul da destê mîr û got;

- Ya mîrê min diya min got silavan li mîrê min bike. Dewsa şêrekî hatiye nav baxçeyê me, xwediyê baxçe nema xwe dide ser baxçe xwe ji baxçe vegirtiye. Ka tu çi dibêjî?

Mîr jî dibêje;

- Lawo silavan li diya xwe bike. Bêje ew dewsa çûye nav baxçe ne hingiftiye darekê, ne hingiftiye pelekî; çilo ketiye nav baxçe wilo derbas bûye derketiye. Ne hingiftiye şaxekî. Îcar bila xwediyê baxçe guh bide baxçeyê xwe bila baxçeyê wî hişk nebe.

Wezîr fêm kir bê mesele çi ye. Dilê wî hênik bû û dema hat malê bi jina xwe re bi kêf û eşq axivî. Roj bi roj li hev vegeriyan û bidilxweşî heyata xwe derbas kirin.

KERÊ LALÊ FÛRIYA AVA GIRARÊ

∾

Hebû du paşe, her du birayên hev bûn. Pîrekê herduwan jî bihemil bûn. Her duwan ji hev re gotin, "Birayê min zaroka kê ji me keç be law be em ê bidin hevdu." Gotin, "Bila" û dest dan hev. Axir sê çar mehên wan qediyan yek ji wan nexweş ket, mir. Ê mayî gelekî li ber birayê xwe ket, got, birayê min mir, pîreka wî ma wilo, ya Rebî, Xwedêyo hema tu bikî law ji jina birayê min re çêbibe, warê wî hêşîn bibe. Ê min keç be jî xem nake. Radibe û rûdinê, dikeve ser nimêjê dua dike, hema dibêje zaroka birayê min xwezîka law be.

Dibêje Xwedê teala wilo kir jina wî welidî keçikek jê re çêbû. Mehek qediya neqediya jinbira wî jî ket meha xwe. Paşe ji jina xwe re dibêje binere, tu karekî îşekî pê bikî çû ji te. Çavê te li jinbira min be, birayê min çûye ser dilovaniya xwe, ew li şûnê maye, divê em gelekî lê miqate bin.

Çendak derbas bû jinik ket ber halê xwe. Xwedê lawik dayê, lê hingî xwîna wê gelekî hat piştî ku za, emir da haziran, mir. Paşe qehirî, qehirî, got, "Ya rebî te çi kir bi serê min. Bav mir û dê mir, wê çilo çêbibe. Em şîrê keçika xwe bidinê dûre li hev mehr nabin, ka em ê çawa bikin." Jina wî got;

- Heyra em ê şîrê çêlekê bidin lêwik û şîrê xwe jî ez ê bidim keçikê ji bo wexta bigihên zewacê em karibin wan li hev mehr bikin. Ez şîrê xwe nadim lêwik çêtir e, yan na wê bibin xweh û bira. Yan na min ê şîrê xwe bidayê.

Jinapa wî gelekî kêfa xwe jê re tîne. Wî bi şîrê çêlekê û qîza xwe jî bi şîrê xwe mezin dike, gelek tebê bi wan re dibîne. Her du mezin dibin, keçik ji lawik re dibêje keko, lawik jî jê re dibê-je xwako; wek xweh û bira mezin bûne. Ji lawik re negotine em ne dê û bavê te ne, ev ne xweha te ye. Zarok ketin sala heftan heştan, Paşê got, "Ez ê van zarokan li ber melê deynim bila ji xwe re bielimin Quranê." Her roj diya wan bang li wan dike, porê keçikê dişkine, kincên lêwik lê dike û wan bi rê dike. Pev re derin heta nîvro dersa xwe dibînin û tên malê firavîna xwe dixwin, dîsan derin heta esirê vedigerin malê. Ew dibêje 'kekê' yê din dibêje 'xwako.' Bi hev re mezin bûn, çend salan wilo çûn xwendegehê, xwendin û perwerdehiya wan bi pêş ket. Hatin 12 saliya xwe, Paşê xwest ku wan li hev mehr bike, ji xwe re dibê-je de bila hebekî din jî mezin bibin, hîn zaro ne. Piştî demekê paşe dibêje zarok gihane, guneh in, de ka ez ê herim bi melê jî bişêwirim bê ka ew çi dibêje. Paşe çû cem melê got;

- Mele!

Melê got;

- Çi ye? Kerem bik!

- Ez hatime tiştekî bi te bişêwirim. Wele keçika min e lê lawik ê birayê min e. Lawik nuh çêbû diya wî di ber halê xwe de çû rehmetê, bavê wî jî berî bi çend mehan nexweş ketibû û miribû. Lawik hîna bîr nedibir, me jî jê re negot dê û bavê te ne em in, keçika me jî nizane ku ne birayê wê ye, ew û keçika me bi hev re wek xweh û bira mezin bûn. Îcar va ye mezin bûne, bi xêr û selamet ez dixwazim çendakî din wan li hev mehr bikim.

Melê got;

- Baş e, ser xêrê be. Te baş kiriye, niha jî gihane ku bizewicin.

Lê di dilê xwe de kêfa xwe ji tiştekî din re tîne; ewî dilê xwe bijandiye keçikê.

Paşe dema vedigere malê bang li zarokan dike, zarok li ber kaba wî rûdinên, ew jî dest bi gotinên xwe dike;

- Binerin lawo, heta niha min ji we re negotibû, hûn têra xwe mezin û bîrewer bûne, îcar ez dixwazim ji we re rastiyekê bêjim.

Zarok man ku ziq li devê wî binerin û guh bidin bavê xwe ka wê çi ji wan re bêje.

- A rastî hûn ne xweh û bira ne. Keça min, tu qîza min î, lawo tu jî lawê birayê min î, diya te wexta tu çêbûyî di ber halê xwe de çû rehmetê, bavê te jî berî bi çend mehan nexweş ketibû û çûbû rehmetê. Me nexwest em te ji kufletê xwe cuda bikin û me ji te re negot, 'tu ne lawê me yî.' Me tu bi şîrê çêlekê xwedî kirî. Me hûn wek xweh û bira mezin kirin. Lê dema hûn her du di zikê diya xwe de bûn, min û birayê xwe sozek ji hev re dabû, me gotibû, 'ê kê ji me keçik be yan lawik be bila bibe, ku yek lawik yek keçik be em ê wan li hev mehr bikin.' Va ye hûn gihan duwazdeh saliya xwe, hûn gihane zewacê. Ji ber ku em dixwazin we li hev mehr bikin min mesele ji we re vekir. Hema çendakî din em ê haziriya we bikin û daweta we li dar bixin.

Lawik û keçikê jê rê gotin, "Tu gelekî sax bî, ji bo ku te ev qencî kiriye; te ji me re ev tişt gotiye. Ji xwe em gelekî hez ji hev dikin, em bi dilê hev in, lê, ku tu destûrê bidî heta em xwendina xwe kuta nekin em doza zewacê li hev nakin." Paşe got, "Bila lawo."

Keçik jî, tu fedî dikî lê binerî, hingî spehî ye, hingî beşera wê xweş e, şitexaliya xweş û Quranê dixwîne, perwerdeyê dibîne. Maşelah her çavekî wê wilo ye tu fedî dikî lê binerî. Lawik jî wilo, eyn tu dibêjî te ji nava hêkê her du zarok derxistine.

A din î rojê zarok rabûn karê xwe kirin ku herin ber melê

xwendegehê. Lawik bangî keçikê kir û got;

- Elîf zû bimeşe em herin dersa xwe bixwînin, em vê sibehê zû jî ranebûn, divê em bilezînin.

Keçikê got;

- Pismam, pêşiya min here, ez porê xwe dişkinim, va ye ez ê bigihêm te, tu here, ez va ye li pey te têm.

Lawik meşiya çû bal melê. Mele ji lêwik pirsî got;

- Ma ka Elîf, çima ne bi te re ye?

Lêwik got;

- Elîf porê xwe dişkine, ew jî wê li dû min bê.

Mele di xwe de fikirî got, tenê hatiye, ev firset e, ez ê lêwik bikujim wê keçik bi min bimîne. Dilê melê bijiyaye keçikê, dixwaze wê li xwe mehr bike. Di wir de lawik zept kir, kêr danî ser stûyê wî. Di wê navê re tûrikê kitêbên wê di stûyê wê de Elîf ket hundir, nêrî kêr di destê melê de û stûyê pismamê wê birî. Keçikê nema zanibû bê wê çi bike. Ji melê re got;

- Mele, Mele! Çima te wilo kir, derdê te çi ye, te ji bo çi pismamê min kuşt?

Mele dibêje,

- Derdê min tu yî. Ez dil ketime te ez ê te ji xwe re bînim.

Dema Melê wilo got û ber pê de hat keçik reviya û got;

- Tu pişta stûyê xwe bibînî, tu vê nabînî.

Keçikê lê xist terk î diyar bû. Ne çû malê jî, bi çiya ket meşiya, çem ket ber xwe li çem qeliband. Gelekî diqehire, digirî digirî wek bê û baranê. Li keçikê bû şev bû reş, li der û dora xwe nêrî, dît ku va ye qurmê darekê bi qul e, xwe xist qurmê darê; di wir de sanisî heta lê bû sibeh. Piçikên berfê û baranê tên û keçik çilo diqehire, diponije. Radibe bîstikekê Qurana xwe dixwîne. Di wê navê re siwarek di ber keçikê re derket, siwaro tu çi siwar î; tu ne bixwî ne vexwî tu ji xwe re lê binerî. Siwar jî keçik dît li bal sekinî û daket. Silav lê kir û got;

- Tu kî yî, tu çi kes î, tu ji ku tê, tê herî ku?

Keçikê deng nekir.

- Çima tu napeyivî? Heta niha te Qurana xwe dixwend, piştî ez hatim cem te, tu çav li min ketî te Qurana xwe betal kir.

Keçik lê dinêre, digirî û deng nake. Siwar kir û nekir, çiqasî peyivî, pirs jê kirin deng ji keçikê derneket, bersiva wî neda. Xort jî gelekî kêfa wî tê; di dilê xwe de dibêje ez ji xwe re li yekê digeriyam, li yeke wilo xweşik, spehî, ji vê pê ve ez bi kesî re nazewicim. Radihêje keçikê li pişt xwe dike û tê mala xwe. Lawik jî dewlemendê wî bajarî ye, kes di ser re tune ye. Bangî melê dike, keçikê li xwe mehr dike. Heçî tê dibêje li ser xêrê be, filan û bêvan; keçik napeyive. Xwehên wî, diya wî, bavê wî dibêjin, lawo ev keçika spehî, ev keçika xweşik çima napeyive, çi derdê wê heye?

Lawik dibêje;

- Ez jî nizanim, tiştê heye berî ez bigihêmê Qurana xwe dixwend, ne lal e. Di qurmê darê de bû çav li min ket Qurana xwe betal kir. Vî qasî ez dikim û nakim napeyive, derdê xwe ji min re nabêje.

Dê û bavê wî gotin, "Lawo em ji maleke resen û mezin in, ev jinika hanê napeyive, ker û lal e, ma em ê çi bikin jê, îşê me jê tune. Here wê bibe cihê berê." Lawik jî dibêje, "Fermana serê min rabe ez nabim cihê berê." Lawik radihêje tûrikê wê, Quran û kitêbên wê kontrol dike, pelên wan li vî aliyî li wî aliyî li hev diqulipîne, dinêre ku va ye navê wê li ser kitêbên wê nivîsandî ye. Lawik dixwîne, fêm dike ku navê wê Elîf e. Jê re dibêje;

- Elîf ma çima tu deng nakî, çi bi te hatiye, çi derdê te ye? Ez zilamê te me, ji min re bêje malnexerabê, hebekî bi min re biaxive.

Dike û nake bersiva wî nade.

Li wir em ê Elîf û zilamê wê bihêlin em ê bên ser Melayê

wan. Heta şev bi ser melê de hat laşê lêwik bir nav erdekî veşart û hat malê. Bavê keçikê jî dinêre bû muxrib keçik û lawik nehatin. Xew neket çavê wan, her kêlî gotin, de wê a niha bên û a niha wê bên; nehatin. Ka wê çawa bikin... Bû sibeh dê û bavê wan dan dû hev çûn cem Melê jê pirsîn, gotin;

- Mele!

Melê got;

- Çi ye?

- Kanî Elîf û kanî Mihemed? Her du jî hatin bal te û venegeriyan, ev çi derdê wan e? Tu wan ji ku tînî, bîne.

Mele dibêje;

- Heyran ber nîvro bû, her du hatin, min dersa wan da wan, Qurana xwe xwendin û her du derketin çûn nema hatin. Piştî nîvro min got ez ê bêm ji we bipirsim bê ka li ku mane, ez çûm camiyê min nimêja esirê kir û ez nehatim cem we. Bu sibeh va ye hûn hatin. Ma qet nehatine malê? Wele min li van deran pêjn û bereta wan nekiriye.

Paşe dibêje;

- Hew, ev qas?

Mele dibê;

- Erê bi Xwedê ev qas. Haya min ji wan nîn e.

Paşe diqehire, diqehire, dibêje 'heye neye van hevdu revand û çûn. Ê lawo dilê we tê heba ku hûn zû bizewicin we bigota, meyê mehra we bibiriya, jixwe me jî dixwest. Ev çima we wilo kir, we terka me jî kir? Derdê we çi bû? Gelo hina hûn kuştin, hûn avêtin behrina, binê bîrina ev çi bi we hat?'

Man di wê mitalê de. Paşe û jina xwe ji qehran re digirîn, extiyar bûne, hema dibêjin Xwedêyo qurbano ev te çi anî serê me, gelo heye em wan bibînin. Jinik dibêje;

- Qey qedera me wilo ye, ma em çilo bikin. Me ew bi çi delaliyê mezin kirin, me ew şandin ber melê. Qey bira hevdu

revandine, de ka em çawa bikin, ka em ê bêhna xwe fireh bikin
bê çi xeber ji wan derdikeve.

Elîf jî hîn napeyive. Xesû û xezûrê wê ji lawê xwe re dibêjin,
kêlimalah ji devê wê dernakeve lawo, ker û lal e, em ê çi bikin
ji vê bûkê, ileh tê yekê bînî ser; lê lawik qebûl nake. Şikeftek
dûrî bajêr hebû; diya lêwik dibêje, bibin li wê şikeftê deynin.
Elîfê dibin dixin wê şikeftê, carê xwarin marinê jê re dibin.
Zilamê wê jî her şev dere balê. Xwe ji pîreka xwe qut nake, ruhê
wî bi pîreka wî ve ye. Sal dizivire Elîf bihemil (ducanî) dibe.
Dikeve meha xwe, girs bûye, giran bûye. Elîf dikeve ber halê
xwe, qolincî dibe, kuft kufta wê ye lê napeyive. Mêrê wê jê
dipirse, dibêje;

- Elîf qey tu nexweş î, tu qolincî dibî, kirî ji te re çêbibe?

Elîf deng nake, digirî. Hema ji girî pê ve nake. Mêrê wê radi-
be dere malê ji diya xwe re dibêje;

- Dayê!

Diya wî dibêje;

- Çi ye lawo?

Dibêje;

- Elîf nexweş e, qolincî dibe, qey ketiye ber halê xwe. Min
kir û nekir dîsa bi min re neaxivî, hema digirî û hew. Ka tu diçî
cem, tê pîrikekê bişînî heta jê re çêbibe, em çawa bikin?

Diya wî got;

- Ho hoo! Wele ez narim cem ew a ker û lal, em ê çi ji hev
fêm bikin, ez narim cem.

Dilê xweha wî pê dişewite, dere bangî pîrikê dike, dide dû
xwe û diçin şikeftê bal Elîfê. Xweh bang dikê, dibêje;

- Elîf, xwakê qey tu qolincî dibî, çi hewalê te ye?

Elîf li wan dinêre û deng nake, hema digirî.

Xweh dibêje;

- Waweylê waweylê, li malika bavê min be. Deng nake wê

çilo çêbibe, heyf û xebîneta jinbira min ku di vî halî de ye. Keçê, Xwedê ew ker û lal kiriye.

Ket berê sibê, Xwedê lê hat rehmê, lawekî mîna berxikekî dayê. Lawik kirin pêçekê û li ber serê wê danîn. Tiştikek xwarinek danê, heke xwar heke nexwar, xweh û pîrik vegeriyan malê. Keçikê ji diya xwe re got;

- Yadê!

Diya wê got;

- Çi ye keça min?

- Xwedê lawikek da Elîfê, tu fedî dikî lê binerî, wechê wî, çavê wî tev de li Elîfê hatiye.

Diya wê got;

- Ma lawo, heywana ker û lal e, ma ez ê bêjim çi, wê çilo wî lawikî xwedî bike ez nizanim?

Keçikê got;

- Hêvî Xwedê ye, çima, belkî xwedî bike.

Zilamê wê hat, pirsî, got;

- Ka xwako çawa bû?

Xwehê got;

- Birayê min, Xwedê lawikek da we, mirov fedî dike lê binere hingî spehîye û xweşik e, mîna diya xwe ye...

Kêfa mêrik gelekî hat, got, mala Xwedê sed carî ava, wa pîreka min welidî, ji hev xelas bû.

Da rê çû cem jina xwe. Hat ber, rûyê wê maçî kir got;

- Elîf mala Xwedê ava, va ye tu ji hev xelas bûyî, Xwedê lawikek da me, ka çi derdê te ye? Derdê xwe ji min re bêje. Ma hîn jî tu bi min re naaxivî?

Elîf ziq li qula çavê mêrê xwe dinêre û deng nake. Mêrik kir nekir tiştek jê fêm nekir.

Bû êvar, mêrik aciz dibe, dibêje;

- Tu tenê li vê şikeftê yî, ez jî aciz im, de ez ê bêhnikekê herim mala bavê xwe civatê û ez ê bêm, netirse ha.

Elîf, deng nake, lê dinêre û hew. Mêrik diçe malê, diya wî dibêje;

- Lawo, ma te jina xwe tenê hişt di wir de û lawik li ber serê wê...

Mêrik got;

- Ez jî aciz bûm, ez ê bêhnikekê bimînim û ez ê herim balê.

Neqeba muxrib û eşa ye, Elîfê jî dergûşa xwe vekir, bin lawik ziwa kir, pêça û li ber serê xwe danî. Ji nişka ve mele ket deriyê şikeftê. Ji Elîfê re got;

- Elîf, cihê ku tu lê yî binere, halê tu tê de yî! Ka bêje erê, ez ê te bibim li xwe mehr bikim, ez ê lawê te jî xwedî bikim, ez ê te û lawê te deynim ser serê xwe, ser çavên xwe. Bes tu bêjî erê...

Mele tişt mişt jê re gotin. Elîfê got;

- Binêêr, binere mele, ku ez bêm te ez ê te perçe perçe bikim û dabeliînim. Tiştê te aniye serê min besî min e. Ya ya gidî ne tiştek, here bi riya xwe de!

Mele kir û nekir ra li Elîfê nedît. Elîfê bi xeber û gotinên ne xweş tiştek tê de nehişt. Mele bi xaran destê xwe di xwîna wê de kir û di dev û lêvên wê da, rahişt pêçeka lêwik û reviya. Elîf nuh welidiye, bêtaqet e, tiştek jê nayê, hey çiqas bi dû de kir hawar, giriya melê lawik bir û çû. Elîfê ji xwe re got; Xwedê teala wilo li min kiriye, ma ez çilo bikim. Elîf wek bê û baranê digirî, digirî. Mêrê wê hat, nêrî ku dev û lêvên wê hemû bi xwîn e, ne lawik û ne tiştek. Bi ser de çû, got;

- Malnexerabê ma te çilo lawê xwe xwar, ma ne kezeba te bû?

Elîfê dîsan deng nekir, kêlimelah neket devê wê, hema xilolîkên wê dibarin û hew. Mêrik got;

- Ya Rebî ya Xwedêyo! Hii ihii ez ê çilo bikim, heywana ker

û lal e, heywan goştê heywanan dixwin.

Rabû çû malê, ji diya xwe re got;

- Yadê, Elîfê lawikê xwe xwariye.

Diya wî ma hebitî, got;

- Pepû! Pepû! Pepû! Çilo lawê xwe xwariye?

- Bi Quran yadê xwariye, ne pêçek û ne tiştek û devê wê jî hemû xwîn e.

Dê çû şikeftê bi ser Elîfê de hilbû;

- Lanet li te hatê! Xebîneta wî lawikî ku te xwar! Pepûka pepûk!

Her û her Elîf digirî, digirî, hema hêsiran dibarîne.

Mele jî li aliyê din guh dide lêwik, wî xweşik xwedî dike, hîn jî hêviya wî heye; dibêje, belkî ez lawikê wê xwedî bikim, dibe ku rojekê min efû bike, were min bike.

Li derdora Hesen jî xelk pê hisiya û bû qal û behs ku lawikek ji jina wî re çêbûye û jinikê lawê xwe xwariye. Heçî heye ji aliyê xwe ve dibêjin, hey waweylê! Ê din dibêjin, yasitar! Hema bûye benîştê qaçikan û ketiye devê xelkê.

Çendrojek tê re derbas bû, bêhna Hesen fireh bû, dîsa çû cem jina xwe. Xwedê wilo dike dîsa Elîf bi hemil dibe. Tirs di dilê wê de ye, ji xwe re dibêje, vê carê jî zaroka min çêbibe û mele bê bibe ez ê ji xwe re çi bêjim.

Elîf giran bû, ket meha xwe. Rojekê qolincên wê hatinê, mêrê wê lê nêrî ku dîsa têşe, jê pirsî;

- Elîf ma tu têşe?

Dîsan deng jê nehat. Dûdirêj nekir got, ez ê herim ji xweha xwe re bêjim. Çû ji xweha xwe re got;

- Xwako!

Xwehê got;

- Çi ye bira?

- Elîf qolincî dibe, halê wê tune ye.

- Birayê min, ma ez bêm çi ye, ez neyêm çi ye; wê dîsan der-gûşka xwe bixwe, de hema dîsan jî ez ê bêm xem nake.

Diçe ya ku cara din bûye pîrik bi xwe re dibe û diçe. Pê re diaxivin, dibêjin;

- Xwakê ma tu çawa yî, tu têşî?

Dinêrin deng nake, dev jê diqerin. Wê şevê berê sibehê Xwedê ew ji hev xelas kir, lawikek jê re çêbû. Xwehê rahişt lêwik, ew maçî kir, got;

- Ez qurbana birazîkê xwe bim, lê wele lawo wê diya te te bixwe û wê jî da girî li halê wan; ew digirî û Elîf digirî. Elîf ji tirsa Melê digirî, xweh jî dibêje wê dîsan Elîf vê dergûşa me bixwe, li ser wilo digirî. Li ber Elîfê digere, dibêje;

- Elîf, xwakê, çi bi te hatiye? Malnexerabê li me mikur were. Weleh tu ne wek ker û lalan î. Derba wilo bi te nakeve, îcar qey Xwedê ji te re xerab kiriye.

Xwehê lawik li ber serê wê danî û bi girî ji cem wan, ji şikef-tê derket çû malê. Diya wê hat pêşiya wê, got;

- Lawo jinbira te çilo bû?

- Yadê bi Quran lawikê wê wek ê cara din e, wilo spehî, wilo li hev hatiye.

- De lawo heywana ker û lal e, wê dîsan bixwe, em çi bikin jê.

Xweh dere cem birayê xwe, mizgîniyê didê, dibêje;

- Birayê min!

- Çi ye xwehê?

- Lawikek ji te re çêbûye, eyn wek ê cara din e.

Birayê wê got;

- Xweha min, wek yê din e ne wek yê din e, ma ne wê dîsan wî bixwe; ez kêfa xwe binîm jî vala ye, nabe tiştek...

Xweh li ber dilê birayê xwe çû û hat, got,

- Qey qeder wilo ye ma em çawa bikin.

Hesen rabû çû cem pîreka xwe, eniya wê maçî kir, kêfa xwe jê re anî, got;

- Elîf, Xwedê lawikê te ji te re bihêle, vê qanê neke wek qana din, tu lawikê xwe nexwî ha! Elîf deng nake. Mêrik got;

- Ez ê bêhnekê derkevim, çavê te li lawikê te be, nebû cara din binêêr! Biner! Ez ji te re dibêjim, tu vê carê jî lawikê xwe nexwî ha!

Elîf deng nake û dîsan dest bi girî dike. Mêrik çilo dere malê şevbuhêrkê, Mele careke din tê şikeftê. Ji Elîf re dibêje;

- Ya tê bi min re bê, yan jî ez ê dîsan lawikê te bibim.

Elîf dibêje;

- Ez sed lawê wilo bînim û tu bêyî wan bibî bikujî, mehra te li min heram be. Heta lawên lawê min rabin bêjin, "te pismamê xwe ji bîr kiriye," ez ji bîra nakim. Ez tu carî nayêm cem te, ji te re nabim jin... De derkeve, kêlîk berî kêlîkê here ji miqabilê çavên min. Wextî Hesen were, wê te parçe parçe bike.

Melê dît ku ji ser a xwe danakeve, dîsan rahişt lêwik, destê xwe di xwîna wê dakir di dev û riwê wê da û bazda çû. Elîf, kir hawar, li xwe xist, fêde nekir, Mele li pişt xwe jî nenêrî û çû.

Hesen tê ku va ye ne lawik û ne tiştek, dev û rûyê wê tev de di xwînê de mane. Dibêje;

- Elîf ma te dîsan lawikê xwe xwar. Ê ma ne tu deh lawên wilo bixwî jî wek ku te nexwariye, li ber dilê min tu şêrîn î, kêfa min gelekî ji te re tê. Ez zanim derdekî te heye û tu ji min re nabêjî, ew bi min re bûye derd û keder. Xwezîka te ji min re bigota bila ez di cih de bimirima.

Elîf jê re tiştekî nabêje.

Welhasil, diya wî, bavê wî, tevan zor danê gotin, "divê tu jineke din ji xwe re bînî." Hesen got;

- Ez hez ji jina xwe dikim, ez naxwazim yekê bînim ser.

Kir nekir, ji ser a xwe daneketin, gotin, "ileh tê yekê bînî, em naxwazin her zarokek te çêbibe wê jî bixwe û tu kurdunde bimînî, xelk û alem henekên xwe bi me dikin, divê em yekê ji te re bînin."

Mêrik rabû çû cem jina xwe got;

- Elîf va ye ez dikim yekê bînim ser te, diya min, bavê min, xweh û birayên min dozê li min dikin. Ez kurdunde mam, her zaroka me çêbû te xwar. Min divê dilê te nemîne ez ê yekê ji xwe re bînim. Lê bila tu vê jî zanibî ku ez gelekî ji te hez dikim, dilê min bi ser te ve ye...

Hîn jî Elîf tiştekî nabêje, deng nake. Mêrik dibêje;

- Va ye ez ê herim.

Dere bajarekî din yekê ji xwe re dibîne, dixwaze. Mele pê dihise ku mêrê Elîfê yek ji xwe re dîtiye, xwestiye wê bîne ser Elîfê. Mele jî rabû çû sûkê du bedil çek ji zarokan re kirî, li wan kir. Bû êvar, her du zarok anîn bal Elîfê. Elîf ma şaş; geh keniya geh giriya, kêfa wê gelekî hat; wê û zarokan xwe avêtin pêxêlê hev; bi hev şa bûn. Melê ji Elîfê re got;

- Binere min her du zarokên te xwedî kirin, mezin kirin, va ye mêrê te jî dike yekê bîne ser te, min efû bike û de rabe em herin.

Elîf gelekî qehirî, got;

- Tu sed zarokên din wilo mezin bikî efûkirina te nîn e, zarokên min bihêle û ji vir biqeşite here.

Mele fêm kir ku tu carî Elîf nabe jina wî, rabû kolîpoşman da ser riya malê. Elîf jî li zarokên xwe vedigere destê xwe dixe stûyê wan, wan himbêz dike, wan maçî dike, bêhn dike. Kêfa zarokan jî tê, gul li rûyê wan vedibin. Elîf rabû cihê wan danî, wê şevê li bal hev razan, lê nehişt ku bavê wan bi wan bihise. Ji zarokan re dibêje;

- Wê zilamek bê vir, divê hûn deng nekin, dema ew hat hûn herin paşiya şikeftê xwe veşêrin, bila we nebîne. Kengî çû hûn ji nû ve werin bal min.

Zarokan jî tim xwe tenê dîtine, kesek nedîtine; ji ber ku melê ew bi dizî mezin kirine. Dibe sibeh, Hesen tê cem jina xwe dibêje;

- Hurmê, va ye wê îro dest bi dawetê bikin wê dawet heftekê dom bike. Tu jî car caran nayê bal dawetê?

Kela girî ket qirika Elîfê, çavê wê tije hêsir bûn. Hesen rabû derket. Mişwarkî man zarokan dît ku deng betal bû, ji dawiya şikeftê derketin. Kab derxistin ji xwe re bi wan lîstin.

Bû êvar dengê dawetê tê, gurmegurma defê ye. Zarok li ber diya xwe geriyan, gotin;

- Dengê dawetekê tê, yadê qurbanê em ê jî bîstikekê herin bal dawetê, ji xwe re bifericin.

Diya wan got;

- Lawo nerin, wê hinek we birevînin, we bikujin.

Kezeba zarokan li ser dawetê dişewitî, yê mezin got;

- Em gelekî namînin, hema em ê kêlîkê ji xwe re binerin û em ê vegerin bên.

Dilê diya wan tenik bû, got;

- De binerin lawo herin, ji xwe re li dawetê bifericin lê hinek ji we pirsina bikin; bêjin, "hûn kî ne, hûn zarokên kê ne?" Eseh hûn nebêjin em lawên Elîfê ne. Bêjin em zarowê mitirban in, konê me li dera hanê li derî bajêr vegirtî ye, dengê dawetê hat me, me jî xwe lê girt. Ji xwe mitirb ku dengê dawetan diçe wan bazdidin xwe li dawetan digirin. Û li teništa hev rûnên, hûn ji hev veneqetin. Dema hûn hatin malê jî kesekî bi xwe re neynin, bila kesek nebîne hûn tên vir.

Zarokan got;

- Belê yadê, belê, em ê weke ku tu dibêjî bikin.

Elîf rabû her yekê bedlek kinc li wan kir, qunderên wan xist lingên wan, desmalek kir ber wan, ji wan re got, ku bêvilka we

herikî hûnê bi vê desmalkê paqij bikin, bila hûn paqij bin,
kesek henekê xwe bi we neke û ew bi rê kirin. Her du zarokan
destê xwe kirin ê hevdu û çûn bal dawetê. Li lingê dawetê her
du li cem hev rûniştin, ji xwe re li dawetê dinêrin. Gurmegur-
ma def û zirnê ye, li hev dinêrin tîqetîqa kenê wan e ji xwe re
dikenin; bikêf in. Carekê dîtin zilamek ber bi wan ve hat, nêrîn
li dora wan çû û hat; ji wan pirsî got;

- Zarokno hûn ên kê ne?

Wan jî got;

- Te çi ji me ye?

- Lawo min jî ji we pirsî bê hûn ji kû ne, hûn ên kê ne? Min
hûn nedîtine li vî bajarî.

Ê biçûk berî yê mezin got;

- A va ye konê me li binya bajêr e, em mitirb in, dengê def
û zirnê hate me, me jî ji kêfa re xwe li dengê def û zirnê girti-
ye.

Hesen bala xwe da wan, got;

- Bavo zarokên mitirban ne wilo ne, hûn paqij in, hûn bi
kinc û bergên spehî û hûn xweşik in. Hûn naşibin zarokên
mitirb û qereçiyan; zarokên bin konan…

Zarokan dîtin ku îşê wan xerab e, dan xwe bazdan, heta
Hesen li vî aliyî dawetê nêrî, li wî aliyî dawetê nêrî, ew nebedî
bûn, bûn wek zarokên cinan. Ji Hesen re bûn meraq, bû kulek
û ket ser dilê wî.

Her du zarok jî bi bazdanê çûn, bêhnçikiyayî xwe li şkeftê
girtin; diya wan jî hîn ranezaye, li benda wan e. Xwe zer kirin
diya xwe. Diya wan got;

- We çi kir lawo, çima hûn wilo bêhnçikiyayî ne, kesek bi we
re neaxivî, tu pirs ji we nekirin?

Lawê biçûk got;

- Yadê, weleh yek hebû jê re digotin 'Hesen,' lawê paşê ye, çi ye, dawet a wî bû; hat li dora me çû û hat, ji me pirsî; "Hûn kî ne hûn ji kû ne?" Me jî got, em mitirb in, konê me li dera hanê ye. Wî jî got, "Zarokên mitirban ne wilo paqij in, bedlên li we…" ji me yeqîn nekir. Qedimî ber bi me de, kir ku me bigire, min qurinc ji birê xwe da, min got bazde û me bazda em hatin malê.

Diya wan got;

- Min got nerin wê belak bê serê we, berxikên min binerin hûn şeveke din nebêjin, "em ê dîsan herin."

Zarokan got;

- Na na me tobe ye yadê em nema diçin.

Dengê dawetê betal bû, dawet ferikî, Elîf jî zarokên xwe li paşiya şikeftê xistin xewê. Bû sibeh Hesen hat cem Elîfê li hev rûniştin jê re got;

- Ê ma ne şevê din du zarok hatibûn dawetê te fedî dikir li wan binerî. Ez ber bi wan de qedimîm, min ji wan pirsî bê kî ne, ji ku ne? Gotin em mitirb in, konê me li dera hanê, li binya bajêr e. Ne dişibiyan mitirban, hema min dî bazdan nebedî bûn, min kir û nekir ez bi ser wan venebûm min nedît bê bi ku de jî çûn.

Elîf dîsa napeyive, tenê lê guhdarî dike û wek bê û baranê digirî. Hesen di dilê xwe de dibêje, batil, batil, batil, hema carekê devê wê naxelite tiştekî ji min re nabêje, bersivekê nade min… Radibe diçe nav xêliyan.

Daweta wan dom dike. Dibe êvar dengê dawetê tê, zarok dîsan bi xwe nikarin dozê li diya xwe dikin; dibêjin,

- Yadê qurbanê em ê dîsan herin dawetê.

Diya wan ji wan re dibêje,

- Rûnên lawo, nerin dawetê, hûn ê serê min têxin pirikna.

Kir nekir qanix nebûn, gotin,

- Tenê em ê îşev jî herin û hew.

Elîf ma heyirî, mecbûr ma destûrê bide wan. Di xwe de fikirî got, ez bedlê şevê din li wan bikim wê fêm bikin ku yên şevê din in. Îcar rabû çû her yekê bedlekî din ji wan re anî li wan kir, desmalka wan xist ber wan û ew bi rê kirin.

Zarok gihan bal dawetê, ji xwe re rûniştin, li dawetê difericin; xelk ji xwe re direqisin, gurmegurma reqsê û tembûrvanan e; def û zirne, tilîlî! Qir û qiyamet e. Hesen jî derdê wî heye, ew li vî aliyî li wî aliyî dinêre bê bi ser zarokên doh venabe. Çavên xwe digerîne, hah ne bi tuyî çav li her du zarokan ket. Çû li teniişta wan rûnişt, zarokan berê xwe jê guhertin, li aliyê wî jî nanêrin, lê hişê wan li ser lawê paşê ye, ango li wî mirovî ye. Xwîn dikele, Hesen jî maye hema li wan dinêre. Lawikê biçûk nema xwe girt, got;

- Tu çima wilo li me dinêrî?
- Kêfa min ji we re tê, lewma ez li we dinêrim.
- Li me nenêre, li daweta xwe binere, ma te çi ji me ye? Te dawet ji xwe re çêkiriye bi daweta xwe dakeve, me rihet bihêle.

Hesen, kezeba wî li ser wan zarokan dişewite, dike û nake destê wî ji wan nabe. Di dilê xwe de dibêje, ez îro ji ber van nalebitim, ka bê diçin ku, kî ne? Ji bo ez ji xwe re fêm bikim. Vê carê xwe ji zarokan bernade, li dora wan diçe û tê. Her çavên wî li ser wan e. Zarok dişibin Elîfê, ziq li wan dinêre, zarok ditirsin dibêjin wê ev zilam tiştekî bi me bike. Qey ê biçûk ji yê mezin çavekirîtir e, yê biçûk qurîncekikê ji yê mezin dide dibêje, "Rabe ser xwe, em bazdin herin!" Ê mezin deng ji xwe neanî, yê biçûk bi çepilê wî girt û bazdan. Heta Hesen vir de wir de nêrî zarok di nav qelebalixê de winda bûn.

Zarok gihan şikeftê diya wan derî ji wan re vekir, got;

- Ez bi qurbana we bim, îro jî hûn bi selametî hatin lawo, ez bi qurbana Şekir û Bekirê xwe bim, weleh hûn bi aqil in, li min hatine lê siûda me tune ye, de werin lawo werin.

Cîkê wan li paşiya şikeftê danî, li bal wan ma heta zarokên wê di xew re çûn ew jî hat ser cihê xwe. Zilamê wê jî hat, madê wî ne xweş, xwe di ber Elîf re dirêj kir. Ji Elîfê re got;

- Îro du roj in ez van zarokan li dawetê dibînim, agir dikeve hinavên min. Ji xêra Xwedê re min zanîba bê ev zarok ên kê ne. Gelekî kêfa min ji wan zarokan re hat.

Elîf deng nake, li hesabê wê nayê, wek ku tu ji dîwarê hişk re dibêjî. Elîfê bêdeng xilolîkên xwe barandin, li ser giriyê xwe di xew re çû, mêrik jî bi wî dilê ne xweş di xew re çû. Dibe sibeh, mêrik dibêje;

- Elîf ez ê herim dawetê, heta ez li te vegerim…

Heta nîvro daweta xwe kirin. Dikin beroş meroşan bînin ku xwarinê çêkin, xêlî jî kar bûne herin bûkê bînin. Hesen ji diya xwe re got;

- Yadê!

Diya wî got;

- Çi ye lawê min?

- Rabe here bangî Elîfê bike, bila bê alîkariya te bike.

- De lawo ew a ker û lal wê bê ji min re çi bike, hema dev jê berde.

- Bila ew jî bê, hema wê agirê te bike.

- Temam ez ê zarokan bişînim dû.

Zarokin şandin dû, Elîf bi wan re nehat. Kir nekir Elîfê deng nekir, digirî wek bê û baranê. Zarok vegeriyan, ji diya Hesen re geh gotin xaltîkê, geh gotin metikê, "me ji Elîfê re gotiye Elîf ker û lal e, deng nekir digirî û hew." Jinikê got, "Ez zanim lawo, giriyê wê tim hazir e. Ez ê herim balê…" Rabû çû cem Elîfê got;

- Elîfa min lawo rabe ser xwe, bi min re were, ma ne me yek xwestiye, tu kurdunde yî, belkî hema Xwedê ewladekî bide we, extiyarî heye lawo, belkî te jî xwedî bike zilamê te jî xwedî bike. Ma em çilo bikin keçika min tu bêzar î, tu naaxivî. Ez hatime dû te belkî tu bê alî min agirekî bikî hema. Em ê xwarinê çêkin, dawet e, gelek jê re divê qîza min…

Elîfê wilo lê nêrî, giriya. Kir nekir Elîf ranebû û pê re neaxivî. Jinik rabû çû malê ji lawê xwe re got;

- Min kir û nekir min tiştek jê fem nekir û ez hatim. Lawo ker û lal e, heywaneke Xwedê ye, tiştekî fêm nake. Ma min dixwest ku wilo be. Hema xwezî bipeyiviya.

Hesen ji diya xwe re got;

- De yadê ma em çilo bikin? Wele ne ker û lal e, teqez derdekî wê heye. Ka bê Xwedê çilo dike.

Elîf jî dire cem zarokên xwe dibêje;

- Binerin berxikên min hûn ji hundir dernekevin, îro wê ew mirov jina xwe biguhêze, bîne. Ez ê herim alîkariya wan û têra we jî birinc, goşt, xwarin marininê ji we re bînim, hûn bi dû min de bên wê ew mirov we bigire, nema dihêle hûn bên malê. Binêêriin binerin berxikên min, heta ez neyêm bal we dernekevin, xwe şanî tu kesî nekin!

Her duwan gotin, "Bila yadê bila em ji şkeftê dernakevin. Ma em ê derkevin çi?"

Hinek kab û hinek xar danî ber zarokan got;

- Ji xwe re bi wan bilîzin heta ez bêm.

Hin xwarinên li malê hebûn pêş wan kir, got;

- Dema zikê we birçî bû hûnê xwarina xwe bixwin lawo.

Zarokan gotin;

- Temam yadê temam.

Elîf çû mala xezûre xwe, hîn pîrê nuh dist û beroş hazir dikirin. Elîf hema zend û bendên xwe hildan, bi wan zendê gewr î boz ket ber kar; beroş hemû şûştin, paqij kirin, destmala xwe jî li serê xwe girêda û li ber tifikê rûnişt. Agir kir, bi cihekî goşt danî ser êgir, bi cihekî birinc û tirşik û bi cihekî fasûlî. Agirê wan dike, kevçiyê wê di destê wê de ye, ji distekê diçe ser

dista din. Çiqîn li nava wê dikeve lê, ma wê çilo bike. Xesiwa
wê jî lê dinêre, diçe û tê dibêje;

- Ji xêra Xwedê re Elîfa min tu ne ker û lal bûya. Weleh tu
hêjayî deh jinan, lê ma ez ê bêjim çi lawo, Xwedê wilo li te kiri-
ye tu ker û lal kiriyî, bi ser de jî dîn. Tu zarokên xwe jî dixwî
lawo, îcar ez mecbûr bûm hewiyekê bînim ser te.

Dema wilo got, hêsirên Elîfê herikîn. Xesiwa wê got;

- Na lawo na na, bila bes dilê te bi te bişewite, bes bigrî bes
bes...

Elîfê rondikên xwe paqij kirin û dista xwe ya goşt danî, ya
birinc û tirşikê hemû hazir kirin, sêniyên xwe firaxên xwe mer-
sefên xwe hemû hazir kirin û hîzarên paqij, mîna berfa zoza-
nan spî girt ser wan ji bo mêş û tişt li ser wan daneynin.

Savara wê maye, ew jî ava savarê li êgir kiriye, hema ku serê
xêliyan xuya bibe, wê birxulê xwe pê dake ji bo savar kevn
nebe, xweş çêbibe. Xêlî hatin, kişiyan kişiyan, bûk jî li ser hespê
ye yek li vî aliyê wê ye, yek li wî aliyê wê ye zeft kirine û hefsar
jî di destê zilamkî de ye; serê hespê dikişîne. Nêzikayî li Elîfê
kirin. Elîf jî ji qehran hişê wê ne li serê wê ye; hema agir dide
bin beroşê û ava di beroşê de li hev diqulibe û difûre... Elîfê di
dilê xwe de gotiye, encex tiştek ji mirina lawê apê min 'Mihe-
med' zortir bi serê min de bê ku ez bipeyivim, ya na min sund
xwariye ku ez nepeyivim. Îcar xuya ye êşa hewiyê zora êşa lawê
apê wê bir. Bapîrên me jî gotine; derdê hewiyê, jana tiliyê...
Bûkê nêzikayî li Elîfê kir, keçika pê re ji bûkê re got, "Ew a di
ber tifikê de, li ber distê ku kevçink di dest de ye, hewiya te ye."
Bûkê bang li Elîfê kir got;

- Ooo! Kerê lalê, fûriya ava girarê.

Elîfê jî got;

- Lê lê! Ez ne ker im, ez ne lal im. Min anî Şekir, min anî
Bekir, kesî dengê min nekir. Bûkê tirnînê, tu çi dikî li ser mehî-

nê, bûkê li mala bavê vegerînê.

Mêrê wê ma sekinî, nema zanibû wê çi bike. Ên li dawetê hemû man ecêbmayî, wî got, "Elîf peyivî," ê din got, "Elîf peyivî;" kêfa hemûyan hat, li çepikan xistin, bû qîr û qiyamet.

Hesen rabû du mirovên extiyar xistin ber hespê bûkê û ew bi şûn de vegerand, got, 'gidî gidyano ez vê nebînim.' Digihên malê ku hîn diya bûkê û bavê wê digrîn dibêjin, 'qîza me çû.' Dinêrin qîza wan li ser hespê dudu di bende re û ket derî. Pê ve rabûn;

- Xêr e qîza min, çima tu vegeriyayî?

Bi dilekî ne xweş keçik ji hespê peya bû, got, hal û meseleya min ji vê ye.

Hesen, vê carê daweta Elîfê li dar xist. Ji nû ve bû gurmegurma def û zirnê, kêfa wan li cih e. Elîfê jî got, "herin wan zarokan ji şkeftê bînin, ew her du zarok zarokên min in Şekir û Bekir in." Gava her du zarok hatin û xwe avêtin himbêza diya xwe bi kêf û eşq, bû qîr û qiyamet; mehekê daweta wê ma li dar.

Ên li dora Elîfê gotin, "îcar tê derdê xwe ji me re bibêjî bê çima vî qasî tu nepeyivî, çi hatiye serê te ji me re bibêje." Xezûrê wê, xesiwa wê, dişên wê, tiyên wê hemû lê vehewiyan; Elîfê ji serî heta binî tiştê bi serê wê de hatibû ji wan re vegot. Bê çilo mele lawê apê wê kuşt, dema xwîn di devê wê dida, lawên wê dibir, dema bihîst ku Hesen yek xwestiye çilo li ber geriyaye û ew qanî nebûye, hemû yek bi yek ji wan re got. Qehra wê şax û perê xwe berdabûn ser kezeba wê, dixwest ku heyfa ev qas qehr û merez, salên bîeş, ji mele hilîne. Ji wan re got;

- Ez tu carî di wî de nabihurim û heta bi destê xwe goştê canê wî bi kelbetanan hilnekim kela dilê min lê hênik nabe. Ji mêrê xwe re jî dibêje;

- Heta ez sax bim ez pismamê xwe ji bîr nakim û nema deng dike.

Ên li dora wê hemû wesfê wê didin dibêjin, eferim ji te re û ji soza te re, tu jin î, tu çê yî ji vê malê re, ev mal hemû di bin destê te de ye, em ê jî hemû xulamtiya te bikin. Elîfê jî got;

- Ez ne yeke wilo me, min xulamtiya kesî ji we navê, çê ye ku ez ji we re xizmetê bikim, bixebitim. Lê bi destûra we be ez dixwazim herim diya xwe û bavê xwe bibînim. Ji nû ve ez dixwazim herim bajarê xwe û melê xwe bi destên xwe bikujim.

Mêrê wê dibêje;

- Bila. Bi xêr û selamet em karê xwe bikin em ê bikevin rê, herin bajarê we, mala bavê te...

Çend rojên din du hespên bedew kar dikin, xatir ji malbata xwe dixwazin li hespên xwe siwar tên, Elîf û mêrê xwe û her du zarokên wan diçin bajarê Elîfê, mala bavê wê. Dema digihîjin serê bajêr Elîf ji wan re dibêje;

- Haa ew avaniya jor a du tebeqe û mezin, mala bavê min e.

Çûn çûn, ber muxrib gihan devê derî. Li derî xistin, gotin, "malê malê!"

Diya Elîfê derket got;

- Çi ye lawo?
- Ma hûn mêvanan nahewînin?

Jinikê got;

- Hinekî bisekinin lawo, ez herim ji zilamê xwe re bibêjim ez ê niha bêm.

Diçe ji zilamê xwe re dibêje, "Va ye zilamek, jina wî û du zarokên wan dixwazin îşev bibin mêvanê me. Ma bila bên, bila neyên?" Bavê Elîfê dibêje, "Bila bên bila bên, me bêriya mêvanan kiriye, mêvan mêvanê Xwedê ne hurmê, ser seran, ser çavan... Bêhna me teng e, hema bila bên em ji xwe re bipeyivin, bêhna xwe berdin."

Pîrê vedigere dibêje, "Kerem bikin, derbas bibin, kalo destûr da, li benda we ye." Zarok jî ji hespê dadikevin, hemû derbasî hundir dibin, silavê li hev dikin, diçin destê kalo maçî dikin, kêfa xwe ji hev re tînin, li hev rûdinên. Sifreyekê ji wan re datînin, bi hev re şîvê dixwin. Di şevbuhêrkê de ew dibêjin "tu meseleyekê, serpêhatiyekê ji me re bêje," yê din dibêje, "na tu bêje." Elîf dibêje,

- Ku hûn destûrê bidin, ez ê meseleyekê ji we re bibêjim.

Kalo dibêje;

- De hema tu bibêje lawo.

Elîf dest bi meseleya xwe dike, çi hatibû serê wê hemû ta bi derziyê vekir, lê negot ew ez im, digot yek hebû wilo bi serê wê de hatiye. Bavê wê jî her ku Elîf bi meselê de dere radibe li qûn rûdinê dibêje, "Ê lawo îcar li ku ma? Îcar sax e?" Û bê sebir li benda dawiya wê serpêhatiyê dimîne, fêm dike ku ew mesele meseleya qîza wî ye. Kalo xwe nagire, berî dawiya çîrokê bê got;

- Lawo ev mesele serpêhatiya qîza min û biraziyê min e, îcar ew û zarokên xwe gelo niha li ku ne? Sax in, çi dikin?

Keçikê jî nema xwe girt, xwe çem kir bavê xwe, destê xwe xist stûyê wî, got;

- Yabo tu bavê min î û ez Elîf im. Ev meseleya ku min got hemû hat serê min. Hal û meseleya melê, tiştên bi serê min kir ev in. Îcar min divê tu mele bi saxî bînî ber destê min û ez ê wî bikujim.

Bavê wê dibêje;

- Na qîza min na, tu wî nekuje, bila qetla wî nekeve stûyê te, ez ê wî bikujim, bila qetla wî di stûyê min keve.

Di wir de mêrê Elîfê dibêje;

- Hûn her du jî nekujin ez ê wî bikujim. Min ewqas derd xwar, min ji we herduyan bêhtir derd kişand. Evqas sal in ez di vî halî de me, ileh ez ê wî bikujim.

Paşe bi aqil e di wir de dibêje bise lawo em ê bi xweşkayî wî

67

bînin vê derê. Yekî dişîne dû Melê dibêje;

- Xoce, mewlûdek me heye tê bê mewlûda me bixwînî.

Mele jî dibêje;

- Ser her du çavan, ez ê bêm.

Mele bi kêf û eşq e, ew bîra wilo nabe. Nayê aqilê wî ku xefik li ber vedane. Mele radihêje mewlûda xwe û diçe mala Paşê. Dikeve devê derî, yanî mele ye nezerê nake, serê wî di ber wî de dibêje, "selam û eleykum." Dema serê xwe radike, dibîne ku Elîf û her du zarok jî li wir in, ruh jê dere. Her du zarokan xwe çem kirin melê; mele zarok mezin kirine, gelek tehb bi wan re dîtiye. Lê mele ji tirsan nema zane wê çi bike. Paşe dibêje;

- Naxwe te biraziyê min 'Mihemed' kuştiye; te evqas êş daye me tevan, ji bo çi? Ser çi? Tu bûyî heftê heştê salî û qîza min wî çaxî duwazde, sêzde salî bû; çilo te got ez ê vê keçikê bi xwe bihêlim. Evqas ilm te xwendiye, ev çima te wilo kir, çi derdê te bû?

Kirpînî ji melê nayê, ruh jê çûye, ruh hatiye kabokan... Dawiyê dibêje;

- Hûn çi bi min bikin heqê min e, tu guneh nakeve stûyê we qetla min li we helal e.

Hesen diçe biniya bajêr koncalekê du metro dikole û Melê bi saxîtî dixe, dibêje;

- Ez te bi derbekê nakujim, divê bê çilo te ewqas derd da me, tu jî eziyetê bikişînî, tu di cih de nemirî, tê di vir de hêdî hêdî bi êş û azarê bimirî, wê Xwedê ruhê te wilo bistîne. Îcar xatir ji malbata Elîfê xwestin, bi kêf û eşq berê xwe dan bajarê xwe. Temenekî dirêj bi hev re jiyan.

Çîroka me çû diyaran, rehme li dê û bavê xwendevan û guhdaran.

ALIK Û FATIK

◌

ibê, pîreka yekî miribû, keçikek û lawikekî wî hebû.
Navê wan Alik û Fatik bû. Bavê wan ji nû ve dize-
wice, dikevin bin destê jinbavê. Jinbav hez ji zaro-
kan nake, ji wan dienitîne.

Jinbav ji bo bi hawayekî tiştekî bi zarokan bike dikeve nav
liv û lebatê. Di xwe difikire bê ka bi çi riyê ji zarokan xelas bibe,
şeytaniyek tê hişê wê. Dema çandiniyê jinik êvaran genim û
ceh dikelîne û sibehê dixe xurcika zilamê xwe, sibehê zilam
dişîne nav erd. Mêrik wî bizirî diberbizîne, wan diçîne, lê tiş-
tek şîn nayê. Salekê duduyan bi vî hawayî dere, dimînin birçî.
Jinik dere cem melê û tê, ji mêrê xwe re dibêje, melê gotiye bila
her zarokekî xwe li aliyekî serseda erd serjê bike wê erdê we şîn
bê.

Mêrik mecbûr dimîne zarokên xwe dibe nava erd ku li ser
erd wan serjê bike. Çûkek tê ji zarokan re dibêje, "Wê bavê we
serê we jêke, ji xwe re birevin. Fatik tu rahêje kumê birayê xwe
û bireve, Alik jî bila bi dû te keve, bê çima tu kumê min nadî
min? Û bi wî hawayî bazdin, xwe xelas bikin."

Dema firsenda wan dikevê ji qazî ve keçik radihêje kumê
birayê xwe û direvîne. Birayê wê jî ji bavê xwe re dibêje, biner
yabo xweha min kumê min nade min û bi dû xweha xwe dike-

69

ve. Didin ser pişta hev û xwe ji bavê xwe bi dûr dixin, derin. Nema li bavê xwe vedigerin, geh heta ji wan tê bazdidin, geh dimeşin; axirê xwe xelas dikin.

Derin derin bi ser şkeftekê vedibin, dikevin hundirê wê. Dinêrin pîrek kor li wir e. Pêjnê ji xwe naynin, hêêdîka li qorzîkekê disekinin xwe pêş pîrê nakin. Ka bê pîrê çi dike, pirqînî li wan dikeve, pîrê bi wan dihese.

Pîrê wan dixe kewarê û carê xwarinê dide wan. Wê wan ji xwe re qelew bike û bixwe. Demek tê re derbas dibe, carê pîrê wê bêje; "Ka berxikên min tilîka xwe di qula keware re derxin bê hûn qelew bûne."

Zarokan ji xwe re mişkek girtine û carê terîka mişk didin destê pîrê. Pîrê dibêje, hûn hîn qelew nebûne û dîsa wan xwedî dike. Çend roj wilo derbas bûne, dûre terîka mişk winda kirine. Dema pîrê hatiye ber qula kewarê bûye kupekupa dilê wan û mecbûr mane tilîkên xwe pêş pîrê kirine. Pîrê dinêre ku qelew bûne. Dere distek av li êgir dike û tê dibêje, lawo hûn niha lewitîne de ka derkevin ku ez serê we bişom.

Zarokan ji kewarê derdixe, wan dibe ber dista ava kelandî ku wan têxê. Her du xwe bi tiştekî nahisînin, li dora pîrê derin û tên, dibêjin, em ê pêşiyê serê te bişon dûre tê me bişo. Heta pîrê dibêje na, filan bêvan zarok xwe lê dikin yek, wê dixin dista ava kelandî û bazdidin. Xwe bi wî hawayî ji pîrê xelas dikin.

Derin derin li cihekî disekinin. Li wir ji xwe re disebibin, dişixulin, nanê xwe derdixin. Lawik mezin bûye, xweha wî dixwaze wî bizewicîne. Keçik dibêje, "Ez ê yeke ku bi şîrê xezalan xwedî bûye ji birayê xwe re bînim. Jinbava me ev qas xayîn derket, belkî yeke ku şîrê însanan nexwaribe wilo bêmirwet dernekeve." Vir de wê de, vir de wê de digere, keçikek ku bi şîrê xezalan xwedî bûye peyde dike. Dere wê ji birayê xwe re dixwaze û wan dizewicînin.

Fatik, Alik û jina wî hez ji hev dikin, kêfa xwe ji hev re tînin. Bi demê re jina Alik dinêre ku, mêrê wê gelekî hez ji xweha xwe dike. Bi hev re gelek zehmetî û rojên zor derbas kirine, dilê wî bi ser xweha wî ve ye. Qîma jinikê bi vê nayê, jinik ji dişa xwe dicemise, jê diqehire.

Carê Fatik dere çolê dixebite, heta tê malê ji hal û balê xwe de dikeve. Rojekê jinbira Fatikê dere ji nav çem çêlikekî mara digire û dixe şerbikê avê. Dema Fatik tê, dere pêşiyê dibêje, ez zanim tu gelekî tî bûyî, min ji te re av anî. Keçik gelekî betiliye, ji tînan ketiye, hema radihêje şerbik û devê xwe dixê, dibe qurtequrta wê. Dema avê vedixwe çêlikê maran jî dere nava wê.

Roj bi roj çêlik mezin dibe û zikê Fatikê jî pê re mezin dibe. Jinik ji mêrê xwe re dibêje, "Va xweha te biheml e, zikê wê roj bi roj mezin dibe. Em hetikîn." Di nav xelkê de jî dibe şitexalî, dibêjin Fatik bihemil bûye. Birayê keçikê di nav xelkê de kêm dikeve. Jina wî jê re dibêje, "Ji bo ev eyb ji ser te here divê tu xweha xwe bikujî."

Lawik ji xweha xwe re dibêje, heydê em ji xwe re bigerin û wê dibe serê çiyayekî ku wê bikuje. Keçik dibetile, birayê wê serê wê datîne ser kapoka xwe, keçik wilo di xew re dere. Destê birayê wê lê nagere wê bikuje, hêdîka kaboka xwe ji bin serê xweha xwe dikişîne, wê li navsera wan çiyayan di xew de tenê dihêle û vedigere malê.

Keçik şiyar dibe ku tenê ye; ne kes û ne kûs. Xwe bi jêr de berdide, dinêre çemek diherike. Dere ber çem ku avê vexwe. Li ber çem xwe daqul dike ku avê vexwe dengê maran tê. Dengê marê di nav avê de dere marê di zikê keçikê de û dike ku mar derkeve. Elq tên keçikê û mar dibê çelp û xwe davê nava avê. Keçik diqutife. Ji aliyekî ve jî bêhna wê derdikeve, dinêre ku zik pêve nema. Avê li dest û rûyê xwe dike, hebekî rûdinê, bêhna xwe vedike.

Keçik dinêre siwarek ji wê de tê, hildikişe ser darê. Siwar tê bin darê, hespê xwe dibe ber çem ku avbide, hesp daqul tê û ji ser avê vedikişe, daqul tê û vedikişe. Tu nabêjî şewqa keçikê di avê re xuya dike. Lawik dibêje ev çi hewalê hespê min e, li avê dinêre û hema berê xwe ber bi jora darê ve dizivirîne. Dinêre ku keçikek sipehî û li ser darê ye. Bang dike, dibêje were dakeve, biner bê tu çi kes î, tu li wir çi dikî.

Keçik ji darê dadikeve, meseleya xwe ji serî heta binî ji layê paşê re dibêje. Layê paşê bi heft dilan dil dikeve keçikê. Keçikê qanix dike û wê dibe malê; dawetekê li dar dixe û wê li xwe mehr dike. Mala paşê dewlemend e, halê keçikê xweş e. Di wê navê re ka bê çend sal derbas dibin, li aliyê ku mala birayê wê lê ye xela çêdibe. Li gundê mala birayê wê dibihîzin ku li bajarê filan derê li mala filan paşayî genim heye û li xelkê bela dikin. Jina 'Alik jê re dibêje, tu jî rabe here wî bajarî ji mala wî paşayî ji me re hinek genim werîne.

Alik xwe kar dike û dere wî bajarî mala wî paşayî. Ew mal mala xweha wî ye. Nuh xweha wî çav lê dikeve birayê xwe nas dike, lê birayê wê, wê nas nake. Xweha wî tembî dike, derin jê re dibêjin heta jina te jî neyê em genim nadin te. Birayê wê dere jina xwe jî tîne û dîsa tê. Ji wan re dibêjin, niha hûn gelekî betilîne werin rûnên, bêhna xwe vekin, gepek nan bixwin. Li hev rûdinên, keçik dibêje ez ê meseleyekê ji we re bêjim. Dest pê dike, çi bi serê wê hatibe hemûyî ji wan re dibêje, lê nabêje ew ez im. Dibêje wilo wilo bi serê keçikekê de hatiye. Di dawiyê de dibêje ew ez im û tu birayê min î. Lawik kenûgirî dibe, nema zane ne divê kêfa wî bê, ne biqehire. Keçik û birayê xwe xwe çem hev dikin, hevdu maçî dikin. Lawik dike ku jina xwe bikuje, xweha wî nahêle. Xweh dibêje,

- Min xwest ez yeke ku şîrê însanan nexwaribe ji birayê xwe re bînim ji bo wek jinbava me li me neke. Lê xuya ye xayîntî û bêwijdanî di xwîna însan de heye.

Xweh ji bo ku birayê xwe dîtiye dilê wê xweş bûye. Jinbira xwe efû dike. Têra wan genim jî dide wan û wan dişîne malê.

TEŞTRO

༄

Hebû tune bû, rehme li dê û bavê min û we bû. Hebû gundek ji gundan, gundekî ava, gundekî bixêr û bêr. Li wî gundî lawê axayê gund Mihemed hebû. Rojek ji rojan Mihemed û hevalê xwe li gasîna gund ji xwe re bi gogê dilîztin. Goga Mihemed çû li şerbikê pîrê ket. Şerbikê pîrê şikest. Pîrê nifirek li Mihemed kir got;

- Xwedê Teala miradê te bi Teştro neke lawo.

Mihemed rahişt goga xwe û bazda, vegeriya lîstika xwe. Êvarê li malê ji dê û bavê xwe re behsa gotina wê pîrê kir. Ji wan pirsî, got; ma Teştro kî ye? Wan jî got;

- Guh nede pîrê, nizane bê çi dibêje.

Roj derbas bûn, sal zivirîn, Mihemed bû xortekî delal, xortekî ji van ên bilind, bi dar û ber. Ew gotina pîrê jî ji bîra Mihemed neçûbû. Ji kê dipirsî digotin em kesekî wilo nas nakin. Roj bi roj bêhtir diket xeyalan û dibû kuleke mezintir di ser dilê wî de. Rojekê rê girt çû cem pîrê. Li ber rûnişt û jê pirsî, got;

- Tê bîra te pîrê, te rojekê ji min re gotibû, Xwedê miradê te bi Teştro neke! Ev Teştro kî ye?

Pîrê pêşiyê negot. Ji pîrê pê ve jî kesî nizanibû bê Teştro kî ye. Heta li ber pîrê geriya, de û de îcar pîrê got;

- Teştro keçikeke porzêrîn e, xweşik û rind e, ji cihekî dûr e.

74

Ew der jî di neqeba erd û ezmên de ye.

Mihemed ji pîrê pirsî, got;

- Ez ê çilo herim cem, ez ê çilo karibim xwe bigihînim Teş-
tro?

Pîrê got;

- Tu nikarî herî wê derê. Ew rê riya "çûn û nehat"ê ye.

Mihemed gelekî rû li ser pîrê danî. Pîrê dest bi gotina riya
ku wê pê de here, kir;

- Divê soleke te ya hesinî û barek şûjin, barek sabûn, barek
şeh û têra te xwarin jî hebe. Heta lingê te di sola hesinî de xwê
bide tê bigihîjî qonaxa wan. Ku tu gihîştî ber şibakeya keçikê tê
bêjî, "Teştrooo, keziyan daxe, dê û bav wê bên jor." Keçik ji te
hez bike wê guliyên xwe ji te re daxîne, tê xwe bi guliyên wê
bigirî û wê îcar te hilde jor.

Mihemed rabû hat malê. Li gotinên pîrê fikirî, ew Mihemed
çû û yekî din hat. Çend rojan di vê xem û xeyalê de ma. Mal-
bata wî jî pê hesiya, li ber dilê lawê xwe derin û tên lê fêde nake;
her ji Teştro pê ve tiştekî nema bala wî dikişand. Hemû şuxilê
xwe li aliyekî hişt û dest bi kara çûnê kir. Mihemed li ber dilê
bavê xwe gelekî şêrîn bû. Bavê wî yê axa, rabû hosteyekî pir
jêhatî peyda kir, ji lawê xwe re soleke hesinî û bedew da çêki-
rin. Tiştê ku pîrê gotibû wek barek şûjin, barek sabûn, barek
şeh û têra wî xwarin jê re kar kirin.

Mihemed bi coş li hespê, hespê xwe yê boz siwar bû, xatir ji
malbata xwe xwest û da ser rê. Û çûû… û çûû… û çû. Heft çiya
û heft newal derbas kirin. Bi gelek zehmetan gihîşt welatê Teş-
tro. Li qonaxa wan nêrî, li dorê çû û hat, wek ku pîrê jê re goti-
bû li ber şibakeya Teştro sekinî û got;

- Teştroooo, keziyan daxe, dê û bav wê bên jor!

Teştro guliyên xwe jê re berdide erdê, Mihemed xwe pê
digire, keçik wî hildide jor û dibe cem xwe. Dema Mihemed

Teştro dît, aqilê wî ji serê wî çû. Teştro ji xeyala wî jî xweşiktir
bû. Teştro jî nuh Mihemed dibîne hilfa wê dere ser. Ji xwe re
dipeyivin, li hev dipirsin, kêf û henekên xwe dikin, derin din-
yayeke din, nizanin bê wext çilo derbas dibe. Teştro dinêre ku
dê û bavê wê hatin; hema Mihemed û hespê wî her yekê dike
sêvek û ji xwe re bi wan dilîze. Bavê wê li sêvan dinêre, dibêje;
- Ev ji ku hatin? Ev ne xêr e.
Radihêje wan û davêje devê xwe, her sêvekê dixe aliyekî
gepa xwe. Keçik dike qîrîn. Dike ku ruh jê here. Diya wê dibê-
je;
- Tu çima wilo dikî? Keçika me ji xwe re bi wan dilîze, sebra
xwe bi wan tîne, ka wan bide keçikê, wilo neke?
Bavê Teştro sêvan ji devê xwe derdixe û dide destê keçika
xwe.
Wexta dê û bavê wê çûn razan, Teştro ew sêv dîsa kirin wek
berê. Mihemed bi lez Teştro avêt ser hespê, li ber xwe kir û ew
revand. Bi çargavê dan ser rê. Dê û bavê Teştro bi wan hesiyan,
rabûn dan dû wan. Dan ser pişta wan, de û de û de wilo kirin
ku bigihên wan. Mihemed û Teştro çiqas li xwe lezandin dîtin
ku fêde nake, hema Mihemed barê sabûnê avêt ber lingên wan,
dê û bav şemitîn û totlanî hev bûn. Mihemed dîsa da hespê
xwe, teqnekî bi dûr ketin, kirin ku dilê xwe xweş bikin, dîtin ku
dê û bav dikin bigihên wan. Kirin nekirin xelasiya xwe ji destê
wan nedîtin. Vê carê barê şeh avêtin ber lingên wan. Ew şeh
bûn teht û kaş û ketin ber dê û bavê Teştro. Mihemed û Teştro
nifşekî din çûn. Piştî tibabekî çûn, dîsa dîtin ku nêzikî wan
bûne, dev ji wan neqeriyane. Îcar şûjin avêtin ber lingên dê û
bavê Teştro û dîsa dan çargavê. Hespê wan wek ba diçû. Wê
carê ji wan xelas bûn û çûûûn, çûûûn gihan nêzikî gund. Li ber
çemekî di ber siya darekê de sekinîn, dest û rûyê xwe şûştin, av
vexwarin, Mihemed ji Teştro re got;

- Ha ev gundê hanê gundê me ye. Divê tu li vir bimînî heta ez herim xêliyan bînim. Ez te bê xêlî nabim gund, dûre wê xelk henekê xwe bi me bikin. Ji bo kes te nebîne, tu hilkişe ser vê darê, heta ez herim gund û vegerim tu ji wir nelebite.

Keçik hilkişya ser darê û ew jî çû gund. Mihemed kar û barê dawetê saz dike, xêliyên xwe dide hev û Teştro jî li ser darê li bendî ye; carekê dît ku wa ye êleke qereçiyan ji wir ve tê ber bi çem de. Qereçî li ber avê sekinîn û kirin ku avê vexwin. Çend jinên qereçî hatin ber siya darê, gava xwe daqûl kirin bi ser avê de ku avinê vexwin, şewqa Teştro di avê de dîtin. Yekê ji ya din re got; "Tu li şewqa min binere", ya din got; "Ew şewq ne ya te ye ya min e." Jin pev ketin, wê got, sûretê min e ya din got, na yê min e û porgijka hev girtin, hev circirandin, rabû Teştro ji bo ku wan ji hev bike ji darê daket. Wiha nêrîn ku li çi binerin, qîzeke ji vanên spehî, hema tu dibêjî, ez nexwim û venexwim û ji xwe re lê binerim. Li dorê civiyan û her yekê ji aliyekî ve pirs jê kirin;

- Navê te çi ye?
- Ev tu li ser vê darê çi dikî, te xêr e?
- Çima tu tenê yî?

Teştro got, "Haaal û hewalê min ji vê ye." Çîroka xwe hemû ji wan re got û got, "Ez li benda lawê axê me." Bîstikekê li hev rûniştin, êlê ava xwe vexwar, bêhna xwe vekir û dîsa da ser riya xwe. Qîzeke qereçî xwe ji êla xwe hişt û li dora Teştro çû û hat, xwe pê şelaf kir, heta xwe kir kirasê wê û jê re got;

- De ka berî ku xêliyên te bên ez serê te bişom. Bila tu şûştî û veşûştî bî, ji bo xelk henekê xwe bi te nekin. Û ew qanih kir.

Teştro ji dilê safî got; "Xebera te ye, divê ez rabim xwe bişom." Rabû çekên xwe ji xwe kirin û ket çem. Wexta Teştro ket çem, keçika qereçî dehfik dayê û kir ku bifetise. Dûre jî cilên Teştro li xwe kirin, çû li ciyê wê, li ser darê rûnişt.

Mihemed li pêşiya xêliyan, li ser hespê bi kêf û eşq hat ber çem. Hilkişiya serê darê, li keçikê nêrîîî ku li çi binere, ma şaş, hebitî; ev çi ye, ev çi bi Teştro hatiye, Teştro li ku û ev li ku, eva reeeş, lêvên qalind, lingên qelişî...

Nema devê wî digeriya, bi zor ji keçika qereçî re got;

- Ev çi bi te hatiye, tu kî yî?

Keçikê got;

- Ez Teştro me.

Mihemed got;

- Lêvên te çi pê hatine, lêvên Teştro ne wilo qalind bûn.

Got;

- Hingî min got 'tprpp... tprpp...' wê kengî lawê axê bê, lêvên min wilo lê hatin.

Mihemed got;

- Çima tu wilo reş bûyî?

Keçika qereçî got;

- Şewqa rojê dida min, ji ber wê ez wilo reş bûm.

Rabû, lawê axê ji fedîbûna xêliyan re nema dengê xwe kir, keçik daxist û li hespê siwar kir, dan pêşiya xêliyan û kirin ku bimeşin.

Teştro jî bûbû şitlê rihanê li ber çem. Xêliyan her yekî/ê şitleke rihanê jê kir û kirin ber serê xwe, bû tilîliya wan û xwe dan dora bûk û zavê û meşiyan. Keçika qereçî dît, fêm kir ku ew şitlê rihanê Teştro ye; bi madê tirş ji xêliyan re got;

- Çima we rihan daye ber serê xwe? Heta hûn van rihanan ji ber serê xwe nekin û navêjin ez bi we re nayêm.

Rabûn rihan ji ber serê xwe derxistin, qurquçandin û avêtin. Xêliyan dîsa dest bi tilîliyan kirin, bi çepik û defê re ber bi gund ve meşiyan. Teştro destê wê ji Mihemed nedibû, vê derbê bû ewrek di ser serê wan re. Keçika qereçî hişê wê ma li ser ewr, nema xwe girt dîsa li xêliyan vegeriya û ji wan re got;

- Îleh bileh hûn ê tivingan bavêjin vî ewrî yan na ez bi we re nayêm.

Ya hewlilwela, hemû pê re mane heyirî. Ma di vê navê re wê xwe pê re bihetikînin. Xêlî rabûn xuṁ û xum û xum tiving berdan ewr, ewr ferikî. Li mala axê jî daweta wan li dar e, bi kêf ber bi xêliyan ve diherikin. Bi stran û reqs bûk ji hespê daxistin û birin malê. Heta nîvê şevê daweta xwe kirin û dû re dawet belav bû.

Şivanekî mala axê heye her roj pez derdixe çêrê. Şivan li ber pez e, dinêre ku her roj kevokek tê li ser miha ku Mihemed jê hez dike datîne û dibêje;

- Waaaa şivanoooo!(*)

Şivan dibêje;

- Hêêêêê!

Kevok dibêje;

- Lawê axê li mal eeee?

- Erêêê!

- Ew qereçiya lêvreş li bal eee?

- Erêêê!

- Hîn halê wî ew hal e?

- Erêêê!

Û kevok difire dere.

Tu nabêjî ewr bûbû kevokek û firiyabû. Çend rojan eynî

(*) Ev beş ji aliyê hinan ve wiha jî tê gotin;
- Waaaa şivanoooo!
Şivan dibêje;
- Hêêêêê!
Kevok dibêje;
- Lawê axê li mal eeee?
- Erêêê!
- Ereba lêvdeq li bal eeee?
- Erêêê!
- Ma halê wî çi hal e?

saetê ew kevok tê li ser wê mihê datîne û wilo diştexile. Saw ji şivan re çêdibe, dibêje çilo kevok diştexile, ditirse û roj bi roj zeîf dibe. Rojekê Mihemed bang dike şivan, jê re dibêje; qey derdê te heye ya hinek tehdê li te dikin, te birçî dihêlin; çima tu roj bi roj dinisilî. Şivan dibêje, ez nikarim bextê xwe xera bikim kesek tu tehdê li min nake, lê tiştekî din heye ku tu li min mukir neyê ez ê ji te re bêjim. Mihemed dibêje, ka bêje bê çi bûye. Şivan dibêje, hal û hewalê kevokekê wilo ye. Dibêje;

- Her roj nîvro di saeta xwe de kevokek wê bê li ser wê miha ku tu jê hez dikî wê deyne û wê bang bike wê bêje, waaaa şivanoooo! Ez ê bêjim, hêêêê! Wê bêje, lawê axê li mal eeee? Ez ê bêjim, eeee! Wê bêje, ew qereçiya lêvreş li bal eeee? Ez ê bêjim, eeee! Wê bêje, hîn halê wî ew hal e? Ez ê bêjim, eeee! Û wê here. Ji roja te ev jin aniye ev kevok tê û wilo dibêje. Mihemed guman dike ku ew Teştro be. Ji şivan re dibêje, sibê ez ê bi te re bêm, alî min bike ez wê bigirim. Dibe sibeh bi hev re pez dibin çêrê. Berî saeta kevokê bê Mihemed xwe dixe bin miha ku jê hez dike. Kevok tê li ser mihê datîne û bi eynî lewnî gotinên xwe dike, dibêje;

- Waaaa şivanoooo!

Şivan dibêje;

- Hêêêêê!

Kevok dibêje;

- Lawê axê li mal eeee?

- Erêêê!

- Ew qereçiya lêvreş li bal eee?

- Erêêê!

- Hîn halê wî ew hal...

Mihemed di vê navê re hêdîka destê xwe ber pê de dibe û berî gotinên wê xelas bibin xwe çem dikê destê xwe davêje lingê kevokê û wê digire. Dibe mal û hema li ber dere û tê, êm dike û av dike, qefeseke xweşik jê re çêdike. Gelekî lê dibe xwedî û ji wê pê ve nema bi tiştekî dadikeve.

Jina qereçî fêm dike ku ew kevok Teştro ye, gelkî jê aciz e. Rojek berî rojekê dixwaze jê xelas bibe. Ne bi tuyî jinika qereçî di xwe derdixe ku avis bûye. Rojekê dema Mihemed dere bajêr mahneya dike, dibêje, "Herin wê kevokê bînin û şerjê bikin, ez xera dibim, dilê min dibije goştê kevokan." Kevokê tînin li hewşa malê şerjê dikin û jê re dibrêjin. Li cihê ku xwîna kevokê diniqutê, li hewşa mala axê dareke çaman şîn tê û di rojekê de bi ser serê hewşê dikeve, şax û per jê derin hewşê hemûyî digire. Dema Mihemed ji bajêr vedigere li ber deriyê hewşê dimîne sekinî. Ji xwe re dibêje, ev derî deriyê me ye lê di hewşa me de ev dara mezin tune ye. Di dilê wî de bi şaşî hatiye ber deriyê hinan. Çend gavan bi paş de dere, li dora xwe dinêre dibêje, bavo ev derî deriyê me ye û dîsa tê. Dibêje, ka ez derî vekim bê ez şaş im an na. Deriyê hewşê vedike ku hewş hewşa wan e û ew dar di hewşa wan de ye. Ji maliyan dipirse, dibêje ev dar çi dar e? Jê re dibêjin; jina te got dilê min dibije goştê kevokê, me kevok şerjê kir, li şûna wê ev dar şîn hat. Mihemed bi şerjêkirina kevokê gelekî diqehere, bi jina xwe re pevdiçe. Dibêje, niha ez tiştina bi te bikim wê xelk bêje ji bo kevokekê çû çi kir, îcar ez ê bêjim çi çûye bûye, ji nû ve ez çi bikim bêfêde ye. Ji wê rojê û pê de Mihemed her roj darê av dide, li ber siya wê rûdinê; hema bi darê ve gelekî tê girêdan.

Neh mehên jinikê qediyan, Xwedê lawek dayê. Roj derbas dibin û dar li ber çavê wê ye, jê gelekî aciz e. Li firseteke digere ku wê darê bibire. Rojekê dîsa karê Mihemed li bajêr derdikeve dere bajêr. Jinik ji maliyan re dibêje;

- Vê dara di hewşê de bibirin û ji zaroka min re bikin dergûş.

Xerat tînin ku darê bibire, ji zaroka wan re bike dergûş; her ku xerat bireka xwe li darê dixe deng ji darê tê, dibêje;

- Xeratooo, mal mîratooo, hêdî hêdî laşê min têşê.

Xerat dimîne sekinî, li dora xwe dinêre ku kes tune ye. Dibe
niçniça wî û serê xwe bi niçniça xwe re dihejîne, di dilê xwe de
jî dibêje, "Qey ez şaş bûme, wele dengek hat min bavo." Ji nû
ve dest bi birînê dike, kêliya bireka xwe li darê dibe û tîne dîsa
ew deng têyê;

- Xeratooo, mal mîratooo, hêdî hêdî laşê min têşê.

Xerat di cih de, dev ji birînê diqere û diçe. Heft xeratan
tînin, xerat hemû ji dengê darê nikarin darê bibirin. Taliyê
diçin du xeratên ker tînin û encex bi vî hawayî darê dibirin,
dikin dergûş.

Mihemed tê ku va ye xerat ketine darê, birîne, her şaxeke wê
bi derekê de avêtine û dergûşê çêdikin. Mihemed xwînê bi xwe
ve dibîne, dibêje ev çi ye, hûn çima wilo dikin? Jinik dibêje,
lawê te digiriya nedisekinî, ranediza, me got belkî bi dergûşê
em wî haş bikin. Mihemed bi jinikê re pevdiçe lê bêfêde ye...

Çend rojan lawik dixin dergûşê, her lawik dixin dergûşê
qîrînî pê dikeve. Tu nabêjî her gava ku lawik dixin dergûşê wek
derziyan di lawik radibe û hema lawik digirî, ranazê. Jinika
qereçî dît ku wilo çênabe. Di dilê xwe de got, "Ma tê ji ber êgir
çilo xelas bibî?" Bangî xulaman kir, got;

- Vê dergûşê bişkînin û bavêjin êgir, bişewitînin.

Rabûn dergûş perçe kirin û şewitandin. Bû qirçeqirça darê
dergûşê di êgir de. Di wê navberê de pîrek ji gund hat agirekî,
mala wan. Tu nabêjî piçek textikê sersot mabû û neşewitîbû.
Pîrê ew sersot kir carûda xwe, bir û çû malê. Wexta agirê xwe
pêxist ew sersot pekiya nav firaxan, bû keçikek 14 salî.

Teştro xwe ji pîrê veşart. Xwe pêşê nedikirê, carê ku pîrê
derdiket derve nav malan, Teştro karê pîrê dikir, dora wê dida
hev, beriya ku pîrê bê dîsa xwe vedişart. Rojekê pîrê di dilê xwe

de got, "Bavo ev hinek di mala min de ne, hundirê min paqij dikin." Pîrê di hundir de bang kir got;

- Tu ins bî tu cins bî bext ji te re, derkeve.

Rabû Teştro derket û got, "Ez ne ins im ne jî cins im, ez Teştro me". Pîrê dinêre ku keçikek derket û şewqa wê dide malê tevdî. Jê re dibêje, "Maşele maşele, Xwedê te bisitirîne lawo, tu kî yî, tu ji ku hatiyî?"

Teştro dibêje, "Hema lê nepirse, felek li min geriyaye, ma tu destûrê didî ku ez bibim qîza te?" Pîrê dibêje, "Çawa ez destûrê nadim, jixwe ez jî tenê me, ma min hîn ji Xwedê çi divê."

Wê salê çelakî xedar bi ser gundê wan de hat, êmê heywanên mala axê jî xelas bû, nema karibûn hespên xwe xwedî bikin. Rabûn di nav gund de bang kirin, gotin, "Hêêê, heçî bixwaze bila bê hespekî bibe li malê xwedî bike, em dûre heqê wan li xwe nahêlin." Kêliya lawê paşê her malekê hespek li wan belav kir, Teştro ji pîrê re dibêje, "Tu jî here yekê ji me re werîne. Lê binere, bila xelk hemû ji xwe re bineqînin, yê ku li dawiyê ma, kes pê qayîl nebû, werîne." Pîrê dibêje;

- Ma em ê çi bikin ji hespê, tiştekî me tune ye, em ê bi çi wî xwedî bikin?

Teştro dibêje, "Tu here werîne, îşê te pê tune ye." Pîrê radibe dere hespê herî bikêrnehatî, piştkurmî, hestî û çerm maye dineqîne. Xelk jê re dibêjin, "Ev çi ye pîrê, heta tu bibî malê wê bi rê de ruh jê here." Pîrê dibêje, "Xem nake" û hespê dibe malê.

Teştro destê xwe xist stûyê hespê, li dorê çû û hat. Di axo de jê re cihek çêkir. Her ku Teştro destê xwe dişûşt, giya li ber ava wê şîn dihat, ew giya jî dida hespê. Roj bi roj hespê li xwe zêde kir û ji yên xelkê hemûyan çêtir bedew bû. Çele qediya, bû bihar, mala axê bang kir, got;

- Heçî heye bila hespê xwe bîne meydanê.

Teştro pişta hespê xwe firkand, ew maçî kir û şîret lê kir, got; "Tê herî ser bênderê, tê bilîzî, bilîzî, bilîzî û tê bê nîvê bênderê mexelê, heta ez neyêm tu ranebî û ku jina lawê axê bibêje ji te re, rabe, tê ji şimikê heta kumikê wê di rêxê de bihêlî."

Gundiyan hemûyan hespên xwe birin, pîrê ma. Kirin nekirin hesp di deriyê axo re neçû, hingî girs bûbû. Rabûn bangî zilamên mala axê kirin, derî şikenandin û ew birin. Hespê da çirvîtkan. Li hawîrdora bênderê lîst, lîst û hat li nîvê bênderê mexel hat. Hesp hemû birin mala axê û kirin nekirin hespê pîrê ji erdê ranebû. Kesek nema ku xwe neceriband lê tu tişt bi ser nexistin; ji hev re gotin ka em ji jina lawê axayê xwe re jî bêjin, bila xwe biceribîne, ev hespê spehî nestêle ye, divê em hawayekî bikin. Bangî jina lawê axê jî kirin gotin, belkî tu karibî vî hespî rakî. Ew jî hat pehînek li hespê xist, got, "Deh, bê xwedî mayo, de rabe ser xwe." Hespê ew ji serî heta binî di rêxê de hişt.

Li hev pirsîn gotin, ma ka kî maye ku xwe neceribandiye, kesî me bangî wan nekiriye maye gelo? Gotin, çi ye ne çi ye, kes nemaye ku nehatiye. Yekî got, keçikeke pîrê heye, ew tenê nehatiye ka em bangî wê jî bikin, bila xwe biceribîne belkî karibe hespê rake. Rabûn çûn, bangî Teştro kirin. Nû gihişt cem, ji hespê re got, "Rabe! Ez dûre keda xwe li te helal nakim", hespê got çip û rabû ser xwe. Lawê axê dilê wî li keçikê dişeite. Di dilê xwe de difikire, bê ka çilo ew ê vê keçikê tenê zeft bike û pê re biştexile.

Radibin bangî keçikên gund hemûyan dikin, dibêjin, "Îro li mala axê wê şeîreyan bibirin, bila keçikên gund hemû bên alî wan bikin." Pîrê jî keçka xwe dişîne. Keçik li mala axê şeîreyan dibirin û ji xwe re diştexilin. Her yekê çîrokekê, meseleyekê dibêje, wensa xwe pê tînin. Teştro jî dibêje, "Ez ê jî ji we re meselakê bêjim û tiştê di serê wê re derbas bûne hemûyan yek bi yek dibêje, lê nabê ev ez bûm, dibêje yek hebû, wilo bi serê wê hatiye. Tu nabêjî lawê axê bi dizî lê dihishise, fêm dike ku ev Teştro ye. Radibe dere bi dizî şimika Teştro vedişêre. Dema bû derengî şevê keçik hemû derin malê, Teştro li sola xwe digere, dike nake nabîne, dawiyê ew tenê dimîne. Lawê axê xwe çem dikê, newqa wê digire û dibêje;

- Ez zanim tu ew î, ez nema te berdidim, ka bêje bê çima te wilo li me kir?

Teştro îcar ji serî heta binî jê re tiştên ku keçika qereçî tîne serê wê hemûyan dibêje. Mihemed, radibe dibêje;

- Bangî gundiyan bikin, bila sibê her yek barek êzing bîne meydanê deyne.

Her maleke gund barek êzing tîne li meydanê datîne. Mihemed jina xwe ya qereçî datîne ser koma êzingan û agir pê dixe. Ji nû ve dawetekê çêdikin û Teştro dixemilînin, ew û Mihemed digihên miradê xwe.

Çîroka min ji we re xweş, ka telaşek şebeş.

XWEH LI XÊRA XWEHÊ BÛYA CEWRIKÊ
KÛÇIKAN NEDAVÊT BER

ఌ

Dibê, di heyamê berê de du paşe hebûn. Ê yekî sê qîzên wî hene, yê din sê lawên wî hene. Soz ji hevdu re dane ku her sê lawikan bi her sê keçikan re bizewicînin. Zarok digihên, dibin xort. Her sê lawik derin cem her sê keçikan, li hev rûdinên, layê mezin ji keçika mezin dipirse, dibêje;

- Ku ez te bînim tê ji min re çi bikî, çi merîfetên te hene?

Keçika mezin dibêje;

- Ez jina mala me, ez karim gelek mêvanan hilînim û deynim, ez ê xwarinên xweş û şiklo şiklo çêkim.

Birayê navîn ji keçika navîn dipirse, dibêje;

- Dema ez te bînim, tê çi bikî, çi merîfetên te hene?

Keçika navîn dibêje;

- Ez sinetkar im, ez ê beran, xaliyan û xalîçan çêkim, ez ê mala te bixemilînim.

Dor tê yê biçûk. Lawikê biçûk eynî pirsê ji keçika biçûk dike. Keçik dibêje,

- Ê min tu merîfetên min ên wilo tune ne, ez ê ji te re law û keçeke gulîzêrîn bînim.

Piştî demeke kin birayê mezin dergistiya xwe tîne. Dibîne ku ne wek tiştê gotiye derket. Karê wê wek ê hemû kesî ye, tiştekî wê yê zêde tune ye. Lawikê navîn jî daweta xwe li dar dixe û dizewice, dibîne ku ew jî ne wek ku gotiye, ne sinetkar e.

Dora birayê biçûk e. Piştî dizewice ne bi gelekî jina wî bihemil dibe. Neh mehên wê diqedin û cêwî jê re çêdibe. Jintiyên wê yanî xwehên wê jê re bûne pîrik. Dinêrin, bi rastî kur û keçeke spehî ku şewq ji wan dere û porzêrîn in jê re çêbûn. Dikevin hev, jê dicemisin. Ji hev re dibêjin, me sozê xwe neanîn cih û va ye xweha me ya biçûk tiştê gotibû bi cih anî. Zilamên me vê bibînin wê me berdin. Ka em çawa bikin? Berî ku zilamên me pê bihisin divê em fêlekê pê bikin.

Radibin, wan zarokan dipêçin, her yekê piçek bê loqum e, bê şekir e dixin devê wan, dixin sindoqekê û dibin li ber ava çem berdidin. Du cewrikên kuçikan jî tînin datînin ber serê xweha xwe. Bangî maliyan dikin dibêjin, va ye xweha me du cewrikên kûçikan aniye. Mêrê wê gelekî li ber xwe dikeve. Dibêje, vê jinkê ez nema bibînim. Radihêjin jinika nûzayî, dibin li axo girêdidin. Nema guh didinê, carê gepek nanê hişk avêtin ber avêtin, an na birçî, perîşan di wî halî de dimîne.

Kal û pîrek jî hene li ber ava çem aşekî wan heye. Sindoqa ku zarok tê de ne dere dikeve dera ku av bi ser aş de diherike. Dema ava ser aş qut dibe kalo dibê, ev çi hewalê ava me ye, ka ez herim lê binerim. Dere dinêre ku sindoqek ketiye devê riya ava aş. Sindoqê dikişkişîne derdixîne, devê wê vedike ku du zarok, zarokên wek pilbizêqa, wek du piçik zêr tê de ne. Radihêje wan û bi kêf tîne cem pîrê. Kalo ji pîrê re dibêje, va ye min du xelatên xweşik ji te re anîn. Zarokên pîrê û kalo tune ne, kêfa xwe gelekî ji wan re tînin.

Wan bi kêf û hejêkirin mezin dikin. Dem tê re derbas dibe, zarok digihên ku derkevin ji derve û ji xwe re bilîzin. Hebekî bîrewer jî bûne. Rojekê lawik dere nav hevalan, zarok ji hev re dibêjin; "Ev lawik û xweha xwe ne law û keçika pîrê û kalo ne.

Dê û bavê wan ê heqîqî kes nizane bê kî ne." Deng dere lawik. Dema tê malê ji xweha xwe re dibêje, "Em ne zarokên vê malê ne. Xwe hazir bike em ê ji vir herin, em ê bigerin belkî em bi ser dê û bavê xwe vebin." Ji pîrê û kalo destûrê dixwazin. Hey pîrê û kalo dibêjin, nerin, em ê bêyî we çi bikin. Zarok dibêjin, em ne zarokên we ne, we heta îro li me nêrî mala we ava, îcar em gihane em xwe xwedî bikin. Xwe hazir dikin, kalo hespekî ji wan re kar dike, hinek zêr jî dide wan û bi rê dikevin.

Lawik û xweha xwe ka bê çiqasî derin, derin li qûntara çiya-kî ji xwe re qesrekê ava dikin. Lawik carê xweha xwe li mal dihêle, li hespê xwe siwar tê û dere nêçîrê. Rojekê, duduwa, sisiyan... Carekê dibîne ku zilamek bi dû xezalekê de ye, mêrik kêm dike û xezal zêde dike, mêrik kêm dike û xezal zêde dike. Xezal xurt dere, fêm dike ku wê zilam nikaribe bigihê xezalê. Lawik dikeve pêşiya xezalê û xezalê digire. Zilam dibîne ku xortekî xezal girt; pê re dixeyide dibêje, ez bi dû de bûm tu çima digirî? Lawik bi xweşikayî dibêje, min ne ji bo xwe girt, ji bo ez bidim te min girt. Dîsa jî mêrik dixeyide. Mêrik çiqas dide ser lawik, lawik dibêje, ez bi te re şer nakim, min ji bo te girt, tu nêta min a xerab tune ye. Qey xwîn dikele, hejêkirina mêrik ketiye dilê lawik. Taliyê mêrik jî sist dibe. Li bin darekê rûdinên, ji xwe re diaxivin, meyla mêrik jî dere ser lawik.

Îcar hema hema her roj her du derdikevin nêçîrê û li hev rûdinên. Nizanin ku bav û law in, lê kezeba wan li ser hev dike-le. Sebra wan nema bêyî hev tê.

Di vê neqebê de birayê mêrik miriye, mêrik jinbira xwe ji xwe re aniye. Yanê bavê lawik bi xaltîka lawik re zewiciye. Dema jina mêrik dibîne ku hişê mêrik maye li ser nêçîrê û çend saetan jî li nêçîrê dimîne lê dest vala vedigere, aciz dibe, dibêje meseleyeke mêrê min heye.

Dibêjin, berê remildar hebûn. Remil davêtin, tişt ji wan ve

xuya bûn. Jinik dere cem pîra remildar, dibêje;

- Pîrê ka binere bê mêrê min dere ku, çi dike? Ev demek e zêde dere nêçîrê û destvala vedigere malê.

Pîrê remlê datîne dinêre, dibêje;

- Va ye ew û lawikê xwe li hev rast hatine, bes ne ew wî nas dike û ne lawik wî nas dike. Lê muhibiya wan ketiye dilê hev, heskirin di nav wan de çêbûye.

Jinik dibêje;

- Ma ka ez çi bikim? Te çi divê ez ê bidim te û wan ji hev dûr bixe.

Qey çem di neqeba wan de heye. Pîrê devê suma dew a ji çerm girêdide, lê siwar tê û li çem dixe, derbasî aliyê din dibe. Dere mala lawik û keçikê dinêre ku va ye keçik tenê ye. Li derî dixe, dibêje,

- Tu mêvana nahewînî, ez ji riyeke dûr hatime, ez gelekî betilîme.

Keçik dibêje;

- Mêvan mêvanê Xwedê ne, ma çima ez te nahewînim. Ez tenê me, derbas be rûnê.

Pîrê derbas dibe, rûdinê. Dikevin axaftinê, pîrê xwe pê şelaf dike. Dûre dibêje,

- Lawo, tu wilo xweşik, tu tenê li van çiyayan çi dikî! Ma tu aciz nabî, tu natirsî? Kesekî te tune ye?

Keçik dibêje;

- Birayê min heye, ew dere nêçîrê ji xwe re û ez li mal dimî-nim.

Pîrê dibêje;

- Ew derdikeve, sebra xwe tîne û te tenê li van çiyayan dihê-le. Jê re jinekê werîne, hûn ê li cem hev bin, wê sebra we bi hev bê.

Keçik dibêje;

- Li van dûriyan ka em ê kê jê re bînin, em kesî nas nakin.

Pîrê dibêje;

- Qîzek heye, gelekî spehî ye. Qîza mîrê cinan e. Mala wan di neqeba heft behran de ye. Encex ew çê ye ku bibe jina birayê te.

Derdê pîrê, lawik bi riyekê de bişîne ku nema vegere. Tiştê dide ber lawik riya çûn û nehatê ye. Lê keçik nizane û gotinên pîrê dikevin serê wê.

Pîrê bi riya xwe de dere. Êvarî dema birayê keçikê tê, keçik wek her roj dernakeve pêşiya birayê xwe. Birayê wê digihê malê, dinêre xweha wî nehat pêşiyê, dikeve hewşê dîsa xweha xwe nabîne, dikeve hundir dibîne madê xweha wî ne xweş e û nayê pêrgî ve. Lawik dibêje,

- Xêr e xweha min, çima madê te ne xweş e?

Keçik dibêje;

- Ê te tê derkevî nêçîrê ji xwe re, tu digerî, tu sebra xwe tînî bi çûkan, bi daran re û tu min di hundir de dihêlî. Qîma min nema tê, divê tu jinekê ji xwe re bînî.

Birayê wê dibêje;

- Li serê van çiyayan ez ê kê bibînim, ka ez ê kê ji xwe re bînim?

Keçik dibêje;

- Dibêjin keçikek gelekî spehî heye, qîza mîrê cinan e. Mala wan di neqeba heft behran de ye. Encex ew layîqî te ye, here wê ji xwe re werîne.

Birayê wê dibêje;

- Ez ê çilo xwe bigihînim wir, ez nizanim. Ma ez çawa bikim?

Keçik dibêje;

- Ez vir de wê de nizanim, tu çilo dikî tê bikî, tê herî wê keçikê ji xwe re bînî.

90

Bira dibêje;

- De naxwe rabe karê min bike, nanê heft rojan û heft şevan çêke, çekên min bi hev xe, têxe xurcezînê. Ez ê rabim razêm, sibehê ku ez rabûm ez ê bi rê kevim, ka bê ez bi ser venabim.

Keçik radibe, jê re xwarina heft roj û heft şevan çêdike, çekên wî dixe nav hev, xurcezîna wî jê re tije dike, hespê wî êm dike. Sibehê birê wê radibe, li hespê xwe siwar dibe û dere. Dere, dere pêrgî kalekî dibe. Kalo, şerwalê xwe reqa dike. Qumaşê şerwalê kalo ji reqa xuya nake. Lawik li kalo disekine, ji hespê xwe dadikeve, dere destê kalo maçî dike. Li halê hev dipirsin. Lawik meseleya xwe jê re dibêje. Dibêje;

- Ez ê herim xwe bigihînim qîza mîrê cinan, ez ê wê ji xwe re bînim lê ez nizanim ez ê çilo herim.

Kalo lê vedigerîne dibêje;

- Heta îro kes li min nesekiniye. Ev der serê heft riyan e û ev heft salê min in ez li vir im kesî li halê min nepirsiye. Derba ewil e va ye tu li min sekiniyî, te xwe li min danî. Bi vî halê min te hurmet ji min re girt û te destê min maçî kir. Ez ê jî riya rast pêş te bikim. Binere lawo, di riya mala keçikê de gelek xefik hene, divê pêşiyê tu wan derbas bikî. Pêşî tê herî herî tê li dirî- na rast bê, wê goştê laşê te bi wan ve bimîne. Tê bibêjî, 'ox ev çi mêrg û çîmenên xweş in. Xwezika ev li devê deriyê mala bavê min bûya ku min hespê xwe tê de bibezanda.' Ku te wir derbas kir, tê kaniyekê bibînî. Tê tî bibî tê ji wê kaniyê avê vexwî. Tama ava kaniyê nexweş e, wek jehrê ye, lê dema te vexwar tê bibêjî, 'çi ava xweş, xwezika tu li ber baxçeyê devê deriyê mala bavê min bûya ku min rojê heft caran ji te vexwara' û dîsa tê bi riya xwe de herî. Tê bibînî ku heft deriyên girtî hene û heft jî veki- rî ne. Tê heft deriyên girtî vekî, tê heftên vekirî bigirî. Piştî te ew derbas kirin wê heft hesîlên pêçayî û heftên raxistî derkevin pêşiya te. Tê heft hesîlên pêçayî vekî û heftên raxistî bipêçî. Ku te ew derbas kirin li ber derî tê gur û mihekê bibînî. Goşt li ber mihê ye, giha li ber gur e. Tê goşt deynî ber gur û tê giha deynî ber mihê. Te wilo kir pê de tê derbasî hundir bibî. Keçika mîrê cinan li ser textê xwe ye, pêsîra çepê li ser milê rastê ye û pêsîra rastê li ser milê çepê ye. Tê jipar ve herî devê xwe têxî pêsîra çepê ya ku li ser milê rastê ye û tu bernedî. Heta heft caran nebêje 'ez ya te tê min' tu bernedî. Dema ji te re soz da îcar tê berdî, ew soza xwe xera nake.

Lawik xatir ji kalo dixwaze û dikeve riya ku kalo jê re gotiye. Dere dere li diriyan diqelibe, dibêje, çi mêrg û çîmena xweş, xwezika ev li devê deriyê mala bavê min bûya ku min hespê xwe tê de bibezanda. Piştî wir derbas dike, kaniyekê dibîne. Avê ji kaniyê vedixwe û dibêje, çi aveke xweş, xwezika tu li ber baxçeyê devê deriyê mala bavê min bûya ku min rojê heft caran ji te vexwara û bi riya xwe de dere. Dinêre ku heft deriyên girtî hene û heft jî vekirî ne. Heft deryên girtî vedike, heftên vekirî jî digire. Piştî ew derbas kirin heft hesîlên pêçayî û heftên raxistî derdikevin pêşiya wî. Wan heft hesîlên pêçayî vedike û heftên raxistî dipêçe. Ku wan derbas dike dinêre ku li ber derî gur û mihek heye. Goşt li ber mihê ye, giha li ber gur e. Radihêje goşt datîne ber gur û giha datîne ber mihê. Dûre derbasî hundir dibe. Keçika mîrê cinan li ser textê xwe ye, pêsîra çepê li ser milê rastê ye û pêsîra rastê li ser milê çepê ye. Hêdîka jipara ve dere devê xwe dixe pêsîra çepê ya ku li ser milê rastê ye û dişidîne. Heta qîz heft caran dibêje 'ez ya te tê min' îcar pêsîrên wê berdide.

Keçika mîrê cinan dibêje,

- Heta îro kesek negihîştiye min, xocê te gelekî xurt xuya ye. Yê ku rê pêş te kiriye helbet gelekî zane ye, ku tu gihîştiyî min. Li gora tu hatiyî heta bal min te wezîfeyên xwe yên din jî pêk anîne. Madem tu ew qas jêhatî yî ez ê te bikim. De here du hespan ji tewlê berde ku em herin, encex em bi wan xelas bibin.

Lawik dere du hespan ji tewlê derdixe. Her du li hespan siwar tên û didin çargavê. Gur û miha li ber derî dibînin ku bi hev re derdikevin û li hespê siwar dibin, lê deng ji xwe dernaxin. Gur dibêje, ev heft sal in goşt li ber mihê bû vî xorţi anî ber min. Mih jî dibêje, ev heft salên min in kesî giha nanî ji min re, wî ji ber gur anî da min. Her du jî elaqê xwe ji wan naynin.

Digihên derba hesîlan heft hesîlên pêçayî dibêjin ev heft salên me bûn em vekirî bûn vî xortî em pêçan em xwe venakin. Hesîlê raxistî jî dibêjin, ev heft salên me bûn em pêçayî bûn, wî hat em vekirin em xwe napêçin. Digihên deriyan, heft deryên girtî dibêjin, ev heft salên me bûn em vekirî bûn wî em girtin, em xwe venakin. Heft deriyên vekirî dibêjin, ev heft salên me bûn em girtî bûn wî em vekirin, em xwe nagirin. Digihên kaniyê, kanî dibêje, heta niha kesî ji min re negotibû çi ava te xweş e. Vî xortî tenê got, çi ava te xweş e, xwezika tu li ber baxçeyê devê deriyê mala bavê min bûya ku min rojê heft caran ji te vexwara. Îcar ez ê jî tiştekî pê nekim. Dawiyê digihên diriyan, dirî jî dibêjin, tenê vî xortî ji me re got, çi mêrg û çîmena xweş, xwezika ev li devê deriyê mala bavê min bûya ku min hespê xwe tê de bibezanda. Em ê destûrê bidin ku di me derbas bin. Bi vî hawayî xelas dibin û derin.

Derin derin digihên qesra lawik. Xweha lawik dinêre ku birayê wê vedigere û keçik jî pê re ye. Dere pêşiya wan dibîne ku keçik gelekî spehî ye. Xêrhatinê di wan dide. Kêfa xwe ji wan re tîne û tevde derbasî hundir dibin.

Bavê lawik jî her dere nêçîrê çavê xwe li lawik digerîne, dinêre nema lawik tê nêçîrê gelekî diqehire, madê wî ne xweş dibe. Lawik jî bêriya mêrik kiriye, nuh tê derdikeve cihê ku carê hevdu didîtin. Mêrik dinêre wa lawik hat. Gelekî kêfa wî tê. Ji lawik dipirse dibêje,

- Tu li ku bû? Min gelekî bêriya te kir.

Lawik dibêje;

- Min çû jinek ji xwe re anî. Îcar em karin herin û bên mala hev, hevdu biezimînin.

Mêrik dibêje;

- Ser xêrê be. Temam, naxwe îca em ê bi malbatî hevdu bibînin.

Jina mêrik jî deri cem pîra remildar, dibêje,

- Ka binere bê çi heye, çi tune ye.

Pîrê dinêre, dibêje;

- Va ye lawik keçik aniye û vegeriyaye. Ew û bavê xwe hîn hevdu nas nakin. Hevdu dibînin û hevdu diezimînin xwarinê.

Jinik dibêje;

- Îcar em ê çi bikin?

Pîrê dibêje;

- Dema hatin xwarinê, jehrê têxe nav xwarina tepsikekê û wê deyne ber lawik.

Jinik dibêje;

- Temam.

Hemû tişt ji qîza mîrê cinan ve xuya ye. Zane ku xaltîkên mêrê wê çi bi serê diya wî kirine, zane ku apê wî miriye bavê wî xaltîka wî mehr kiriye û niha dema here xwarinê wê jehrê di nav xwarna wî xin. Qîza mîrê cinan ji mêrê xwe re dibêje;

- Pêşiyê tu hevalê xwe biezimîne. Bila ew bê cem me, dûre tu here cem wan.

Lawik dibêje;

- Bila.

Kêşka mîrê cinan çi xwarinên ku li dinyayê hene hazir dike, datîne ser sifreyê. Bavê lawik tê mala wan, bi hev re xwarinê dixwin. Bav dibêje;

- Te ev qas merîfet kir îcar dora min e. Vê derbê tê bê cem me.

Piştî civat bela dibe ji nû ve qîza mîrê cinan li ber mêrê xwe rûdinê, dibêje;

- Ev zilam bavê te ye. Dema tu û xweha xwe çêbûn xaltîkên te hûn avêtin çem û cewrikên kûçikan danîn ber diya te. Ji bavê te re jî gotin, cewrik ji jina te re çêbûne. Wî jî diya te avêt axo. Diya te hîn sax e, lê guh nedanê, carê gepek nan avêtine ber, niha hîn di axo de ye û ji şiklê însanan derketiye. Piştî apê te dimire bavê te xaltîka te mehr dike. Xweşik li min guhdar bike. Dema tu çû mala bavê xwe xwarinê, tu xwarina wan nexwe, wê jehrê di nava xwarina te xin. Dema tu çû ez ê dîkekî zêr û lîrakî bidim te. Ku hûn li ser xwarinê rûniştin dîkê xwe derxe li ser masê deyne û bisekine. Ku bavê te bêje, çima tu xwarina xwe naxwî? Tu jî bêje, kengî dîkê min ê zêr lîra zêr xwar ez ê jî xwarinê bixwim û îcar tê meselê vekî.

Bi vî hawayî keçik jê re ta bi derziyê vedike.

A din î rojê lawik dîkê zêr û lîra zêr dixe berîka xwe, li hespê xwe siwar tê û dere. Dikeve malê, zane ku diya wî di axo de ye, kelegerm e, lê di eynê xwe dernaxe. Sifre tê danîn, xwarin li ser masê rêz dibe. Derbasî ser xwarinê dibin, lawik radihêje dîkê zêr û lîra zêr datîne ser masê û disekine. Bavê wî dibêje;

- Kerem bik xwarina xwe bixwe.

Lawik dibêje;

- Heta dîkê min lîra xwe bixwe ez ê jî xwarinê bixwim.

Bavê wî dimîne şaş. Dibêje;

- Tu dîn bûyî! Wê dîkê zêr çilo lîra zêr bixwe, ma kesî tiştên wilo dîtiye?

Lawik jî dibêje;

- Ma te jî bihîstiye însanan aniye cewrikên kûçikan?

Bav dibêje;

- Tu çima wilo dibêjî?

Lawik dibêje;

- Ma ne jixwe. Ji te re gotin jina te cewrikên kûçikan aniye, te jî yeqîn kir û hevqas sal te ew avêtiye axo. De binere, tu bavê min î. Ev a hanê jî xaltîka min e. Dema ez û xweha xwe çêbûn xaltîkên min em xistin sindoqekê û avêtin çem. Du cewrikên kûçikan jî anîn li ber diya min danîn û ji te re gotin, xweha me cewrikên kûçikan aniye. Te jî ji wan yeqîn kir û te diya min avêt. Niha tu zanî! Ev xwarina ber min jî jehr tê de ye, ku min xwaribûya ez ê jî niha mirî bûma.

Bavê lawik nema zane wê çilo bike, xwe winda dike. Dibîne bê çi xelitî kiriye û çi eziyet daye jin û zarokên xwe.

Lawik radibe dere diya xwe ji axo derdixe, wê dibe malê, bi ava gulan dişo, çekên xweşik lê dike. Xwarinê didinê, li ber derin û tên heta hebekî hişê wê tê serê wê.

Bavê lawik jî radibe hefteyekê hespê xwe êm dike, ceh dike, ka dike û avê nadê. Dûre porê jinikê bi teriya hespê ve girêdide û berê hespê bi avê vedike. Hesp bi bezeke xurt ber bi avê de dere û jinikê bi dû xwe de dikişîne. Hesp ji serê meydanê tê binê meydanê, dimîne qopikê qeytanê. Tiştek di jinikê de namîne. Mêrik îcar dere cem zarokên xwe û bi hev re jiyaneke xweş derbas dikin.

Çîrok çû bin deviyan, rehme li dê û bavê me hemûyan.

HERDEMCIWANÊ

Hebû carek ji caran, rehmet li dê û bavê hazir û guh-daran. Hebû paşayek. Rojekê paşe nexweş dikeve û dikeve ber sikrata mirinê. Sê law û sê jî qîzên wî hebûn. Paşa ban lawê xwe dike, ji wan re dibêje;

- Lawo! Ez li ber mirinê me. Berî ez bimirim ez ê wesiyeta xwe li we bikim.

Kengî ez mirim; sê xwehên we hene û ew berdêliyên we ne. Piştî min, kî bê ber deriyê we wan bixwaze, ew însan bin, cin bin, an jî heywan bin, çi bin hûn ê xwehên xwe bidin wan. Xwe ji kesî çêtir nebînin, wan destvala ji ber deriyê xwe venegerî-nin.

Her sê lawan gotina bavê xwe qebûl kirine û gotine; "Yabo ma em çawa wesiyeta te bi cî naynin. Hema tu çawa bibêjî bila weke te be." Piştî demekê paşe diçe rehmetê, ser dilovaniya xwe.

Di wê navberê de ka çiqas wext, çend meh, çend sal derbas dibin, rojekê yek dibêje teq teq, li deriyê wan dixe. Derî vedi-kin, dinêrin ku va ye hûtekî heftserî ye. Hût dibêje;

- Selamun aleykum!
- Aleykum selam, were derbas bibe.

Hût derbasî hundir bû, rûniştin. Hût got;

- Ma hûn nabêjin, tu bi çi niyetê hatiyî?

- Em ji ku zanin, Xwedê xêrê bide, de ka bibêje tu ji bo çi hatiyî?

- Ez hatime merivantiya we.

Lawê paşê yê mezin got;

- Bavo, weleh tu hût î. Ez berdêliya xwe nadim te. Tu here dera hanê tê xweha min bikujî, bixwî, yan jî tê bavêjî. Ez li te ewle nabim, ez berdêliya xwe nadim te. Va ye tu û her du birayên min, ew berdêliyên xwe didin te nadin te ew zanin.

Hût ji yê navîn re got;

- Tu berdêliya xwe bide min.

Ê navîn jî wek ê mezin got;

- Ez jî berdêliya xwe nadim te.

Lawê biçûk navê wî Mihemed bû. Mihemed ji birayê xwe yê mezin re got;

- Keko ma ne bavê me wesiyetek li me kiribû. Divê em xweha xwe ya mezin bidinê. Ku tu berdêliya xwe bidî vî hûtî ez ê jî nîvê milk û malê xwe bidim te.

Birayê mezin tima bû, got;

- Tu wisa bikî ez minêkar im. Bila ev jî nexta wê be.

Rabûn xweha xwe ya mezin dan hût. Hût keçik bir û çû.

Di wê navberê de demek derbas bû. Nihêrîn yekî din li deriyê wan xist. Derî vekirin. Nihêrîn gurekî devê wî metrokê ji hev vekirî û li ber deriyê wan e. Gur got;

- Selamun aleykum!

- Aleykum selam, derbas bibe.

Çûn hundir, rûniştin. Zarokên paşê jê pirsîn;

- Ka derdê xwe bibêje, tu bi çi milamî hatiyî?

- Min bihîstiye ku xweheke we heye, gihîştiye zewacê. Min divê hûn wê bidin min.

Birayê navîn got;

- Ma em ê çawa xweha xwe bidin vî gurê hanê. Here dera hanê û xweha me bixwe, ka em ê ji xwe re çi bibêjin? Ez xweha xwe, berdêliya xwe nadimê.

Careke din birayê biçûk li ber ê navîn geriya û got;

- Te jî wek birayê me yê mezin kir, ma wesiyeta bavê me nayê bîra we?

De bavo milk û malê min ê mayî jî ji te re û xweha min î ku berdêliya te ye bide vî gurî.

Birayê navîn got;

- Tu wisa bikî, ez ê jî berdêliya xwe bidimê.

Birayê navîn berdêliya xwe da gur, gur keçik bir û çû.

Çendakî din jî derbas dibe, dem mîna ava liherik tê û dibi- hure. Rojekê dîsa yek li deriyê wan dixe, dibêje teq teq teq! Ew jî radibin derî vedikin. Dinerin ku teyrekî baz e û nikulê wî bihustekê jê dirêj e, dibêje;

- Selamun aleykum!

- Aleykum selam, kerem bike derbas bibe hundir.

Kêlîkekê rûdinên, jê dipirsin;

- Xêr e, tu hatiyî çi, kerem bike?

- Min bihîstiye ku xweheke we ya ku gihîştiye zewacê heye, ez mervantiya we dixwazim.

Mihemed got;

- Ê baş e, ser seran ser çavan.

Birayê mezin got;

- Çawa tê xweha me bidî viyê nikuldirêj!

Mihemed got;

- Hema çi dibe bila bibe. Ma ne wesiyeta bavê min wilo bû.

Îcar xweha xwe da teyrê baz, baz xweha wî bir û çû.

Mihemed ne milkê wî ma ne berdêliya wî. Tiştekî wî ne li derve û ne jî li hundir ma. Ma bi tena serê xwe. Mihemed got, ez ê li van deran çi bikim. Ne mala min, ne milkê min, ne jî

berdêliya min ma. Ez li vir bimînim îcar ez û birayên xwe li hev
nakin. Rabû hespê xwe berda, ji xwe re ji malê xwarin kar kir,
li hespê siwar bû û çû.

Çûû û çûû û çûû bê ka çend roj û çend şevan; nihêrî baxçe-
yekî hemû şînahî, wîçewîça çûkaa... Hema ew jî ji hespê xwe
dadikeve, hefsarê hespê xwe li lingê xwe girêdide û kurk û
hewraniyê xwe ji xwe dike, davêje ser serê xwe. Guhekî zendi-
ka kurkê xwe tîne ber çavê xwe û di qulika zendikê re li hespê
xwe dinêre. Dibêje bila kes nizanibe ku ez şiyar im. Hewzeke
avê jî di nîvê baxçe de ye; ava wê şîn dike, hewzeke paqij û zelal.
Dinêre sê kevok hatin, li ser hewzê danîn. Ew jî di qula zendi-
ka kurkê xwe re li wan dinêre. Dît ku eyarê xwe ji xwe kirin,
danîn dera hanê û bûn sê keçikên spehî û ketin avê. Di hewzê
de xwe şûştin, lîstin û henek kirin. Li mêrik dinêrin, di dil wan
de razayî ye. Heta ji avê aciz bûn ji hewzê derketin û eyarê xwe
li xwe kirin ku bifirin. Yek ji wan ber bi Mihemed ve diçe, ji
nêzik ve lê dinêre, dibe heyrana bejn û bala wî. Bangî her
duyên din dike, dibêje;

- Waa xwehno!

- Çi ye? Zû were, em dereng man.

- Werin li vî xortê spehî binerin. Heyf û xebîneta vî xortî;
hêja ye ku ew keçika navê wê Herdemciwanê ye, li bajarê Spî-
wanê, di neqeba heft deryayan de ye, ji xwe re bîne.

Her du keçikan lê vegerandin û gotin;

- Xwehê, niha ku ev xort şiyar be û dengê te biçê, îcar wê jê
re bibe qehr û merez û di dilê wî de bimîne, ma ne guneh e?
Xwezika te ev tişt negotiba.

Keçika biçûk got;

- Na na razayî ye, dengê min neçûyê, hema peyvek bû û min
got.

Kevok firiyan û çûn. Ew deng hemû çûbûn Mihemed. Ji

xwe re got, bi Xwedê ku serê min jî tê de here, ez ji dû gotina vê keçikê venagerim. Bi çi hawayî be divê ez xwe bigihîjim Herdemciwanê. Rabû li hespê xwe siwar bû, da rê. Çûû çûû nerî ku ava bestekê diherike û di aliyekî de best şikestiye. Di tenişta bestê de jî maleke gêrikan heye, gêrik çawa ku derdikevin li ber avê derin. Mihemed ji hespê xwe dadikeve. Şûrê xwe datîne devera ava şikestî, gêrik derdikevin, di ser şûrê wî re derbas dibin wî aliyê avê. Heta ku gêrik xelas dibin şûrê xwe ji wan re dike pir. Careke din rabû li hespê xwe siwar bû ku bi rêya xwe ve here, nihêrî mîrê gêrikan derket û jê re got;

- Li hemberî vê qenciya te ez dinyayê ji te re xera bikim an ava bikim?

- Tu gêrika hanê, tu wek piçikekê yî, ma tê ji min re çi dinyayê xera bikî yan jî ava bikî.

- De hema ha ji te re perikê min. Têxe berîka xwe ku rojekê tu ketî tengasiyekê vî perikî bişewitîne, ez û leşkerên xwe em ê bên hawara te.

- De ka, madem ku tu wisa dibêjî, ez gotina te naşikînim. Perik xist berîka xwe, li hespê xwe siwar bû û çû.

Meşiya meşiya, hinekî çû, nerî qesreke spî di qûntara kaşekî de ye. Got, bi Xwedê hema ez ê biçim vê qesra di vî çiyayî de û ez ê bêhna xwe lê vekim. Gihîşt ba qesrê, li ber siya qesrê sekinî. Ji hespê xwe daket û pal da. Tu nabêjî ew qesr, qesra xweha wî ye. Gelek caran xweha wî behsa birayê xwe kiriye û wesfê bejna wî daye. Cêriya wê di şibakê re Mihemed dibîne, bi xaran bang dike, dibêje;

- Ooo filankesê! Tu car kesek nehatiye van dera, wa ye yekî li ber siya qesrê pal daye. Li gorî ku tu dibêjî yê li ber qesra me sekiniye wek birayê te ye.

Xweh yeqîn nake, dibêje;

- De here lê, kes nizane bê ez li ku me, ez li serê kîjan çiyayî me. Birayê min li ku, van dera li ku?

- De hema rabe ser xwe binêre, ew be ne ew be tê fêm bikî.

Xweh rabû çû ber şibakê. Serê xwe xist şibakê û nerî. Nerî
ku birayê wê ye, nas kir. Gelekî kêfa wê hat. Lê ji aliyekî ve jî
wek ku dinya li serê wê xerab bibe. Ditirse, ji ber ku mêrê wê
bibîne ka wê çi bibêje, wê çi bike nizane? Bi lez ji qesrê derket
û çû ba birayê xwe. Xwe avêt stûyê wî, çû rûyê wî. Ka bê ev
çend sal in hevdu nedîtine. Li ba hev rûniştin. Li hal û hewalê
hev pirsîn. Ro li ber ava ye. Xweha wî got;

- Keko ez fedî dikim ji te re bibêjim...

- Çima xwehê, tê çi bibêjî bibêje, fedî neke.

- Bi Xwedê hûtê heftserî, tehamûlî tu kesî nake. Ji roja ez
anîme ez li vir danîme û ev cêrî jî daniye ba min; heyvanên
însanan, mêvanan, tu kesî qebûl nake. Te bibîne wê te dabeliî-
ne.

- Netirse xweha min, ez ê li vir bim, li ber siya vê qesrê. Ez
nayêm hundir, ku ez kuştim jî, ez hiştim jî xem nake.

- Ez te li vir nahêlim. Ku min berde jî, min bixwe jî û çawa
bike jî ez ê te bi xwe re bibim malê. Ez ê çawa te li vir bihêlim?

Êvarê berê hût ketiye malê, her gavekê davêje erd diheje. Tê
hemberî malê dibêje; biiimm biiimm, bêhna xelkê xerîb tê û
dinyayê li ser serê xwe de diqulipîne. Çawa digihîje malê ji jina
xwe re dibêje;

- Zû! Binêr ez ê te daliqînim, ka bêje kî hatiye vê derê? Îro
bêhna însanan ji vir tê.

- Erê de bisekine, bêhna xwe fireh bike. Ê ma belkî niha
rojekê birayekî min ji derî de bê, xwediyekî min...

- Binêr birayê te yê mezin bê ez ê wî bi arî kim û yê navîn bê
ez ê wî bi jajî kim, lê ku Mihemed bê, li ser seran li ser çavan
ez ê qebûl bikim.

Kêfa jinikê hat û got;

- Ma ne Mihemed e, min ji tirsa ew veşartiye.

- Gidî! Zû ez ji kerbên wî mirime. Here wî bîne. Bê te xisti-
ye ku zû here wî bîne!

Jina wî yekê nake dudu û diçe Mihemed tîne. Mihemed tê,
xwe davêjin stûyê hev, kêfa xwe ji hev re tînin, hevdu hembêz
û maç dikin. Hût qedr û qîmeteke mezin dide Mihemed. Jê
dipirse dibêje;

- Tu û van dera, te xêr e?

Mihemed dibêje, hal û hewalê min ev e. Meseleya xwe
hemûyî jê re dibêje. Ji hût dipirse bê ka kesek bi navê Herdem-
ciwanê bihîstiye, yan nebihîstiye. Hût dibêje; "Na min tişteke
wisa nebihîstiye." Tu nabêjî hût mezinê hûtan hemûyan e.
Radibe hema bangî hemû hûtan dike û ji wan dipirse, dibêje;

- We bi navê Herdemciwanê kesek bihîstiye an nebihîstiye?
Dibêje,

Herdemciwanê li bajarê Spîwanê ye, di neqeba heft derya-
yan de ye. Hûn nas dikin nakin? Kesekî ji we di der heqê wê de
tiştek nebihîstiye?

Hemû dibêjin; "em keseke wisa nas nakin, me nebihîstiye".
Şevbuhêrka xwe dikin, demeke xweş bi hev re derbas dikin.
Dibe sibeh, radibin, Mihemed destûrê ji wan dixwaze û dibêje;

- Ez nikarim li ba we bisekinim. Ev mesele ji min re bûye
derd û mereq, ez ê bi dû vî tiştî, vê meseleyê herim.

Xatir ji wan xwest û meşiya. Qederekê çû, gihîşt ber çeme-
kî. Nêrî wa ye masiyek ji nav avê pekiyaye. Bi qasî çar gavan
dûrî çem ketiye bejayiyê. Masî yên avê ne, ku ji avê qut bibin
wê bimirin. Masiyê qeraxa avê tu dibêjî qey miriye, wisa bê
lebat û bizav sekiniye. Mihemed di dilê xwe de dibêje, ku ez
bavêm avê belkî ruh pê bê. Ji hespê xwe dadikeve, radihêje
masiyê bê ruh û davêje çem. Nêrî masî çû û hat çû û hat, xwe
qulipand vî aliyî wî aliyî. De û de masî bi ser xwe hat, rihet bû.

Masî serê xwe ji nav avê rakir û got;

- Xortê delal! Ez ji te re dinyayê xerab bikim an ava bikim? Ruh ji min çûbû te vegerand.

- Mîrê gêrikan jî beriya te wisa got, ka tê ji min re çi bikî?

- De binêre, ez ê ji serê terîka xwe piçek perik bidim te. Rojekê, carekê serê te têkeve tengasiyekê, vî perikî bişewitîne, ez û leşkerên xwe em ê li hawara te bên.

Rahişt perikê masî, xist berîka xwe û da ser rêya xwe. Meşiya û meşiya û meşiya... ji haaal de ket. Wiha nihêrî ku cardin qesreke spî xuya dike. Xwe gihandê û li ber siya wê pal da. Ev qesr jî ya xweha wî ye. Qey carinan xweha wî behsa wî kiriye; cêriya wê çav li Mihemed dikeve, banî wê dike. Dibêje;

- Wa filankesê! Keçê carinan tu behsa birayê xwe dikî, va ye yek li biniya qesra me ye, tu dibêjî qey ew e. Tu carî kesek nehatiye van deran, va ye xwe li ber siya qesrê dirêj kiriye, gelo ne birayê te be?

- Tu henekên xwe bi min dikî! Birayê min li van deran çi dike, ez li ku û birayê min li ku?

- De ka rabe binêre bê ne ew e.

Rabû di şibakê re nihêrî, ew nas kir. Ew jî wek xweha xwe ya din gelekî kêfxweş dibe. Bi lez xwe berdide ba birayê xwe, ew û birayê xwe hevdu himbêz dikin, kêfa xwe ji hev re tînin. Lê ew jî wek a din bi xem e. Ji birayê xwe re dibêje;

- Bira! Ma ku gur bê ez ê çawa bikim, tehamûlî kesî nake.

- Xweha min, ne xem e, tu netirse ez ê li vir bim, ez nayêm hundir.

- Ez ê çawa te li vir bihêlim, hema ku gur çi bike jî ez ê te bi xwe re bibim malê.

Xweha wî ew bir hundir û birayê xwe veşart.

Wextê gur tê malê, zûrezûr pê dikeve û hema dibêje; bêhna xelkê xerîb tê, ka zû bibêje kî di vê malê de ye? Jina wî li ber digere, dibêje;

- Ma rojekê birayekî min ji derî de bê, ma tê wisa bikî?

Gur jî wek zavayê din got;

- Ku yê mezin bê ez ê wî bi arî kim, ê navîn bê ez ê wî bi jajî kim, lê ku Mihemed bê, ser seran ser çavan.

- Ê ku hatiye Mihemed e.

- Zû wî derxe, te xistiye ku!

Çû Mihemed anî, xwe avêtin stûyê hev, li hev rûniştin, li hal û wextê hev pirsîn. Mihemed meseleya xwe ji wan re jî got. Ji wan jî pirsî bê Herdemciwanê nas dikin, bihîstine an nebihîstine. Gotin; "Em keseke wisa nas nakin, me nebihîstiye". Gur jî mezinê guran hemûyan e. Radibe dike zûrîn, gur hemû lê vedihewin. Ji wan dipirsin ka Herdemciwanê nas dikin, keseke bi vî navî bihîstine an nebihîstine. Hemû dibêjin; "Me keseke wisa, bi vî navî nebihîstiye". Şevbuhêrka xwe kirin, Mhemed şevekê li wir ma û sibehê rabû xatir ji wan xwest, li hespê xwe siwar bû û dîsa bi rê ket. Pişta xwe da felekê û berê xwe da oxirê.

Çûû, çûû, demekê meşiya, nihêrî teyrikek ketiye nav diriyekê û li dora wê teyrik hatine hev, bi nikulan lê dixin. Hingî nikul lê dane, şireşira xwînê ye ji teyrik tê û perikek pê ve nemaye. Mihemed ji hespê xwe daket, bera wan teyrikên dorê da, ew teyrikê birîndar ji nav diriyê derxist û danî erdê. Teyrik axê bi birîna xwe dadike, piçekî bi ser xwe ve tê. Ji Mihemed re dibêje;

- Ka ez ji te re dinyayê xera bikim an ava bikim?

- Na na ji min re dinyayê ne xera bike ne ava bike. Tu teyrikê hanê per jî bi te ve nemane, tê karibî ji min re çi bikî? Tu ketibûyî nav wê diriyê hema dilê min bi te şewitî, min got bila xêra min be, min tu derxistî.

Teyrik ew perikê ku bi serê baskê wî ve mabû hilkir, da destê Mihemed û got;

- Bila ev perikê min di berîka te de be. Rojekê, carekê serê te têkeve tengasiyekê perikê min bişewitîne ez ê li ba te hazir bim.

- Mîrê gêrikan û masiyekî jî weke te gotin. De bila perikê te jî bi min re be.

Mihemed rahişt perik xist berîka xwe. Li hespê xwe siwar bû û meşiya. Meşiya, meşiya qederekê çû, carekê nihêrî wa ye di nîvê çiyayekî de qesrek spî û xemilandî heye. Diçe ber siya qesrê, ji hespê xwe dadikeve û xwe dirêj dike. Tu nabêjî ev qesr jî ya xweha wî ya biçûk e, ya ku berdêliya wî bû. Qey carinan xweha wî behsa wî kiriye; cêriya wê çav li Mihemed dikeve, banî wê dike, dibêje;

- Wa filankesê! Keçê carinan tu behsa birayê xwe dikî, va ye yek li biniya qesra me ye, tu dibêjî qey ew e. Tu car kesek nehatiye van deran. Va ye xwe li ber siya qesrê dirêj kiriye, gelo ne birayê te be?

- Tu henekên xwe bi min dikî. Birayê min li van deran çi dike, ez li ku û birayê min li ku, heyla te xwelî li serê min kirê!

- De ka rabe binêre bê ne ew e?

Rabû di şibakê re nihêrî, dît ku birayê wê ye; pir kêfxwêş bû. Dadikeve ba birayê xwe, xwe davên hev, hevdu maçî dikin, kêfa xwe ji hev re tînin, li hev dipirsin, bi hev şa dibin. Îcar xweha wî dibêje;

- Ez ê çawa bikim?

- Çima xwehê?

- Ma ne teyr bê, te qebûl nake, wê te perçe bike. Ka ez ê çawa bikim?

- Xweha min, xeman nexwe. Ez li her du xwehê xwe yên din jî rast hatim, ew jî ditirsiyan, lê kêfa mêrê wan ji min re hat. Tiştekî xerab nekirin, ê te jî tiştekî nabêje. Dibe ku kêfa wî jî bi dîtina min were.

Rabû birayê xwe bir hundir û ew li derekê veşart. Teyr biroj diçe nêçîrê, evarê tê malê. Teyr hatiye, nêzikî qesrê, qîjîn pê ketiye, dengê wî di felekan re derdikeve; dibêje, bêhna xelkê xerîb tê. Tê, dikeve hundir, ji jina xwe re dibêje;

- Ka kî hatiye malê, zû bibêje?

- Bisekine! Ka rûnê, bêhna xwe fireh bike. Ma niha rojekê xwediyekî min, an jî birayekî min bê, tê çawa bikî?

- Binêre, ku birayê te yê mezin bê ez ê wî bi arî kim û yê navîn bê ez ê wî bi jajî kim lê ku Mihemed bê ser seran ser çavan.

- Ê ku hatiye Mihemed e.

- Bazde! Bê li kû ye here bîne, min gelekî bêriya wî kiriye.

Jinikê çû Mihemed anî. Kêfa xwe ji hev re anîn, şevbuhêrka xwe kirin. Teyr jê pirsî, got;

- Te xêr e, tu û van deran, ka cihê te li ku, ev der li ku. Tu çawa hatî vir?

- Ez û hespê xwe hema jixweber li we rast hatin. Ez cihê we jî nas nakim, jixwe haya min ji we û dîtina we tune bû.

- Ê erê meseleya te çi ye?

- Wek ku tu dizanî, min xweheke xwe da te, yek da hût û yek jî da gur. Min malê xwe jî bi nêvî kir da her du birayên xwe. Ez jî rabûm ji malê derketim. Bi rê de min sê kevok dîtin, bi hev re dipeyivîn. Dengê wan hat min, behsa Herdemciwanê kirin û ji min re bû derd û meraq. Heta ez wê nebînim ez dev jê ber-nadim. Ez bi rê de rastî xwehên xwe yên din jî hatim. Min ji wan jî pirsî; lê kesekî ku wê nas dike, der barê wê de agahiye-kê, salixekî bide min derneket. Hema Xwedê bike ku hûn nas bikin. We bi navê Herdemciwanê, ji bajarê Spîwanê, ku di nav-bera heft deryayan de ye kesek bihîstiye, dîtiye?

- Em keseke wisa nas nakin û me ne bihîstiye.

Mihemed fikirî, got;

- Her sê xwehên min ne dûrî hev in. Heyran binêre bê hûn ji min re tiştekî nakin? Ez êdî dûr naçim. Hûn ji min re tiştekî nekin ez nizanim bê ez ê karibim çi bikim. Min biryara xwe daye, ez ji dû vî tiştî venagerim. Îcar ka hûn ê ji min re karibin çi bikin? Banî yên din jî bikin, yek mezinê hûtan e, yek mezinê guran e û tu jî mîrê teyran î. Ji bo min bipirsin; bê kesek der heqê vê meseleyê de tiştekî dizane, yan jî bihîstiye?

Teyr dibêje;

- Heyran ez mîrê teyran im. Lazim e ez jî banî hemû teyran bikim. Binêrim bê wan tiştekî wisa bihîstine an nebihîstine.

Banî hemû teyran kir. Wan jî got, "me ev tişt nebihîstiye". Di wê navberê de du teyran ji teyrê baz re gotin;

- Mîrê me!

- Çi ye? We tiştin bihîstine?

- Na, me tiştek nebihîstiye. Lê teyrekî pîr heye, gelekî jî extiyar e, ew tenê maye. Di şikeftekê de ye, nikare tevbilebite, ji hal de ketiye. Nikaribû were ba te, yan na em teyr hemû li vir hazir in. Dibe ku haya wî ji vê meseleyê hebe.

Mîrê teyran got;

- Ma hûn cihê wî nas dikin?

- Erê Mîrê me, em nas dikin.

- Dibe ku wî di der heqê vê keçikê de tiştek bihîstibe, rabin û herin wî bînin. Ku neyê, bibêjin wê mîr serê te jê bike. Nikaribe bifire hûn ê rahêjinê û bînin vê derê.

Rabû her du teyrên xwe şandin. Teyr çûn gihîştin cihê teyrê extiyar. Ketin şikeftê, fermana mîrê teyran ji teyrê extiyar re gotin. Teyr got;

- Xêr e hûn doza çi li min dikin?

- Mîrê me te dixwaze, divê tu bêyî cem wî.

- Herin silavan lê bikin, ez extiyar im nikarim rabim ser xwe. Qidûmên min şikestî ne. Ka bibêjin emrê wî çi ye, lê ez nikarim bêm.

- Îmkan tune em ê te bibin. Mîrê me wisa emir daye û goti-
ye; "nikaribe bê jî rahêjinê û wî bînin".

- Çare?

- Çare nîn e, divê em te bibin. Ferman wisa ye.

Hema her du teyran rahiştin teyrê extiyar û avêtin ser pişta
xwe û firiyan. Birin li mala mîrê teyran danîn. Teyrê extiyar
got;

- We ez ji bo çi anîme û hûn doza çi li min dikin?

Mîrê teyran got;

- Min teyr hemû vehewandin kesek ji wan cihê Herdemci-
wanê nizane. Tu mayî, binêre bê ma tu jî der heqê vê keçikê de
tiştekî nizanî, tiştek nayê bîra te? Navê bajarê wê Spîwanê ye di
navbera heft deryayan de ye.

- Hûûû hûû Mîrê min! Hîna ez xort bûm ez ciwan bûm,
qesra bavê wê ji

min ve xuya bû.

- Yanî tu wî bajarî û cihê wê jî dizanî?

- Erê ez dizanim û ew keçik jî gelekî spehî û her tim ciwan
e.

- Niha tu dizanî herî wê derê?

- Erê, niha ez xort bûma û bi qewet bûma ez bikaribûma
bifiriyama ez ê biçûma.

- Ma ka em ji te re çi bikin ji bo ku tu bikaribî bifirî?

- Ji min re rojê heft dûvê beranan, heft tenûr nan, heft kun
av bînin û wan bidin min heta ez bi ser xwe ve bêm. Ez extiyar
im, ku hûn vana nedin min ez nikarim bifirim, qeweta min
tune ye.

Mîr ferman dide ku wî xwedî bikin. Ka mehekê ye, çiqas e
bi vî awayî ew xwedî kirin. Teyr li xwe vegeriya; hat ser heya-
ma berê, ya ciwaniya xwe. Banî Mihemed kir, got;

- Were ser baskên min em ê teqlekê bidin xwe ka ez çawa me, ez dikarim bifirim, an na.

Mihemed da ser baskên xwe û firiya. Heta dikaribû û qeweta wî hebû firiya, firiya, firiya û got;

- Lawo hîna hinek ji min re divê. Wa ye mal ji min ve xuya ye. Lê belê ez hew dikarim berdewam bikim. Mihemed daxist û got;

- Lazim e hûn heft rojên din jî min xwedî bikin. Min bajarê bavê wê dît ne gelekî dûr e, lê hêza min î ez biçûma tune bû.

Hefteyekê deh rojan dîsan ew bi wî awayî xwedî kirin. Îcar got;

- Lawê min! Rabe careke din were ser baskên min û em ê bifirin.

Demekê firiyan, teyr got;

- Mihemed te bajarê bavê wê dît? Ji te ve xuya kir?

- Erê.

- De çavê xwe bigire.

Û got vijjj xwe li her heft avên deryayan xist û danî. Teyr got;

- De çavê xwe veke.

Mihemed çavên xwe vekir ku li dinyayeke din e. Teyr got;

- De binêre, min tu di ser heft deryayan re aniyî vê derê, va ye min tu derbas kirî. Ev der bajarê bavê keçikê ye, keçik di vî bajarî de ye. Ez ê li van deran ji xwe re biçêrim. Kengî ku te karê xwe hal kir aha va ye vî perikê min bişewitîne, ez ê li cem te hazir bim. Ez ê jî ji xwe re li dora deryayê bim.

Mihemed perik xist berîka xwe. Îcar bûn çar perikên wî. Teyr ma li qeraxa bajêr û Mihemed xwe berda bajêr. Mihemed li mala ku pêşiyê lê rast hat sekinî û got hema ez ê li vî deriyî bixim û li vê malê bibim mêvan. Mihemed li derî xist nihêrî ku pîrekê derî jê re vekir. Got;

- Ma tu mêvanan nahewînî?

- Mêvan mêvanên Xwedê ne, ser seran û ser çavan. Çawa ez mêvanan nahewînim.

Mihemed derbasî hundir bû. Nihêrî ku heft şûr, heft mertal û heft kevan daleqandî ne. Ka destava wî tê, bê çawa derdikeve derve, dinêre ku va ye heft hesp li tewleyê girêdayî ne. Vedigere hundir rûdinê, dibe êvar, dinêre kesek nehat. Pîrê jî jê re xwarinê amade dike, sifrê li ber datîne. Mihemed dibêje;

- Pîrê ez li hundir dinêrim heft şûr, heft mertal û heft kevan daleqandî ne, li derve jî heft hesp hene û kesek tune, tu tenê yî. Ka ji min re bibêje meseleya te çi ye? Xwediyê vana li ku ne, çi bi wan hatiye?

Kir û nekir pîrê mikur nehat. Pîrê ji Mihemed pirsî, got;

- Lawo tu kî yî û ji ku yî û tu hatiyî vir çi? Ka tu derdê xwe ji min re bibêje.

Mihemed meseleya xwe ji serî heta binî ji pîrê re got. Pîrê got;

- Hûû lawo hûû lawo! Min digot ez derdê xwe ji te re nabêjim îcar ez ê bibêjim. Te kulên min tev nû kirin. Binêre heft lawên min di vê oxirê de çûne, ez dexîlê te me tê dev ji vê meseleyê berdî. Hema li şûna wan bibe lawê min û ez jî bibim diya te, were dev ji vê meseleyê berde, ji bîr bike.

Mihemed got;

- Heww pîrê! Ev qonaxa çend salan e ez bi rê de me heta ku ez gihîştim vir, îcar va ye ez li bajarê wê me. Gihîştime nêzikî wê; tu ji min re dibêjî dev jê berde. Hema bi Xwedê ez ê li pey herim. Ma qey ez ji lawên te hemûyan çêtir im. Çi bi wan hat bila bi min jî bê. Ka ji min re bibêje hûn bi çi awayî diçûn. Çawa te dida pêşiya lawên xwe wisa bide pêşiya min jî û min bibe da ku em keçikê ji malbata wê bixwazin.

Pîrê xwe avêtê, li ber geriya, kir û nekir, çiqas xwe da erdê, xwe da vî aliyî, wî aliyî çênebû; çi got Mihemed nehat ser rê, çi singê ku pîrê kuta, Mihemed tûrek pê ve kir. Mihemed got;

- Pîrê, ka bide pêşiya min, mirov bi qewlê Xwedê çawa jinan dixwaze, em ê wisa bikin. Ez van tiştan nizanim. Ev karê we pîrejinan e.

- Textekî bavê wê heye dora wî hemû zincîrkirî ye. Yê ku here qîza wî bixwaze wê here li ser wî textî rûne. Lawo ez dikim nakim tu bi ya min nakî, qey ecelê te hatiye, xwîna te rijiyaye. Qedera te tu aniyî heta van deran. De heydê em herin.

Pîrê rabû da pêşiya Mihemed û çûn mala bavê keçikê. Mihemed li devê derî ma û pîrê çû li ser text rûnişt, zincîr xist tiliya xwe û hejand. Qey ê ku keçikê dixwazin lazim e wilo bikin. Xulamê paşê got;

- Paşayê min, paşayê min!

- Çi ye? Çi bûye?

- Ma ne va ye careke din pîrê hatiye li ser textê xwazgêniyan rûniştiye û dibêje ez hatime qîza paşê ji lawê xwe re bixwazim.

- Herin jê re bibêjin lawên xwe hemû li ser wilo kir îcar çi ye, bila dev ji xwe berde. Heft lawên wê hatine, şert û mercên min bi cî nanîne; min serê hemûyan jê kiriye. Min qesrek ji seriyan ava kiriye. Seriyek tenê jê kêm maye. Ev doza çi li xwe dike ma li ber xwe nakeve! Qey dixwaze ez wî seriyî jî temam bikim!

Xulam hat ji pîrê re got. Pîrê ji ser textê xwazgêniyan ranebû, dawiyê jê re got;

- De here pîrê de here, madem tu ranabî û xwazgênî yî, here lawê xwe bîne ku paşa şert û mercan bavêje ber.

Pîrê radibe diçe devê derî banî Mihemed dike û dibêje;

- Rabe lawo rabe te dixwazin. Wê paşa şert û mercên xwe ji te re bibêje.

Mihemed rabû çû odeyê. Paşa jê re dibêje;

- Binêre lawo, sê şertên min hene, ku te her sê şertên min hilanîn qîza min ji te re ye, ku te hilnanîn jixwe ez ê serê te jê bikim. Bazara min, nextê min hemû tiştên min ev e. Ku tu bi ser neketî wê serê te jê bibe. Seriyek ji qesra min kêm e û wê bi serê te temam bibe.

Mihemed got;

- Ya paşayê min, ez nizanim ev qonaxa çend salan e ez bi rê de me heta ku ez hatime vir, hema serê min jî tê de here, bila here; şert û mercên xwe bibêje.

Şertê wî yê pêşîn, elbek nîsk, elbek genim, elbek ceh, elbek kizin û elbek nok tevlihev kirine, li nav hev xistine û danîne odeyekê. Ji Mihemed re dibêje;

- Binêre, heta êvarê ji te re muhlet, ku te ev ji hev veqetandin ji xwe tu şertekî me tînî cih. Lê ku tu di wextê de vana ji hev veneqetînî ez ê serê te jê bikim.

Mihemed ket odeyê, nihêrî ku lodek zad e û li nav hev qelibandine. Radihêje libek nîsk datîne dera hanê, radihêje libek genim datîne aliyê din; her yekê deh lib jê nedabûn aliyekî rûnişt û got, qey ecelê min hatibû, ma ev çi bû hat serê min. Wê kevokê gotinek got û min da dû vê gotinê ez di vir re derketim, ez hatim ser ecelê xwe. Hema ji nişka ve gêrik hat bîra wî, got, ma mîrê gêrikan ji min re gotibû ku tu ketî tengasiyekê perikê min bişewitîne, ez û leşkerên xwe em ê li hawara te bên. Encax ew van tiştan ji hev veqetînin. Hema rabû heste pê xist û periyê gêrikê şewitand. Di hukmê pênc deqîqeyan de temamê gêrikan li balê amade bûn û ketin hundir. Gotin;

- Ya Mihemedê delal, em ji te re dinyayê xera bikin an ava bikin?

- Dinyayê ne xera bikin ne jî ava bikin. Tiştê heye paşa ev şertê giran daye ber min, ku ez ev qas tiştên linavhevketî heta êvarê ji hev veneqetînim wê serê min jê bikin.

Gêrikan got;

- Hûûû! Ev û ne tiştekî din! Jixwe ev karê me ye, ne ji vê hêsantir...

Gêrikan dest pê kirin, di hukmê saetekê de nîsk, genim, kizin û nok tev ji hev veqetandin û hîn jî gêrik dihatin. Hema mezinê wan banî wan dike, dibêje; "gêrikên ku pêşiyê hatibûn li yên ku nuh tên vegerin û ji wan re bibêjin, bila vegerin, me xwesteka Mihemed bi cih anî". Gêrikan karê xwe xelas kir û berê xwe dan malê.

Muhleta Mihemed jî qediyaye. Îcar paşe banî xulamên xwe dike ji wan re dibêje;

- Herin binerin, va ye muhleta ku me dabû mêvanê xwe qediyaye. Binerin bê halê wî çi hal e. Em dizanin ku wî di vê muhletê de ew zad ji hev safî nekiriye. Gelek ciwamêran xwe ceribandine, kesekî tiştek safî nekiriye, ev kar neqedandiye. De herin bînin ku em serê wî jê bikin, deynin qesra nêvcî.

Xulaman çûn gotin teq teq teq li deriyê Mihemed xistin. Mihemed got;

- Hûn çi dixwazin?

Xulamên paşê gotin;

- Dema ku me dabû te qediyaye, em ê te bibin cem paşê, serê te jê bikin.

- Ê ma ez ê bêm çi? Herin binerin wexta ku zad di nav hev de mabe min bibin.

Her du xulam çûn serê xwe di derî re dirêj kirin, li hundir nihêrîn ku va ye her komikek li derekê ye. Gotin; 'wey gidî!' û rabûn bixara çûn ba paşê. Jê re gotin;

- Paşayê me!

- Çi ye? Ka we serê lawê pîrê anî?

- Na, lê bi her sê navên Xwedê keçika te çû.

- Çawa çû?

- Weleh şertê te anî cih, ew lod hemû ji hev veqetandiye. Li odeyê xwe vezelandiye, mîna ku tu kar mar nekiribe.

- Naa looo!

- Tu ji me bawer nakî, were bi çavên xwe bibîne.

Paşê jî hat lê nihêrî ku her komek ji hev cihê ye. Ji Mihemed re got;

- De baş e. Du şertên min mane. Te şertê mezin anî cih, man dudu.

- Ma ew şertên te yên mane çi ne?

- Yek jê ev hunglîska min e. Ez ê vê hunglîskê bavêjim nava her heft deryayan. Tê jî herî, di nava sê rojan de hunglîska min ji min re bînî. Dimîne şertekî min, ez ê wî jî dûre ji te re bibêjim.

Îcar paşe hunglîska xwe davêje deryayê û dibêje de here bîne. Mihemed diçe ber qeraxa deryayê, derya kûr e, fireh e, wê piçika hunglîska zêrîn wê çawa bibîne. Dîsan rûnişt, fikirî û got; wey! Ma ne masî jî ji min re gotibû ku tu bikevî tengasiyê perikê min bişewitîne ez ê di hawara te de bêm. Ez ê rabim perikê masiyê xwe jî bişewitînim, encax ew were alîkariya min bike, min ji vê belayê xelas bike. Radibe perikê masî dişewitîne. Di bîstikekê de nihêrî masiyê wî xuya bû. Gelek masî jî li pey in û tên... Gihan bal Mihemed jê re gotin;

- Ya Mihemedê delal! Em ji te re dinyayê xera bikin an ava bikin?

- Şertê ku bavê keçikê daye ber min ev e; hunglîska xwe ya zêrîn avêt deryayê, ku ez jê re nebînim, nedimê wê serê min jê bike. Ev kar, encax bi we biqede.

Masiyan gotin;

- Hû, hûû! Ev û ne tişteкî din!

Masiyan xwe bera binê deryayê dan. Geriyan û negeriyan hunglîsk nedîtin. Ji Mihemed re gotin;

- Va ye me nedît, ka em çawa bikin?

- Bi çi awayî be divê hûn bibînin.

Di nav wan masiyan de yekî gelekî zîrek heye, şîretan li hevalên xwe dike, dibêje;

- Rabin, yek ji we xwe xweşik bikin, biedilînin, birengînin û bixemilînin; di binê deryayê de gamasî heye, dibe ku dema hunglîsk avêtine deryayê ketibe devê gamasî.

Masiyek ji wan karê xwe dike wek ku hevalê wî gotibû xwe dixemilîne, xwe rengo rengo dike û dadikeve binê avê. Îcar li dora gamasî bi nazdarî diçe û tê, xwe gelekî jî xweşik kiriye, xwe bi qapan dike, mîna qeşmeran dilive, direqise, yanî bala gamasî dikişîne ser xwe ku pê bikene, devê xwe veke. Gamasî bi rewş, lept, bizav û qeşmeriyên wî masiyî dikene. Dema gamasî dikene hunglîsk di devê gamasî de xuya dike. Masîkê biçûk bi lez xwe tavêje devê gamasî, hunglîskê derdixe û ji tirsa ku devê gamasî lê bê girtin wek tîreke ku ji kevan bifilite xwe ji devê wî tavêje jiderve. Di cih de banî hevalên xwe dike, bi hevalên xwe re diçin cem Mihemed, hunglîskê derdixe, tîne dide destê wî. Piştî hunglîskê didin Mihemed hemû xatir jê dixwazin û diçin. Sê rojên Mihemed jî diqedin, xulamên bavê keçikê tên ku serê Mihemed jê bikin. Mihemed dibêje va ye min hunglîsk ji deryayê derxistiye. Dimînin matmayî, ecêbmayî, dibêjin;

- Te çawa derxist?

- Va ye min derxistiye, di tiliya min de ye, ha ji we re, bibin bidin paşayê xwe û lê nepirsin bê min çawa derxistiye. Hunglîska paşê ev e, ne ev e?

Hunglîskê nîşanî wan dide. Lê dinêrin, dibêjin;

- Ew e, ew bixwe ye.

Hunglîska paşê jê re dibin. Paşa dibêje, şertekî min ê din jî hebû, lê ne hewce ye, piştî ku te ev tiştên zor bi cih aniye...

Paşe qîza xwe dide Mihemed. Mihemed bi destê Herdemci-
wanê digire û bi rê dikevin. Pêşiyê diçin cem pîrê û du sê rojan
li cem pîrê dimînin; wek ku her heft lawên wê ji gorê rabûbin
wisa kêfa wê tê. Sibehê radibin destûrê ji pîrê dixwazin û dibê-
jin;

- Tu destûra me bidî em ê herin welatê xwe.

Xatir ji pîrê dixwazin û dimeşin. Tên nêzikî deryayê, Mihe-
med perikê teyrê xwe dişewitîne, teyr di kêlîkekê de li ber datî-
ne. Dibêje, werin ser pişta min ku ez we bibim. Xwe davêjin ser
pişta teyr, teyr teqlekê li xwe dixe û bi ser ewran dikeve. Ji wan
re dibêje, çavên xwe bigirin. Û teyr li ber qesra xweha wî ya
biçûk datîne. Îcar çavên xwe vekirin ku xwehên wî û temamên
teyran, temamê guran, temamê hûtan hatine pêşiya wan. Kêfa
xwe ji hev re anîn. Destûr ji wan jî xwestin û çûn welatê xwe.
Birayên wî mal û milkên wî jî lê vegerandin û dawetek çêkirin
ku, qal û behsa wê li dinyayê belav bû. Mihemed û Herdemci-
wanê gihîştin mirad û mexsedên xwe, aqûbet li serê we...

HESENÊ NALBEND

∾

Dibêjin, carekê li bajarê Nisêbînê Hesenê Nalbend hebû. Îdareya xwe û zarokên xwe bi nalbendiyê dikir. Rojekê ji bajarê Stenbolê yekî cihû li remla xwe nêrî, got, xezîneyek di girê Girnewas de heye fewquladet. Di kitêba wî de dibêje, wê ev xezîne li ser wechê Hesenê Nalbend vebe, ku Hesenê Nalbend bi te re neyê xezîne venabe.

Mêrikê cihû radibe, ji bajarê Stenbolê tê. Kitêba wî pê re bi qesta, bi qesta heta ku digihê mala Hesenê Nalbend. Mêrikê cihû jê dipirse dibêje;

- Ma Hesenê Nalbend tu yî?

Hesenê Nalbend dibêje;

- Erê ez im. Çima, xêr e?

Mêrikê cihû dibêje;

- Heyra wele hal û hewalê kitêba min ji vê ye. Îcar ku tu bi min re bêyî nîvê xezînê ji te re û nêviyê din ji min re.

Mêrkê cihû û Hesenê Nalbend kitêba xwe bi xwe re birin û çûn ser girê Girnewas. Mêrikê cihû kitêba xwe vekir û devê xezînê vebû. Zêr derxistin û derxistin, nêzikî çewalekî zêr derxistin. Ê cihû li cihê zêran nêrî got;

- Gelo xezîne vala bûye, de ka xwe berde binê xezîneyê binere bê zêr mane nemane û were.

Gava Hesen xwe berda binê erdê mêrikê cihû hema devê kitêba xwe girt. Çilo kitêb hat girtin erd li Hesenê Nalbend hat hev û ma di bin axê de. Mêrikê cihû radibe zêran hema ji xwe re dibe û dere, riya xwe bi mala wî jî naxe.

Em bên ser Hesenê Nalbend. Hesen di bin erdê de maye. Cihê ketiyê wek odeyekê ye ser wî hatiye nixumandin. Tu nabêjî gava xwe berdide binê erdê hesinek, tiştek ji bo kolanê bi xwe re biriye, ew jî pê re ye. Nefera wî nemaye, hema bi wî aletî û bi destê xwe axê dikole û li riya derketinê digere. Axirê, ka bê bi çi halî derdikeve ser rûyê erdê. Ji xwe re dibêje, eehew vîna çi anî serê min, lawo me bext dabû hev, xayîntiya ku vî cihûyî bi min re kir kes bi kesî re nake, ma ev çi zilamekî bêbext î xayîn derket.

Rabû li dewsa xwe geriya negeriya tiştek nedît. Xezîne vala bûbû, tiştê ku heye mûmeke hebekî qalind dît, rahiştê xist berîka xwe û rabû hat malê. Eşaye, zarokên wî bi ser de giriyan, ji aliyê din ve jina wî got;

- Mal xerab tu ji sibeha Xwedê ve derketiyî heta niha zarok ji nêza mirine, ne nan, ne av, ne tiştek, tu ji xwe re nabêjî çi?

Hesenê Nalbend got;

- Hurmet hema lê nepirse, tiştê ku îro hatiyê serê min. Weleh hal û hewalê min ji destê mêrikê cihû ji vê ye. Wî mêrikî bêbextî li min kir û çû.

Bûye şev dinya tarî bûye, Hesenê Nalbend mûma xwe ji berîka xwe derdixe, pê dixe dinêre her ku mûma wî dihele dibe zêr. Hemû dimînin şaş, ji kêfan nema zanin wê çi bikin, hema dibêjin em ketin dana Xwedê. Hesenê Nalbend radibe hinek zêrê wê mûmê dibe difiroşe, hemûyî dide bi mûman û tîne malê. Bi emrê Xwedê çi mûma ku dişewite û dihele dibe zêr. Hesenê Nalbend û jina xwe û pênc şeş zarokên wî jî hene mane li ber mûman; ji bo ku agirê mûman venemire û gelek zêr çêbibin.

Hesenê nalband bûye tucarê mûman û li welatan li bajaran digere, mûman dikire tîne malê. Jin û zarokên wî jî berî mûma pêxistî vemire hema mûmeke din pê ve dizeliqînin û pêdixîn.

Hesenê Nalbend gelekî dewlemend bû, îcar got, Xwedê daye min, de bise ez jî bi vê dana Xwedê xêran bikim. Rabû xaniyek girt û berberek lê danî û got, de binere çi kesê ku bê porê xwe jê ke tu pereyan jê nestîne. Heqê te çi be ez ê bidim te. Û liqunteyek mezin li teniştê çêkir, aşçî li ber danî û got, binere çiqas insanên ku bên hûn ê xwarinê bidin wan, bi şev be bi roj be hûn kesî bê xwarin bernadin. Ji xwe heqê we ez ê bidim we. Nêzikî deh kesî tê de dişixwile û perê wan û heqê wan hemû li ser hesabê Hesenê Nalbend e û dûra jî li tenişta wan himamek vekir û bang kir çend himamvanan got, binere lawo miaşê we ji kîsî min, ez ê heqê we bidim we. Lê çi kesê ku bê xwe bişo hûn wereqakî ji wan bistînin qîma min nayê. Heçî kesê ku bê xwe bişo miftî belaş û wexta ku derkevin jî hûn ê zêrekî wek wereqakî mezin têxin berîka wan.

Wilo dewam kir nav û dengê Hesenê Nalbend li dinyayê bela bû. Rojekê derwêşekî feqîr hat, qey riha wî û porê wî dirêj bûye. Radibe dere ser berber serê xwe kur dike, dema ku derdikeve dinêre ku kesî pere jê nexwest. Derket derve, got, tewkelî bi Xwedê. Dibêje, ez gelekî birçî me, de va ye liquntak li vir e, ez ê herimê belkî înşeleh ew jî pereyan ji min nestînin. Çû wir têr xwarin xwar, nêrî ku li wir jî kesî pere jê nestend. Ji xwe re got, ez vîqasî li bajaran li deran digerim, ez lewitîme de bise ez herim himamê jî, xwe bişom. Çû himamê têr xwe şûşt û veşûşt. Rabû ku derkeve kesî pere jê nexwest û bi ser de jî zêrek danê. Çû qederekê ji xwe re li nav bajêr geriya, dîsa hat ket himamê serê xwe şûşt, gava ku derket dîsa zêrek danê. Zilam ma ecêbmayî. Çend caran wilo ket himamê û derket her cara ku derket zêrek danê.

Ji mêrikê derwêş re bû mereq. Rabû li viyalî li wiyalî pirsî got, heyra ev çi mesele ye? Ez çûm ser berber pere nestend, liqunte wilo, himam bi ser de zêr dan min. Ev çi ye, ev ê ku wilo dike kî ye? Ji min re bûye mereq.

Yekî jê re got;

- Heyra wele jê re dibêjin Hesenê Nalbend. Ê ku vaqasan belaş dike û bi ser de zêran dide ew e.

Derwêş got;

- Ma tu mala wî nas dikî?

Zilam got;

- Erê.

Mêrkê derwêş got;

- De ka pêş min bike ez ê herim bibim mêvanê wî zilamî, ez dixwazim wî nas bikim bê yekî çilo ye.

Zilam mêrikê derwêş bir ber mala Hesenê Nalbend û got;

- Va ye ev mala wî ye.

Çû ber deriyê Hesenê Nalbend li derî xist, çû hundir. Bi qedir, bi merîfet hatin pêşiyê û çi qedrê ku heye danê.

Derwêş ji Hesenê Nalbend re dibêje;

- Ma birastî yê ku van xêran dike tu yî?

Hesenê Nalbend dibêje;

- Erê ez im.

Derwêş dibê;

- Min xwest ez te bibînim û fêm bikim bê ev rast e an na. Heta îro min tiştekî wilo di dinyayê de nedîtiye.

Ji xwe re şevbuhêrkeke xweş derbas dikin. Axirê derwêş sibehê radibe, ji qedr û qîmeta ku danê gelekî dilxweş ji mal derdikeve û dîsa dide ser riya xwe.

Erbana wî jî pê re ye. Qonax bi qonax dire, digihîje bajarê Stenbolê. Li wir dere hizûra Sultan. Di civatê de li erbanê dixe, dûrikên ku zanibû hemûyî dibêje. Dema xelas dike Sultan dike ku ji malê dinyayê tişt miştina bidinê û dûre dibêje;

- Ya derwêş tu vî qasî li dinyayê digerî ma te hîna însanên wek min ciwamêr, merd dîtine. Kesî wek min tişt daye te.

Derwêş got;

- Erê ya Sultanê min, yek heye tu ne hêjayî axa ku ew pê lê dikeyî.

Sultan got;

- Errrek! Ez sultanê dînê Îslamê û tu wilo dibêjî, ma qey ev rast e?

Derwêş got;

- Erê min dîtiye û rast e.

Sultan rabû, derwêş girt got,

- De binêre ez ê zilamê xwe kar kim û wê herin ceribandina wî zilamî. Heke ne wek ku tu dibêjî be ez ê serê te jêkim. Lê ku wek tu dibêjî derkeve ez ê hîn bêhtir mal bidim te.

Derwêş ma girtî û zilamê Sultan dan rê ji bajarê Stenbolê heta wir bi pirsê heta ku digihên bajarê Nisêbînê. Sultan ji zilamê xwe re gotiye, herin binerin bê rast e ne rast e û ku wilo be heta ku hûn meseleya wî jî fêm nekin hûn neyên.

Wek ku derwêş gotibû pêşiyê çûn ser berber riha xwe kur kirin, derketin gotin, ew temam. Îcar çûn liquntê têr xwarina xwe xwarin, derketin gotin, ew jî rast derket. Rabûn çûn himamê serê xwe şûştin, gava ji wir jî derketin zêrek dan wan. Gotin, ew jî temam. Zilamê Sultan rabûn bi pirsê çûn mala Hesenê Nalbend.

Bi xêrhatineke germ û qedrekî mezin ew li ser doşekan danîn. Piştî bêhnikekê nema xwe girtin gotin;

- Tu bi qedrê Xwedê û pêxember kî tê meseleya xwe ji me re bêjî. Ev çilo tu bûyî xwediyê vî malî û bi çi meqsedê tu wilo dikî, tê ji me re bêjî.

Hesenê Nalbend got;

- Ser seran ser çavan lê heta ku hûn nerin filan cihî, yek heye jê re dibêjin Hedê, çîroka wî neynin ez meseleya xwe ji we re nabêjim. Cilekî reş bi vî zilamî re ye, her roj deh qalib sabûn wê bîne, carê qalibekî wê di cil bide heta xelas bibe. Dûre wê avê lêke, wê binere ku cil dîsa reş e. Hûn ê herin meseleya wî ji min re bînin ka bê ew çi ye, ez ê wê wextê ya xwe ji we re bêjim.

Zilamê Sultan rabûn çûn gihîştin zilam, nêrîn ku wa yê li ber avê ye û sabûnek di destê wî de ye çawa cilê xwe kef dike kef dike, gava dixe nava avê dinêre ku dîsa reş e. Zilaman got;

- Heyra ma ev çi meseleya te ye, tu çima wilo dikî, tu ji me re nabêjî?

Zilam got;

- Ser seran ser çavan lê, zilamek di nîvê sûkê de di hundirê çalê de ye, mêrik kor e. Heta ku hûn nerin meseleya wî ji min re neynin ez a xwe ji we re nabêjim.

Zilamên Sultan rabûn çûn xwe avêtin ê kor, gotin;

- Lawo ji bo Xwedê meqseda te çi ye, tê ji me re bêjî.

Ê kor got;

- Ser seran ser çavan lê, heta hûn nerin li filan derê yek heye methan çêdike, methên hespan, ku hûn meseleya wî ji min re neynin ez ji we re nabêjim.

Zilamên Sultan rabûn ji ba wî jî çûn. Gihîştin bal dikana ku mêrik methan lê çêdike. Nêrîne ku şixulê xwe xelas kiriye û kirî here sûkê, methên ku çêkiriye bifiroşe. Wexta zilam çav li wan ket hema firaxên di destê xwe de avêtin û bazda. Berdan dû, ew çiqasî dere ew jî didin dû. Axirê heta gihîştin nav meze-lan, nêrîn ku mêrik ket neqeba du kêlan û serê xwe li wiyalî dixe, li viyalî dixe. Zilam digihinê, wî disekinînin, dibêjin;

- Bise! Çima tu wilo li xwe dikî?

Zilam serê xwe êşandiye. Wî hêmbêz dikin, dibêjin;

- Bise te xwe êşand!

Rabûn ew birin cem hekîmekî, ew derman kirin. Zilam biçekî baş bû, hevdu anîn, çûn mala mêrik. Îcar jê pirsîn gotin;

- Heyran de ka meseleya xwe ji me re bêje bê ev çi ye, ya ku te dixe vî halî lazim e tu ji me re bêjî.

Zilam dest bi meseleya xwe kir. Got;

- Ya mêvanên ezîz, ez û pîrek diya xwe bûn, em feqîr bûn. Ez xort bûm, ez dil ketim yekê. Bi parsê bi filan û bêvanê diya min ew ji min re anî. Qederê mehekê em tevde man. Me ji xwe re çêlekek kirîbû. Rojekê çêleka me ket ziyanê cîranê me. Wî jî çêlek daye ber xwe anî mala me. Ji min re got;

- Çêleka we ketiye ziyanê me, qîma min nayê.

Min got, heyra li qisûra me nenêre em ê lê miqate bin. Her ez çiqasî bi zimanekî xweş dibêjim jî zilam bi ser mîn de hat û got;

- Ez wilo milo nizanim, çêleka xwe bigirin lê ku careke din di ziyanê me keve ez ê wiha wiha bi ya pişt te bikim.

Ku mêrik xeber dan, min nema xwe dît. Bêhna min teng bû û min êrîş kirê. Min sed xeberên çiv jê re dan. Xencerek min hebû ew jî di ber min de bû. Ji ber ku xeber ji jina min re dabû ez filitîmê min da ber xenceran. Zilam mir, ez jî bûm mehkûm. Diya min û jina min li dû min man tenê.

Ez tam bîst salan mam mehkûm li welatan. Rojekê jî ez neçûbûm malê. Şevekê min got ez ê rabim îşev herim malê; ka bê diya min, jina min di çi halî de ne. Min meraq dikir. Ez rabûm wê şevê çûm malê. Min derî vekir, hundir reş bû. Tu nabêjî razane. Hêdîka bi agirê ku bi min re hebû min çira malê pêxist. Gava min nêrî ku ez çi bibînim. Min dît va ye pîra diya min li wir di xew de ye û jina min û xortekî destê wan di stûyê hev de ye û di xew de ne. Min xwe winda kir! Min ji xwe re got, diya min wilo bênamus e, çilo jina min li balê di ber yarikê xwe de ye. Hema min xencera xwe kişand û min êriş kir diya xwe.

Min diya xwe da ber xenceran û dûre min jina xwe da ber xen-
ceran û ew xortê ku li bal jina min bû min ew jî da ber xence-
ran. Min her sê kuştin û ez derketim derve. Min ji nû ve ji xwe
re got, ma ev ê ku li bal diya min di ber jina min keve gelo kî
ye? Bi min re bû derd.

Min rabû xwe li derve veşart, heta bû sibeh. Axirê cîran
mîranan nêrîn ku deng ji mala me nayê, wan jî meraq kir,
rabûn çûn hundirê me. Tevger çêbû, banî hev kirin, gotin, 'ho
filankeso! Filankesê! Ma ne şevê din hinek ketine ser mala ê ku
ev nizam çend salên wî ye mehkum e, dibêjin diya wi, jina wi
û layê wî her sê kuştine, mala wî li miratê hiştine.' Ez jî nêzik
im di nav dirîreşkan de veşartî me. Dengê gundiyan hemû hat
min. Hema ez rabûm ji nav dirîreşkan derketim min got, heyra
bisekinin ne kesî mala min xera kiriye, min bi destê xwe mala
xwe xera kiriye. Heyra min ew kuştine, min xelet fêm kiriye.
Axirê ez hatim efûkirin.

Îcar ya birakno, ez ê metha xwe çêkim, hazir bikim ku ez
herim bifiroşim, wê diya min derkeve mikabilî min. Wê bêje,
'mal xerab ma ew qas şîrê ku min dabû te... Bila sûc û bila
sebeb te ez kuştim... Ma ne ez şîrê xwe li te helal nakim û diya
min bazdide dere.' Vêca pîreka min derdikeve dibêje, 'mal
xerab ma mehekê tu li cem min razayî. Ma qebeheta min çi bû
ku te ez kuştim? Ma ne ez li wê dinyayê li te helal nakim...' Ew
jî bazdide dere. Îcar layê min derdikeve pêşiya min. Ew jî dibê-
je, 'mal xerab! Ma tu mehekê li cem diya min razayî, te ez çêki-
rim, ku îcar ez çêbûm, ez bûm xort, ez wilo nestêle ma min çi
tade li te kiribû ku te wilo hat ez dam ber xenceran, te ez kuş-
tim. Weleh ez li te helal nakim.' Carê her sê wê wilo bêjin û wê
bazdin. Ez jî wê methê davêjim û didim dû wan. Ez derim heta
ser mezel, ew dikevin tirba xwe û ez jî dikevim tirba xwe û ez
jê dernakevim. Hal û hewalê min ji vê ye.

Mevanan got;

- Mal nexerab şeytan wilo li te dike. Bi ya şeytên neke. Wexta wilo kirin bê nalet li şeytên, wê herin; tê jî îşê xwe bimeşînî.

Rabûn zêrek dudu danê û hatin. Vêca çûn bal ê kor. Gotin, heyran va ye tiştê te dixwest me anî, meseleya mêrikê methê wilo bû û jê re mesele hemû gotin. Dûre jî gotin,

- De ka îcar tu jî ya xwe ji me re bêje.

Mêrikê kor got;

- Li ya min nepirsin. Ez jî feqîr bûm. Min dît carekê yekî halê wî xweş, qerewat di stûyê wî de hat devê deryê min. Li deriyê me xist got;

- Filankes!

Min got, çi ye?

Got;

- Lawo va ye tu feqîr î û ez dewlemend im. Niha tu nabî xulamê min û ez mezinê te? Tê bi min re bêyî, ez ê roja te zêrekî bidim te.

Min qebûl kir, em rabûn çûn. Ez birim qiraxa bajêr devereke xewlecî, min dît va ye hesp anîne; qey berê haziriya xwe kiriye. Em lê siwar bûn û me berê xwe da newaleke xewlecî. Em meşiyan, em gihîştin devereke wek Newala Qutê, em sekinandin. Em rabûn ji hespê xwe daketin û me ew li wir girêdan, em çûn ber tehtekê sekinîn. Min nêrî kitêba xwe derxist û xwend xwend, min dît teht vebû! Hundirê teht hemû zêr bû. Me barê xwe jê dagirtin. Ka bê çend caran wilo me zêr birin. Zilam ji min re got;

- Binere heyran du bar ji min re û yek jî ji te re.

Min got, na ez qebûl nakim. Dudu ji min re û yek ji te re. Zilam got;

- Naxwe ha ji te re tîra min û kildanê min û kitêba min,

kîjan wexta tu bixwazî tê kilê min bi çavên xwe xî û tê devê kitêbê vekî tê ji xwe re têra xwe zêran bibî.

Ew li hespê xwe siwar hat, xatir ji min xwest û çû. Ez mam li wir. Ez jî ji xwe re dibêjim, ma va ye ez li vir im, çi hewce ye ku ez herim malê û ji nû ve vegerim. Hema ez ê nihaka zêrê xwe bibim û herim. Min kildan û tîra xwe derxist. Min çavek xwe kil kir, wek ku tu şîşek agir berdî nava kezeba min. Hîna di wê şewatê de min kil xist çavê din jî. Min çavê xwe vekir ku bi her du çavan ez kor bûme. Îcar bi zor her du layê min bi ser min vebûn û ez anîm mal. Min got, min têxin çalekê reş û tarî ku heta ez sax bim ez cezayê xwe bikişînim. Ez ji wî wextî de li vir im û ez ji xwe re dibêjim heqê min bû, misteheqê min bû. Ma lawo barek zêr ne besî te bû. Te xwe tima kir û ev hat serê te. Ev jî meseleya min e.

Zilaman rabûn xatir ji wî jî xwestin û çûn.

Gihîştin bal ê din gotin;

- Xorto meseleya wan ên din ev e, de ka tu jî ya xwe bêje.

Xort got;

- Ez zilamekî ne misilman bûm û sed zêr di kîsik de di berîka min de bû. Li bajarê Nisêbînê alimekî pir mezin hebû. Min got, ez ê rabim herim bal vî alimî û bibim misilman. Ez rabûm çûm balê. Min got heyra ez hatime ku bibim musilman. Zilam ji min re got,

- Heyra tu nabî musilman, qelbê te reş e.

Min got, çima tu wilo dibêjî. Ez hatim bal te ku ez bibim misilman. Ji min re got;

- Wa ye sed zêr di berîka te de ne; de here sed zêrî di şibakê re bavêje yan na tu nabî misilman.

Ez rabûm çûm, min şibake vekir, min li biniya xwe nêrî ku hemû dehl e. Min got, weh, ez ê çilo zêrên xwe bavêjim nav vê dehlê. Min zêr neavêt û ez hatim. Sê caran min wilo kir, her carê ji min re got;

- Te neavêtiye.

Rabû cara çara min qerara xwe da û min zêrên xwe avêtin. Ez vegeriyam hatim balê, ez bûm misilman. Ez çend salan li bal mam.

Rojekê min got, Şêxê min! Got;

- Çi ye?

Min got, ev qas sal ez li bal te mam, hîna te keramet pêş min nekiriye. Îlmdar got;

- Lawo tu xwe li ber kerametê min nagirî!

Lê dîsa jî min rû li ser danî. Rojekê Şêx got;

- Hilkişe ser minarê bang bide tê kerametên min bibînî;

Ez hilkişiyam ser minarê, min got, Elah û ekber. Min dît ez ketim bajarekî wek cinetê. Ez li nav bajêr geriyam. Ez birçî bûm min beretak nedît. Ez rabûm çûm liquntê, min got ez birçî me. Yê berdestkê wan xwarin ji min re anîn. Ez hebekî mam, xwediyê liquntê hat got,

- Lawo tu çi kes î? Tu nabî lawê min?

Min got, bila. Ez kirim lawê xwe. Ez li ber destê wî mam. Qederek tê re çû, rojekê ji min re got;

- Lawo!

Min got, çi ye?

Got;

- Here filan himamê, li wê derê rakeve. Wê sê qisim pîrek bên. Nofê ewil ê yextiyar in, tu îşê xwe ji wan neyne. Ê navê jî îşê xwe ji wan neyne, ew jî hemû pîrek in. Lê yên talî hemû keçik in. Rahêje vê sêvê û emanet, emanet! Tu vê sêvê bavêjî yekî ji wan keçikan ya ku te eciband. Tu sêva xwe bavêjî kê ew ma ji te re. Tê sêva xwe bavêjî ya ku te eciband û tê bê, îşê te pê tune; ew ma ji te re.

Ez rabûm çûm, wek ku ji min re gotibû min wilo kir. Min

128

nêrî yê pêşîn pîr in, ên duduyan jin in û yên sisêyan hemû keçikên ku yek ji yeka din spehîtir bû. Min dît carekê yek hat gotin ev qîza paşê ye. Hema min sêva xwe avêt qîza paşê û min bang kir, min got bila her kes zanibe, min sêva xwe avêtiye qîza paşê.

Axirê ez rabûm çûm cem paşê. Min got, ya paşe, hal û hawalê min ji vê ye. Min sêva xwe li qîza te xistiye û ez hatime wê ji te bixwazim. Paşê got;

- Madem wilo ye, tê ji min re soz bidî ku heta tu sax bî tu derewan nakî, tê rehmê li feqîran bikî û dîsa tê soz bidî ku heta tu sax bî tu qetlê nakî.

Min got, temam. Keçika xwe da min, ez hatim malê ba bavê xwe. Bavê min rabû ez şandim ba yê terzî. Got;

- Lawo here bal filan kesî gelek silavên min lê bike û tê jê re bêje, bila li gorî qeyasa te qumaş bidirû, bedilna ji te re çêke.

Ez çûm ba terzî, ji min re sê çar bedil dirût. Min ew jî anîn. Daweta min çêbû, ez bûm xwedî mal. Îcar ez im pîreka min e. Baxçeyekî me heye em bi şev û roj di nav de ne. Bavê min jî di liquntê de dişixule. Min dît rojekê yek hat devê derî. Pîreka min çû derî vekir. Jê re got;

- Ez feqîr im, ez ji xwe re digerim.

Pîreka min çû û hat. Min ji pîreka xwe re got, ma ev çi kes e? Got;

- Yekî hafiz e, belkî sed sal kiriye, extiyarek e û tiştekî dixwaze.

Min got, here bêje kesek li mal tune. Axirê jina min çû balê got;

- Kalo here, mêrê min ne li mal e.

Zilamê extiyar ji jina min re got;

- Lawo çima hûn derewan dikin, ma ne niha dengê zilaman dihat.

Û derî vekir ket hewşê, hat bal min. Got;

- Selamun eleykum.

Min got, eleykum selam. Min got, xalo çima tu hatî, ma ne jina min ji te re got kes tune ye. Zilam got;

- Wilo nebû. Ka tu ji min re bêje bê ev jinik çilo gihaye te.

Min got, bavê wê yekî ehmeq bû, min ji bo çend tiştan jê re sund xwar, da min. Min dît zilamê extiyar got;

- Ma niha ez ji te re wilo sund bixwim û bêjim ka vê jinikê, tê bidî min?

Ez rabûm bi wî kalî ketim, min ew pelixand û min dehfek dayê di derenceyan de werkir. Lê belê çawa bêhna min teng bûye, dîna min dît min dît ku va ye dîsa ez li cihê xwe yê berê, li ser minarê me. Hema ez rabûm çûm bal şêxê xwe û min got, ya şêxê min ez di bextê te û yê Xwedê de min dîsa vegerîne cihê min ê berê. Ji min re got;

- Min tu xistibûyî cinetê, çima tê derewan bikî û tê ne dilbi-rehm bî? Her, qelbê te reş e.

Ez çi qasî li ber geriyam ne geriyam ez venegerandim cihê min ê berê û berda min, ji min re got;

- Heta ku tu dilê xwe spî nekî neyê bal min.

Îcar ji bo wilo ev cil daye min û gotiye heta ku tu vî cilî wek berfê spî nekî tu neyê bal min û nebêjî ez ê bibim misilman. Mesela min jî ev e. Ez ê carê vî cilî kef bikim kef bikim û avê lêkim, ez ê lê binerim ku dîsa reş e.

Zilaman gotin;

- Lawo ma tu dînî heta sed salî tu vî cilê reş bi ava germ û sabûnê bişo çênabe.

Axirê zilamên Sultan rabûn ji bal wî jî dan rê û gihîştin bal Hesenê Nalbend gotin;

- Va ye meseleya te dixwest me ji te re anî. Hal û meseleya xwediyê cil ji vê ye.

Îcar Hesenê Nalbend jî meseleya xwe ji wan re got. Zilamê

Sultên jî jê re gotin;

- Heyra em li ser şertekî hatibûn ceribandina te.Tiştê ku di derheqê te de hatibûn gotin hemû me li bal te dîtin. Tu sed xêrî ji malê xwe bibînî.

Û rabûn çûn Stenbolê. Her tişt ji Sultan re gotin. Sultan, derwêşê ku girtibû azad kir û gelek tiştên din jî danê.

Çîroka min ji we re xweş....

GULPERÎ

∾

arek hebû ji caran, rehme li dê û bavê hazir û guh-
daran. Got; hebû yekî feqîr. Tiştekî wî tune bû
bixwe, bîne bide zarokên xwe. Rojekê pîreka wî got;
- Heyran wilo nabe; ji xwe re here sûkê, bisebibe, biner bê
tu ji xwe re îşekî tiştekî nebînî; wilo çênabe.

Mêrik got;
- Bavo ez ê îro herim bi sûkê de bê ez tiştekî ji xwe re nakim.

Feqîro, rahişt bêra xwe û çû. Çû nêrî ku va ye bazirganekî
zengîn bang dike, dibêje;
- Hêêê! Ê ku bi min re bê hem fêde ye hem jî xisar e.

Zilam ji xwe re dibêje, ev ê hanê çi dibêje? Fêde û xisar kare
bi hev re be? Bi vê meraqê, xwe nêzî bazirgan dike û dibêje;
- Xalo, ew çi ye tu wilo bang dikî? Tu dibêjî fêde ye jî û xisar
e jî. Ew tiştê ku hem fêde ye hem xisar e, çi ye?

Bazirgan dibêje;
- Ez wilo bang dikim û wilo dibêjim. Ku tu qima xwe wilo
bînî, devera ku ez te bişînimê, li wir tê zanibî û fêm bikî ku
hatina te fêde ye jî û xisar e jî.

Mêrik di dilê xwe de got, hema ez ê herim. Ev weke şuxlê
qaçaxê ye, wek qûmarê ye... hema ez ê xwe lê biqelibînim; bê
ka ev çi ye?

Mêrik berê xwe da bazirgan û got;

- Ez ê bi te re bêm.

Rahişt bêrika xwe û da dû yê bazirgan, çûn mala wî. Li malê neh deh bergîr û qantir hazir kirin, siwarin hatin û bi hev re çûn.

Ha li vir û ha li wir dan ser rê, gihîştin qûntara çiyakî. Li wir yê bazirgan bang kir, got;

- Em ê li vir bisekinin.

Yê peya sekinîn, yê siwar ji hesp û qantiran peya bûn. Piştî bêhn vedaneke kin, bazirgan rabû devak şerjê kir, rovî moviyên wê derxist jiderve, hundirê wê vala kir û ji mêrik re got;

- De têkeve hundirê vî eyarî, wê teyrê sîmir bê rahêje te. Bazirgan tiliya xwe ber bi cihekî vekir û domand, got, 'Tu wê qesra hanê dibînî? Teyrê sîmir wê te bibe bibe, li ser wê qesrê deyne. Dema te deyne, wê nikulê xwe li eyar bixe ji bo ku bixwe. Wê gavê tu jî xwe bileqîne û teyr bitirsîne da bireve. Wexta ku teyr bibizde û bifire, tu derkeve. Ku tu derketî di nîvê pişta qesrê de deriyek heye, xwe berdide jêr. Wir tije zêr e. Tenê şibakeke wê heye, di wir re tê wan zêran ji me re bavêjî, heta em barên xwe bar bikin.

Mêrik got;

- Baş e.

Bazirgan rabû lawik xist nav eyarê deva gurandî, şûjina xwe bidar vekir û eyar dirût. Hemû çûn wî aliyî, jê bi dûr ketin. Nêrîn bû şîqeşîqa teyr û hat dada eyarê devê, deve xist nav kulabê xwe, rahiştê û bir.

Qesreke bilind e, li nav çolekê ye; teyr hat lawik li ser wê qesrê danî. Teyr kir ku nikulê xwe lêxe, mêrik tirsiya. Di dilê xwe de got, kare min birîndar bike û bixwe; wê zarokên min jî bimînin sêwî. Xwe firfitand, teyr tirsiya, reviya û firiya. Mêrik jî xwe vekir, ji nav wî eyarî derket. Nêrî ku heyloo! Qesreke di nava çiyakî de sê çar tebeqe ye. Du sê seriyan çû û hat, çavên wî li derî ket, çû ber derî hêdîka derî vekir ku heyloo... tije zêr e. Xwe bi jêr de berda, destê xwe li wan peland, rahişt zêran teqiland, devlê kiryê, bi her du lepan kulmên xwe tije kirin û avêt hewa. Ji xwe re bi wan dilîst, nema haya wî ji wî hebû. Bi dengê mêrikê li binya qesrê, ku bang dike, dibêje, "Zêran bavê-je, zêran bavêje... ez çewal û xurcikên xwe dagirim." bi ser hişê xwe ve tê.

Mêrik jî radibe di şibakê re zêra davêje. Heta ku temamê çewalan dadigire, xelas dike û bazirgan barê xwe bar dike ku here. Mêrik bang dikê dibêje;

- Xalo, ma îcar ez ê çilo ji vir dakevim?

Bazirgan got;

- Ez nizanim, tu çilo dikî tu bi qîma xwe yî, yê min va ye ez çûm.

Barê xwe da ber xwe û meşiya. Mêrik bi neqla hewarê bi dû de got;

- Vîqasî ez ji te re zêra davêjim ma tê min li vir bihêlî û herî? Ma bextê dinyayê wilo ye.

Bazirgan dibêje;

- Tu çareya min î ku ez te daxînim tune ye. Min berê ji te re gotibû hem fêde ye û hem zirar e, te bîra xwe û wilo nedibir.

Bazirgan li hespê xwe siwar hat, mêrik hişt di wê qesrê de, zêrê xwe birin û çû bajarê xwe.

Ê di qesrê de, dît ku derî û şibake jî lê hatin girtin wek şuxlê sêhrê. Mêrik jî wê çi bike; dere vî aliyî, dere wî aliyî... nema zane wê çi bike. Du rojan ma di wir de. Tiştekî xwarinê li wir tune. Nikare zêran jî bixwe, ji nêza bi helaket çû. Xwe dirêj kiri-ye çavê wî li şibakekê dikeve. Çû xwe hilperikand wê şibakê, çavê xwe xistê nihêrî, dît ku wa ye deh xort di ber hev re dirêş-kirî ne. Bi zor û heft belayan xwe hilkişand, hilkişiya bi şibakê ve û bi hemd xwe berda odeya din. Dengekî duduwa sisiya bi wan kesên dirêjkirî re axivî ku wan şiyar bike, deng ji kesî nehat. Bi destê xwe ew leqliqandin, lingê xwe li wan xist dîsa tu pêjin ji wan nehat. Dawiyê fêm kir ku hemû mirî ne. Tu nabê-jî mêrikê bazirgan wilo li hemûyan kiriye. Henekên xwe bi hemûyan jî kiriye; yek bi yek ew anîne wir, piştî çewalê xwe tije zêr kiriye ew li wir hiştine û çûye. Ew jî ji birçînan û ji bêavbû-nan mirine.

Qutfek dikeve dilê mêrik, îcar wê çi bike? Rûdinê, destê xwe datîne ber rûyê xwe, diponije. Taqeta wî qet nemaye, hîn li ser xwarina ku li malê xwaribû debar dike. Di dilê xwe de dibêje, weleh ez jî yê mirinê me. Hema ez herim xwe li ber vana dirêj bikim heta Xwedê emanetê xwe bistîne. Tu çareya wî ya ku daketa, ji qesrê xelas bibûya tune bû. Hema rabû, wî jî xwe di ber her deha re dirêj kir.

Jina wî jî li malê ji zarokên xwe re dibêje;

- Bavikê we nehat lawo, ka bê bi ku de çû. Stûyê min bişkê, xwezî em hemû miribûna û bavê we neçûbûya.

Jinikê xwe berda sûkê, li vî aliyî ket li wî aliyî ket, zilamê xwe nedît. Li malê vegeriya, giriya û ji zarokên xwe re got;

- Lawo bavê we nexuya ye, qey bi rêka çûn û nehatê de çûye. Destê xwe ji bavê xwe bişon, çû.

Halê bavê wan jî ne tu hal e. Xwe di ber miriyan re dirêj kiri-ye û li benda mirina xwe ye. Berê sibehê ye, nêrî carekê tebak hat ket wir. Dere ser wan laşan, wan bêhn dike û tê ber, lingê wî jî bêhn dike. Teba xwe jê vedikişîne. Zilam xwe nalebitîne û di dilê xwe de dibêje, gelo ev çi ye, di ku re hatiye, ku ez bi xêra vî tebayî ji vir dernekevim ez mam di vir de. Neqleke din teba tê, li dora wî dere û tê, dema pişta wî dikeve zilam hema destê xwe davêje teriyê, du caran li destê xwe dipêçe û xwe davêje ser. Dibêje, helbet ev pisîk di deverekê re hatiye, hema ew di ku re here ez wê bernadim, teriya wê li destê xwe pêçaye û bernade. Dibêje, çiqas ew pisîk dike waqewaq û miyaw miyaw ew teriya wê bernade. De îcar devera ku tê re derbas dibe qulin wilo teng in, wilo teng in; mêrik bi ser hev de diqermiçe, ser û guhên wî li deveran dikevin heta derbas dibin. Zilam wilo xwe pê ve kiriye dirdirk, de li wir û de li vir destê xwe jê bernade. Laşê zilêm hemû zelitiye, bûye xwîn. Dakeeet, dakeet, dakeeet, ka bê çiqasî di binê erdê re daketin. Nêrî ket deverekê ku çemek li wir diherike; zilam teriya teba berda, teba li yek tûşê bazda û bi dûr ket. Ew jî ma li ber wî çemî.

Dinya hebekî xweş bû, roj derket. Heta piçekî hişê wî hat serê wî, dema li der û dora xwe nêrî ku heyloo! Baxçak li ber çem e, çi tiamê heye hemû lê ne. Radibe li çem dixe, xwe berdide nava baxçe. Feqîro birçî ye, ji kengî ve tu tişt neçûye zikê wî. Ket nav fêkiyan ji vê û ji vê; têêr xwar. Bêhna wî derket, şikriya xwe anî. Seriyekî duduwan li nav bexçe çû û hat, kesek nedît. Nêrî ku avzêlkek li bin dara tûyê ye û bedlek livîn li ser e. Wî jî xwe li ser dirêj kir û di xew re çû. Pîra xwediyê baxçe hat nav baxçe; pêsêrên wê li ser piyê wê ne, tembûra wê di destê wê de ye. Li ber holika xwe rûnişt. Haya wê ji zilam tune ye, dest bi starana dike, li tembûra xwe dixe, dûrik mûrikên heyamên berê ji xwe re dibêje. Mêrik vediciniqe ku pîrê li wir e. Nema zane bê wê çi bike. Ditirse, dibêje, pîrê bi min bihise wê min bixwe, wê min dabeliîne. Hema hêdîka jiparve çû, xwe çem kir her du pêsêrên wê zept kir û qurtek li singê wê xist. Pîrê wiha di ser xwe re nêrî ku yekî feqîr e, xwe çem kiriye pêsêrên wê. Di dil wî de pîrebok e û bihîstibû ku gava hinek xwe bavêjin pêsêrên wan deng nakin. Pîrê tembûra xwe danî û got,

- Tu ins î, tu cins î, pêsêrên min berde... ez tiştekî bi te nakim.

Mêrik pêsêrên pîrê zept kirine û bernade. Pîrê dîsa got;

- Binere lawo, tu bi çi meqsedê hatibî ez ê meqseda te bî cî bikim û pêsêrên min berde. Piştî pîrê jê re soz da, mêrik pêsêrên pîrê berda.

Pîrê got;

- Tu û van deveran, xuya ye tu ne ji van deran î, çi derdê te ye? Çima tu hatiyî vir?

Lawik got, hal û hewalê min ji vê ye. Meseleya xwe hemû ji pîrê re got. Pîrê got;

- Binere lawo, ev baxçe hemû yê me ne. Ev der a min e. Ez û kalê xwe ne. Tu jî bibe lawê me. Tiştê ku heye her sibeh tê selika me bînî, ji van daran tije fêkî bikî û êvaran tê bê malê û hew. Ev qas milkê me heye û tu zarok li ber destê me tune ne. Gava tu qîma xwe bi me bînî, bibî lawê me, em minêkar in. Lê tiştek heye, binere lawo min ji te re got zilamê min heye, divê ez bi wî jî bişêwirim. Ku bêyî wî ez te bibim malê wê te bixwe, wê te dabeliîne. Îcar ez ê pêşiyê tenê herim xwe bavêjimê, heke min ew qanix kir ez ê bêm te bibim.

Zilam fikirî nêrî tu rê jê naçe, ma li vê dera xerîb, wê çilo bike; qîma xwe anî û got;

- De bavo bila wilo be. Qey Xwedê ev yek aniye serê min, ma ez çilo bikim. Hema tu bêjî çi ez ê wilo bikim.

Pîrê û zilam li baxçe man heta êvarê, ber muxribê pîrê rabû ku here malê ji zilam re got;

- Va ye ez ê herim lawo, tu jî ji xwe re li vê derê be, li nav vî baxçeyî be.

Mêrik got;

- Bila. Ma zilamê te yekî çilo ye?

Pîrê got;

- Zilamê min ji her du çavan ve kor e lawo û nema kare bê nav baxçe. Tu dibînî, ez jî extiyar im, carê ez têm û derim.

Mêrik got;

- De ji te re oxir be yadê.

Pîrê da ser riya malê û mêrik ma li wir. Lê bû êvar, xwe li ser wê avzêlkê dirêj kir. Pîrê gihîşt malê nuh derî vekir kalo got;

- Himm bêhna xelkê xerîb ji te tê.

Pîrê got;

- Wileh kes bi min re tune ye.

Kalo got;

- Naa! Zû bêje, mikur were bê kî bi te re ye?

Pîrê got;

- Biner filankes.

Kalo got;

- Çi ye?

Pîrê got;

- Min tiştek ji xwe re dîtiye, ku tu ji min re sund bixwî bi serê lawê me Canpola ku di çax û benga xwe de mir, me xêr jê nedit; tu tiştekî xerab nekî ez ê li te mikur bêm. Lê ku bi vê sundê tu sund nexwî ez pêş te nakim, tu min bikujî jî ez pêş te nakim.

Ew jî fikirî, fikirî di dilê xwe de got, bavo ez kor bûme, ka bê pîreka min çi dîtiye, belkî xêr be. Ji pîrê re got;

- Bi serê Canpola ez tiştekî pê nakim. De ka bêje, bê te çi dîtiye?

Pîrê got;

- Weleh ez li filan deverê rûniştibûm û xortek hat bal min, hal û meseleya wî jî ji vê ye. Min jî got em bêdunde ne, bê zarok in, hema em dê û bavê te û tu jî bibe lawê me. Min ew li nav baxçe hişt, gava tu bihewînî, ez ê herim wî bînim. Tu extiyar bûyî, tu kor bûyî, ez jî nema li ser xwe me; hema ev lawik wê li me bê rehmê.

Kalo got;

- Wî min ji te re sund xwariye, here werîne.

Pîrê, kêfa wê tê cî; gurmegurma wê xwe li hundirê şikeftê de li erdê dixe dibêje, kengî wê li min bibe sibeh ku ez herim wî bînim.

Li pîrê bû sibeh, rabû rahişt selika xwe, xwe berda nav baxçe çû cem mêrik, bi kêf got;

- Lawo!

Lawik got;

- Çi ye?

- Min ji kalo re got, kalo destûr da. Tu ji îro pê de di dewsa lawê me de yî.

Lawik got;

- Ser her du çavan yadê.

Û her digot yadê, sed yadê ji devê wî derdiketin. Êvarê selika xwe tije fêkî kirin û çûn malê. Lawik çû destê kalo, ew jî çû rûyê wî.

Kalo bi kêf û eşq got;

- Binere lawo ji vir û hade tu kurê me yî. Em her du jî emrê me nemaye, tê li me binerî. Tê her sibeh herî nav baxçeyê me û êvaran ku tu hatî ji me re selikê tije fêkî bike û hew.

Lawik got;

- Temam.

Lawik dimîne li wê derê, nema haya wî ji mala wî û zarokên wî heye. Got, rojek, dido, sisê; roj derbas dibin. Birkek jî di nav baxçe de ye, birkek mezin e. Hema bêje pêncî metro dirêjbûna wê heye, tu li ava wê dinêrî avek wilo xweş, paqij…

Nîvro ye, lawik xwe li biniya darê li miqabilî birkê vezilandiye. Nêrî ku sê kevokan hêdî hêdî, danîn, hatin ser birkê. Pirtikê xwe ji xwe kirin, bûn sê qîzên ji evên spehî, hema bixwe vexwe ji xwe re li wan binere. Pirtikê xwe danîn qiraxa birkê û ketin avê. Lawik ji xwe re li wan dinêre, dinêre, dibêje, batil

batil ev çi bû, kevok bûn, va ye bûn keçik, wilo çilo ye? Keçik ketin avê ji xwe re henek menekan li hev dikin, avê davêjin hevdu, heta ber esirê. Ber esirê derketin, pirtikê xwe li xwe kirin û yelaah firiyan çûn. Lawik li dû wan nêrî. Ma wê çi bike feqîro. Êvarê selka xwe tije fêkî kir û hat malê. Wilo medê wî nexweş e, serê wî di ber de ye. Diya wî gotê;

- Lawo!

Mêrik got;

- Çi ye yadê?

- Çima îro tu napeyivî, bi mitale serê te di ber te de ye? Tu muxbinî yî, ji bo çi? Çi derdê te ye lawo?

- Yadê tu derdê min tune ye, îro min tiştek dîtiye. Hema ez ji te re nabêjim.

Diya wî got;

- Lawo bêje, bê ka derdê te çi ye.

- Hal û hewalê min îro wilo bû. Sê kevokan îro li ser birkê danîn, pirtikên xwe ji xwe kirin bûn sê keçikên ji evên spehî, xweşik, şewqa wan dida dora baxçe û avê. Piştî du sê saetan di birkê de kêf û henekên xwe kirin dîsa pirtikên xwe li xwe kirin firiyan û çûn.

Diya wî got;

- Binere lawo tu îşê xwe ji wan neyne binêêêr binêêêr! Tu vî extiyarê zilamê min dibînî, hîn ciwan bû û heta niha ev qasî bi dû wan kevokan de ye; tu çare bi dest neket, ew negirtin. Binere haa tu jî tiştinan wilo neke, tê çem û çem herî, elaqeya xwe ji wan neyne.

Lawik got;

- Bila.

Di dilê xwe de got, bi Xwedê ez ê sibehê xwe li ber van kevokan veşêrim û ez ê ya herî xweşik ji xwe re bigirim. Rabû ji xwe re li teniştra birkê kortalik veda veda û dar marin, pûş mûşin

140

avêt ser, nixumand. Ket hundirê kortalê û li ber wan veket.
Qederek derbas dibe, dibe nîvro, dinêre ku wa ye kevok hatin.
Dîsa eyarê xwe ji xwe dikin, dikevin avê, henekan li hev dikin.
Lawik hêêdîka çû rahişt pirtikên a piçûk û veşart. Dema wan û
çûnê hat. Rabûn xwe kar kirin ku bifirin. Her du keçikên
mezin eyarê xwe li xwe kirin, a piçûk li eyarê xwe digere nabî-
ne. Ji xwehên xwe re dibêje;
- Xwako eyarê min ne xuya ye, ma we nedîtiye?
Jê re gotine, na me nedîtiye. Dest bi girî dike. Li der û dora
xwe dinêre; dike û nake bi ser eyar venabe. Xwehên wê gotin;
- Em nikarin li benda te bin, va ye em çûn.
Hey keçikê digot;
- Hûn ê çilo min li vir bihêlin û herin, eman, keçê, xwakê...
Xwehên wê gotin;
- Kî zane bê çi bi eyarê te hat, kê bir, çû winda bû û tu ma li
vir.
Her du keçik firiyan çûn. Keçika piçûk ma li wir, digirî wek
bê û baranê. Dibêje, ev qas sal vî kalî ez zept nekirim, îro çilo
çêbû. Nêrî carekê lawik ji kortalê derket û eyarê wê pê re.
Hema lawik xwe çem kir keçikê, zept kir. Keçik dibêje;
- Binere lawo min berde, îşê xwe ji min neyne. Wê ew exti-
yar te bikuje û wê min mehr bike. Ez naxwazim bigihêm wî; ev
qasî bi dû min de ye tu çare nedît. Te bêbextî li min kir, bi dizî
te eyarê min bir, ka eyarê min bide min ez ê herim bigihêm
hevalên xwe. Heqê te li min tune ye, ez ê bi riya xwe de herim.
Kir nekir mêrik dev jê neqeriya, got;
- Ez ê te ji xwe re bibim.
Keçik jî heyranî wî dibe, ne bi dilekî bi heft dilan dil dikeve
lawik lê tirsa kalo di zikê wê de ye. Dibêje;
- De min bibe, ma ne wê kalo te bikuje. De îcar tu zanî.
Keçikê dibe ser holikê bi kêf û eşq li hev rûdinên, henekan

bi hev dikin heta êvarê. Dibe êvar, lawik dibêje;

- Heydê em herin malê.

Keçik dibêje;

- Ez bi te re nayêm.

Lawik dibêje;

- Ileh tê bê.

Hevdu birin, nêzikayî li şkeftê kirin, keçikê got,

- Ez bi te re nayêm hundir, ez ê li vir bimînim. Tu here ji diya xwe re bêje, binere bê diya te çi dibêje. Heke tiştekî bi min nekin, dûre ez ê bêm.

Lawik dikeve hundir. Diya wî pêrgî wî ve tê, selika fêkî ji dest digire, lawik jî hema dikene. Diya wî jê re dibêje;

- Lawo tu bi çi dikenî?

Lawik dibêje, yadê wele min ji xwe re tiştek dîtiye. Ku hûn min efû bikin ez ê pêş we bikim, ku hûn min efû nekin ez ê herim ji xwe re terkîdinya bibim. Pîra diya wî fêm kir, got;

- Binere lawo... ku te Gulperî girtibe û anîbe, weleh kalo wê te jî bikuje û min jî. Heke tiştekî din be ez ê xwe bavêjimê, belkî te efû bike.

Lawik got;

- Yadê, min Gulperî aniye.

Tiştek bi serê pîrê de hat ji tirsan, ya star! Pîrê di dilê xwe de got, ez jî çûm û lawik jî çû. Pîrê rabû çû cem kalo jê re got;

- Filankes!

Kalo dibêje;

- Hê!

Dibêje;

- Lawkê me tiştek di nav baxçe de ji xwe re dîtiye, kú tu des-tûrê bidî wê bîne malê.

Kalo got;

- Çi dîtiye?

- Hema çi dîtibe.

- De binere hema çi dîtibe bila qe, lê ku Gulperî be qîma min nayê, yan na çi be li ser serê min li ser çavê min.

Pîrê dibêje;

- Kalo binere ji xortaniya xwe de tu li dû van kevokan bûyî heta niha, te yek ji wan ji xwe re negirt. Tu bûyî 120 salî, tu kor bûyî ji niha û pê de tê çi bikî. Vî lawikî ji xwe re Gulperî aniye ka dev jê berde, ma tu ne neheq î?

Kalo got;

- Xebera te ye, ka bangî wan bike, bila bên.

Pîrê rabû çû bangî wan kir, bi hev re ketin hundir. Kalo pêjna keçikê kir; di şkeftê de çû û hat, çû û hat. Kalo di dilê xwe de got, çilo emrê min bi qenderî yê wî nedihat ez li ber vê kevo-kê me, li nav vî baxçeyî û ez dilketibûm wê; emrê min gihîşt sed û bîst salî, vî qasî min kiriye û nekiriye keysa min lê neha-tiye ku ez wê bigirim û vî sêwlekê hanê, hatiye girtiye. Û wê bibe jina wî. Hema hingî diqehire dibehece dibêje tereeq û diteqe; ji qehran dimire. Pîrê dibêje;

- Qenc bi te hat, tu li te û tu li halê te, hema min di gora te de ...

Pîrê dimîne bê mêr. Kalo mir, pîrê ma tenê. Lawik û Gulpe-rî digihên hev, li ba pîrê dimînin. Dibêjin, hema Gulperî wek stêrekê ye, hingî xweşik e. Ka bê çend sal derbas dibe, keçikek û kurikekî wan çêbûye. Mêrik navê law û keça xwe yên berê li van jî kiriye. Got, rojekê lawik li ser pişta şkeftê rûniştiye bi mitale ye, di xwe de difikire. Mala wî ya berê û zarokên wî hati-ne bîra wî, digirî hesrên wî çar çar tên xwarê. Gulperî dibêje;

- Çima tu wilo bi mitale yî? Ma tu nexweş î? Ev îsal sê çar sal in ez li ba te me, te rojekê qala tiştekî ji min re nekir. Min tu carî tu wilo nedîtiye. Derdê te çi ye? Ka ji min re bêje.

Mêrik got;

143

- Tu derdê min tune ye, ji xwe hesirên min diherikin.

Gulperiyê got;

- Hek ez bêdilî te bûma te wilo li min nekiribûya. Tiştê te anî serê min, te ez ji mala bavê min qut kirim. Ez qîza Mîrê Cinan bûm, kesî nikaribû di siya min daya, te wilo li min kir. Min xwe bi te girtiye, ez te di vî halî de dibînim ez diqehirim. Helbet derdekî te heye, ka ji min re bibêje bê çi derdê te ye?

Îcar mêrê wê rabû ji serî heta binî meseleya xwe jê re got. Got;

- Min gelekî bêriya mala xwe û zarokên xwe kiriye.

Gulperiyê got;

- Ev ne tiştek e, neqehire û negirî; ez ê eyn te bibim cem wan.

Zilam got;

- Ma wê diya me çilo be, em ê çilo wê bihêlin û herin.

Gulperiyê got;

- Tiştek pê nayê, ma wê çi pê bê. Şuxlê du mehan em ê herin û bên, xem nake.

Rabûn çûn cem pîrê, zilam pîrê maçî kir û jê re got;

- Yadê bi Xwedê cihê min gelekî xweş e, lê ev çend salên min in ez ji bajarê xwe dûr ketime; mala min, zarokên min tên bîra min, hewa bajarê min tê bîra min, ez dikim nakim ez îdare nakim. Ku tu destûrê bidî min ez dixwazim seriyekî herim cem zarokên xwe.

Pîrê got;

- Lawo, oxira te ya xêrê be û bi xêr û silamet tu bigihîjî cihê xwe. Lê tê sozê bidî ku tu min ji bir nakî û tê vegerî. Tu û jina xwe û zarokên xwe herin bêhna xwe derxin û werin.

Gulperî jî qîza Mîrê Cinan e. Dibêje, ka eyarê min bide min. Eyarê xwe li xwe dike û dibêje werin. Zilamê xwe avêt ser qorika xwe û her du zarokên xwe xist bin çengê xwe, xatir ji pîrê

144

xwestin û firiyan.

Dibêjin, Gulperî jî cineke jêhatî ye, zane ye. Firiyaan firiya-
an teqnikî firiyan û ji mêrê xwe pirsî got;

- Erd ji te ve çilo xuya ye?

Mêrik got;

- Bi qasî merşekî xuya dike.

Gulperiyê got;

- Ho hoo hîn gelek ji me re divê, hîn bajarê te dûr e; çavên
xwe bigire.

Dibêje fir li xwe xist, mişwarekî din çû dîsa pirsî, got;

- Îcar ji te ve çilo xuya ye?

- Vê carê bi qasî binê leganekê xuya dike.

- Me nêzikayî li welatê te kir, hebekî din jî çavên xwe bigire.

Firek din li xwe xist û pirsî;

- Dinyaya gewrik bi qasî çi ji te ve xuya ye?

- Vê neqlê ez nema tiştekî dibînim, reşik û tarî bûne yek, tiş-
tek xuya nake.

Gulperî dibêje;

- Baş e em nêzik bûne. Ma tu mala xwe nas dikî? Ka ji min
re bêje bê li kîjan aliyî ye, çilo ye?

Dibêje, çûn welatê wî û li ber xaniyê wî danîn. Gulperî eyarê
xwe ji xwe kir, wê û zarokên xwe dan dû hev çûn ber derî.
Zarokên wan jî wek dê û bavên xwe gelekî xweşik in, tu fedî
dikî li wan binerî. Li derî dixin, pîrekek tê derî ji wan re vedi-
ke. Mêrik jina xwe nas dike axîn dikeve dilê wî, lê jinik nema
wî nas dike. Jinik dibêje;

- Xêr e, we çi divê?

Ew jî dibêjin;

- Em mêvan in, tu me nahewînî?

Wê jî got;

- Mêvan mêvanê Xwedê ne, ser her du çavan, kerem bikin

derbas bibin.

Derbas dibin hundir, li hev rûdinên, kesek ji wê jinê pêve xuya nake. Mêrik dipirse;

- Ma tu tenê yî, kesî te tune ye?

Jinik dibêje;

- Keçikek min û lawikekî min hene. Min keçika xwe daye û min lawikê xwe jî zewicandiye. Lawkê min pîreka xwe biriye mala bavê wê, loma ez tenê me.

- Ma ka zilamê te, qey zilamê te tune ye?

- Zilamê min hebû berî bi deh pazdeh salan. Em feqîr bûn, tiştekî me tune bû. Ez jî qeherîm, rojekê min jî hema got, malnexerabo de rabe here sûkê bê tu karekî ji xwe re nabînî. Zilamê min rabû çû û nema hat, em nizanin ne sax e ne mirî ye.

Ji nû ve mêrik lê mikur hat got;

- Ez zilamê te me.

Jinik ma şaş, got;

- Çilo tu zilamê min î? Ku wilo be ev jin û zarokên bi te re kî ne?

Mêrik ji serî de dest pê kir, tiştê ku bi serê wî de hatiye hemû ji jina xwe ya berê re got. Ji nû ve hevdu himbêz kirin, kêfa xwe ji hev re anîn, kul û kederên xwe ji hev re gotin. Li wan bû êvar, li wan bû sibeh; jinikê şand dû qîza xwe û zavayê xwe. Lawkê wê û bûka wê jî hatin, ji wan re got;

- Lawo, ev bavê we ye.

Xwe avêtin hev, hevdu himbêz kirin, kêfa xwe ji hev re anîn. Halê wan jî xweş bûye, xaniyê xwe nuh kirine, ji felekê re dibejin wir de here. Mêrik jî radibe qesrekê çêdike û eyarê Gulperiyê dixe anîşka qesrê, dibê ji bo kes nizanibe bê eyar di ku de ye. Qey nêta xwe xera kiriye ku nema here ba pîrê. Dibêje, ez nema derim cihê ku jê hatime.

Got, ka salek dere, du sal derin, sê sal derin, lawik nêta ku here ba pîrê ji guhê xwe avêtiye. Dibê ez hatime welatê xwe, ba merivên xwe; ma ez ê ji nû ve herim ba pîrê çi. Pîrê jî gotibû, here lawo mohleta du mehan, sê mehan dide wî, dibê tê vegerî.

Hemû li cem hev in, kêfa wan li cî ye. Lawê apê mêrik ji xwe re yekê dixwaze, dawetê li dar dixin. Dibe xumexuma dawetê. Radibin bi hev re derin dawetê, dikevin destê hev û direqisin. Mêrik jî dere dikeve dawetê. Qey qîzek jî tê dikeve destê wî. Gulperî dibîne ku qîzek di destê mêrê wê de ye. Gelekî aciz dibe. Bangî mêrê xwe dike, mêrê wê deng jî nabe xwe û dawetê bernade. Dibîne Gulperî dimeşe dere jî, ji xwe re dibêje, ma wê here ku, min qesir ava kir û postê wê yê kevokê xist anîşka qesrê. Ma ew ji ku zane. Min jê re negotiye bê min xistiye ku û hema kêfa xwe xera nake, ji dawetê dernakeve. Gulperî bi wê xezebê dere malê, destê xwe li anîşka qesrê dixe, qesrê tîne xwarê. Eyarê xwe ji anîşka qesrê derdixe û radihêje her du zarokên xwe, tê di ser serê dawetê re difire du sê seriyan diçe û tê û dibêje; tu nema min dibînî, ku şekala te hesin be tu nema digihîjî min. Mêrê wê pê nahise jî. Heta dawet bela dibe ew jî tê mala xwe. Gava tê nêzikî xanî, dinêre ku xanî xera kiriye, postê xwe ji anîşka xanî derxistiye û ne jin ne jî zarok kesek li holê tune ye.

Lawik dibêje, ya rebî ya îlahî… îcar ez ê çilo bikim, ez ê çawa bikim. Ka bê mehek tê re dere, bê du meh tê re derin debara wî, hedana wî nabe, nizane wê çilo bike. Dibêje, bi Xwedê careke din ez ê herim sûkê ba zilamê ku bang dikir, ez ê binerim, belkî ez dîsa bi ser vebim. Ma ku ne di şopa wî re be ka ez ê çilo bigihêm Gulperiyê û zarokên xwe. Ku ne cardin ez di vê şopê re herim ma ka ez ê di ku re herim.

Radibe cardin dere sûka bajar, dinêre wa ye ew zilam hîna bang dike û dibêje, yê ku bi min re bê fêde ye jî, zerare jî. Mêrik rabû çû balê got;

- Xalo, xalo ez ê bi te re bêm.

Bazirgan jî wî nema nas dike, lê ew bazirgan nas dike. Zila-
nê ku bang dike, radibe cardin wî dibe deverekê, heywanekê
erjê dike û wî dixe nav eyarê wê. Dibêjin, cardin teyrê sîmir tê
rî dibe ser wê qesrê datîne. Bazirgan ji jêr de bang dikê;

- De ka ji min re zêran bavêje.

Zilam dibêje;

- Ho ho… ma nayê bîra te, filan zemanî mîn ji te re zêr avê-
tin û avêtin. Piştî wîlo te ez li vir hiştim û tu çûyî te ez danexis-
tim. Îcar dora mîn e. De biner, ez tîştekî ji te re navêjîm, eyn ku
tu li wir hişk jî bibî.

Bazirgan ma ecêbmayî. Got, ev çilo xelas bûye û wilo fen li
min kir! Heta niha kesî feneke wilo li min nekiriye û radibe
vala vedigere malê.

Mêrik jî cardin dadikeve hundir dinêre ku va ye laşin din
hene, hin ji wan tenê mane hestî. Hema cardin xwe di ber wan
re dirêj kir. Nêri wa ye dîsa ew teba, tebayê berê, yê neqla din
hat. Wî jî wek cara din dîsa xwe çeng kir teriya teba û li destê
xwe pêça. Teba bazda; de li vir û de li wir, di tehtan re di qulan
re, di deveran re… careke din daxist nava wî baxçeyî. Mêrik
nêrî pîra ku xwe kiribû diya wî dîsa rûniştiye û çawa li tembû-
rê dixe, di ber re jî digrî. Pîrê ji xwe re dibêje, çawa ez li vir tenê
mam, mêr mir û yê ku min ew kiribû law ew jî ji xwe re çû û
nema li min vegeriya. Ji ber vêya jî pîrê gelekî diqehire û di ber
tembûra xwe re digirî. Gava mêrik pîrê di vî halî de dibîne
hema bang dikê, dibêje;

- Yadê!

Pîrê li xwe difitile, dibêje;

- Hê lawo! Weleh ku te negota yadê min zanîbû bê ez ê çi
bikim ji te, lê hema ev gotina te ya yadê bi min gelekî xweş hat.

Bila tu xatirê vê gotinê bî. Weleh ez zanim ku tu ne ji bo min
hatiyî û tu nema dihatî. Tu li dû pîreka xwe hatiyî. Lê te got
yadê, ez gotina te li erdê naxim. An na, weleh minê niha biki-
ra ku hinan bigota tu heyî hinan bigota tu tune yî.

Lawik got;

- Erê bi Xwedê tu rast dibêjî û tu çi bêjî heqê te heye.

Pîrê got;

- Ez zanim tu li jina xwe digerî, îcar binere ha wa ye konek
ji dûr ve xuya dike. Binere ew konê bavê jina te ye. Gulperî qîza
Mîrê Cinan e û binere wa ye konek ji konan ferq e, ew jî konê
pîreka te ye. Lê dibêjin bavê wê ji bo ku bi te re hatiye ew ceze
kiriye û porê wê li diriyan gerandiye. Her du zarok jî li ber serê
wê danîne.

Lawik got;

- Yadê ma ka ez ê karibim bi çi şiklî herim?

Pîro got;

- Lawo binere ez ê kumekî ji te re çêkim ku te ev kum xist
serê xwe tê neyê xuyakirin. Tê kum di serê xwe kî û tê herî li
dora kon, biçî û bê. Heke bavê wê tu nedîtî tê riyekê ji xwe re
bibînî û di bin kon kevî, wê çaxê tê zarokên xwe bînî û bêyî. Lê
weleh ku te bibine jî wê pirtikên te bibe ezmanan. Ji çaxê ku
pîreka te hatiye di wî halî de ye.

Diya wî yanê pîrê radibe kumekî çêdike û didêyê. Dibêje;

- Lawo, de binere… tê vî kumî têxî serê xwe; ku ev alîkariyê
bi te neke îşê te zor e.

Lawik radihêje kum û dixe serê xwe. Ka bê bi çi halî xwe
digihîne dora kon. Gava zarokên wî lê dinêrin kum ji serê xwe
derdixe, zarok wî dibînin dibêjin;

- Yadê! Yadê! Va ye bavê me hat.

Ew jî porê wê ta bi ta bi diriyê ve gerandiye. Di eziyeteke pir
mezin de ye. Gulperî dibêje;

- Heyla serê bavê xwe xwarno, bavê we wê ji ku bê vir û wê çilo bê vê derê?

Bavê wan jî carekê du caran li dora kon diqelize û dema kes li dorê namîne hema qiraxa kon hildigêve, dikeve binê kon û xwe pêş jina xwe dike. Gava dinêre, dibîne ku xwarinek bêmirês î pîs li ber zarokên wî ye û jina wî di çi halî de ye... Hema li ber jina xwe rûnişt, ta bi ta porê wê ji wan diriyan vekir. Gava porê jinikê ji wan diriyan xelas bû, rahişt zarokên xwe û mêrê xwe û dîsa gihîştin pîrê. Çendakî man li ba pîrê. Demek tê re derbas dibe pîrê dimire. Zilam li ber jin û zarokên xwe digere, wan qanix dike û dîsa li welatê xwe vedigerin. Çîroka min ji we re xweş.

MIHEMED

❧

Hebû tune bû. Wextekî xortek bi navê Mihemed hebû. Mihemed biçûkê çar birayan bû. Rojekê ji rojan her çar birayan xwe kar kir ku herin seydê. Her çaran, tûr û firaxên xwe li milên xwe kirin, dan dû hev û çûn. Çûn û çûn, li vir ketin, li wir ketin ji gundê xwe bi dûr ketin. Gelekî tî bûn. Çavên xwe li avê gerandin. Tu av li der û dora wan tune bû. Dev ji seyda xwe berdan û ji avê pêve nema li tu tiştî geriyan. Carekê nêrîn ku wa ye çalek. Xwe li çalê daqûl kirin, nêrîn ku çaleke gelekî kûr e. Werîs bi dewlê ve girêdan û berdan çalê lê dewl negihîşt avê, xwe bi dû de dahiştinê heta bi newqê lê dîsa negihîştin avê. Li hev nêrîn û gotin;

- Ma ka em çi bikin?

Ji tîna ketine, divê bi hawakî xwe bigihînin avê. Birayê wan î mezin got;

- Min dahêjin çalê.

Werîs li newqa wî girêdan û ew daxistin çalê. Piştî ew hinekî berdan bi çalê de, ji hilm û tarîbûna çalê tirsiya û got;

- Zû min derxin!

Werîs kişandin, ew hilkişandin û ji çalê derxistin. Birayê duduyan got;

- Ka ez ê têkevim çalê.

Werîs li newqa wî girêdan û ew dahiştin çalê. Ew jî piştî ku du sê qaman çû, got;

- Zû min derxin, ez debar nakim!

Ew jî hilkişandin. Yê sisiyan got;

- Ka ez jî xwe biceribînim.

Werîs li newqa xwe şidand û xwe dahişt çalê. Hîn qamekê neçûbû, bû hawar hawara wî û got, "zû min hilkişînin." Dor hat Mihemed. Mihemed got;

- Ku ez ji we re çi bêjim, ez bikim hawar jî hûn min hilnekişînin heta hûn min berdin binê çalê.

Mihemed werîs li newqa xwe girêda û xwe berda çalê. Hêdî hêdî gihîşt ser kevirekî. Dewl tije av kir û hilda ji birayên xwe re. Wî jî xwe daqûl kir ku bi destên xwe avê vexwe. Qurtek li avê xist, dît ku li dawiya çalê şewqek xuya dike. Qenc xeyala xwe dayê û dît ku wa ye keçikek li wê ye ku tu fedî dikî lê binerî. Mihemed di cî de dil li ser avêt. Xwe berda cem û li hev rûniştin. Keçik jî di dilê xwe de dibêje, heta niha kesekî ceger nekir ku xwe berde binê çalê, çi xortekî bedew e! Bi hev re peyivîn, dilê xwe ji hev re vekirin. Dîtin ku birayên Mihemed bangî dikinê. Werîs jê re avêtin ji bo wî bikişînin jor. Mihemed ji keçikê re got;

- Ka pêşiyê tu hilkişe, bi dû te de ez ê hilkişim.

Keçik gelekî bi aqil bû, ji Mihemed re got;

- Pêşiyê tu hilkişe. Dûre tu dikarî werîs ji min re bavêjî û min hilkişînî.

Kir û nekir, Mihemed bi ya wê nekir. Pêşiyê ew hilkişand. Nû keçik ji çalê derket birayên Mihemed lê nêrîn ku li çi binerin, hema şewq û biraq ji keçikê dere. Werîs davêjin ji Mihemed re ji bo wî jî derxin. Mihemed xwe bi werîs girêdide û wî dikişînin jor. Wê gavê birayê mezin şûrê xwe davêje werîs, werîs dibire û Mihemed dikeve binê çalê. Keçik bi dû de dike

152

hawar, di devê çalê re bang dike, dibêje;

- Mihemed, ma min ji te re negot pêşiyê tu hilkişe, min zanibû dinya bêbext e, gava birayên te çav li min kevin wê te di çalê de bihêlin. De guhê xwe baş bide min, bila dengê min qenc bê te. Ber êvarî li qorzîka çalê wê du beran xuya bikin, yek ji wan spî ye yek jî reş e. Wê li hev xin, li hev xin; di vê pevçûnê de geh wê yê reş bibe spî geh wê yê spî bibe reş. Xeyala (bala) xwe baş bidê, dawiya pevçûnê divê tu li ser yê spî bikevî. Ku tu li ser yê spî bimînî tê derkevî ser rûyê erdê, lê ku tu li ser yê reş bimînî tê heft tebeqeyan bi binê erdê de herî.

Birayên Mihemed keçik bi dû xwe de kişkişandin, Mihemed di çalê de hiştin û çûn malê.

Mihemed ma di binê çala reş û cemidî de. Ber êvarî dît ku va ye du beran hatin, yek jê spî û yek reş e. Qenc xeyala xwe da wan ji bo wan ji hev nas bike, nêrî ku bi poşan bi hev ketin jî. Her serê bîstikekê yê spî dibû reş, yê reş dibû spî û li bin guhê hev diketin. Mihemed xwe diavêt ser yê spî didît ku yê spî dibû reş, xwe diavêt ser yê din, vê carê ew dibû reş, dawiya pevçûnê Mihemed dît ku wa ye li ser yê reş maye û heft tebeqeyan bi binê erdê de çû. Ji ser hişê xwe ket. Carekê çavê xwe vekir nêrî va ye li ciyekî bêav, bêdar, ziwa, hemû ax û kevir e. Heta hinekî hişê wî hat serê wî, rabû ser xwe, meşiya meşiya gihîşt nêzikî gundekî. Çû mala pêşî, li derî xist. Pîrikê derî jê re vekir. Got;

- Xêr e lawo?

- Ma tu mêvanan nahewînî pîrê?

- Çawa lawo, mêvan mêvanê Xwedê ne, kerem bike, derbas bibe.

Mihemed derbasî hundir bû, bêhna xwe vekir, dûre peşkek av ji pîrê xwest. Pîrê ma heyirî got;

- Hûûû lawo ma ne ava me tune ye, ava me xelas bûye.

- Çima pîrê ava te tune ye?

- Nepirse lawo, tu dibînî der û dora me ji bêaviyê hişk î hola bûye. Marekî xwe xistiye devê kaniya me û heftiyê em keçikekê didinê hetanî peşkek ava vexwarinê dide me. Tu keç li gundê me nemane. Sibê jî dora qîza mala Paşê ye. Ew keçik tenê maye di gundê me de. Gund hemû heziniye, wê gundê me biqele.

Dibe sibeh, keçikê dibin devê kaniyê ku wê bidin mar. Mihemed jî kara xwe kiriye, wê biçe keçikê xelas bike. Radihêje şûrê xwe û diçe devê kaniyê. Mar gava serê xwe dirêj dike ku keçikê dabeliîne, Mihemed bêyî ku bihêle kes wî nas bike ji nişka ve şûrê xwe li nîvê devê wî dixe, mar dibe du filqe. Mar ji qula kaniyê difilite û av diherike. Av ji xwîna mar hemû sor dibe. Gundî man şaş, li bin guhê hev ketin û bangî hev kirin, ji hev re gotin, "Mar kuştin kaniya me vebûûûû!" Keçikê destê xwe di nav xwîna mar dakir û li nav pişta Mihemed xist.

Paşe jî li malê heziniye û ji xwe re dibêje malik li min xera bû, mar keçika min niha xwariye, gundê min jî xera bû çû, qîz tê de neman. Hîn wilo, dît ku gundî bi ser de qoriyan. Her yekî ji aliyê xwe ve de digot, "Paşeyê min yekî mar kuşt û keçika te xelas kir." Gelekî kêfa Paşê hat. Keçika wî hat malê û hev himbêz kirin. Ji gundiyan pirsî, got;

- Ma ev ê mêrxas kî ye, ka bînin cem min.

Gundiyan got;

- Yekî xerîb bû wele, em nas nakin.

Keçikê got;

- Yabo em ê nas bikin, nîşana min lê ye. Wexta mar kuşt, min destê xwe di xwîna mar dakir û li pişta wî xist.

Paşê got;

- Ka bila kes di hundiran de nemîne, bila hemû bên vê derê.

Her kes ji mala xwe derketin hatin mala Paşê. Keçikê nêrî lê lawik di nav wan de nedît.

Paşê pirsî;

- Mala we lê nenêriye maye?

Gundiyan got;

- Paşeyê min, me li gund hemûyî nêrî, mala pîrekê tenê li serê gund heye em neçûn wir tenê.

Paşê got;

- Herin wê derê jî.

Rabûn çûn mala pîrê, dîtin ku wa ye xortek li wir rûniştiye. Ew birin cem Paşê. Keçik lê dinêre ku va ye nîşana wê li pişta lawik e. Paşê ji Mihemed re got;

- Lawo te keçika min ji mirinê û te gund jî ji bêaviyê xelas kir. Ez ji te re çi bikim? Bixwaze ji min şîrê şêr di eyarê şêr de ez ji te re bînim.

- Min tiştek ji te navê, lê ku tu karibî min bi ser rûyê erdê bixî û bes.

- Xwezî te keçika min bidaya mar û te ev ji min nexwesta. Bes min soz da te ez mecbûr im daxwaza te bînim cî. Lê de binere lawo, tê heft çiyayan derbas bikî, tê bigihîjî çiyayekî mezin. Li wî çiyayî Teyrê Sîmir heye, hêlîna wî li serê tehtekê ye. Her sal çêlikên xwe digihîne ber firê lê marek tê wan dixwe. Heke tu çêlikên wê ji mar xelas bikî, ew dikare te bigihîne ser rûyê erdê.

Rabûn têra wî nan û xwarin pê re kar kirin û Mihemed da ser rê. Heft çiya û heft newal derbas kirin, gihîşt cem hêlîna Teyrê Sîmir. Nêrî ku wa ye mar li dora çêlikên Teyrê Sîmir diçe û tê, dike ku wan bixwe. Hema bi carekê re şûrê xwe derdixe, li mar dixe û wî parçe parçe dike. Teyrê Sîmir tê ku va ye yek şûr di dest de li bal çêlikên wê ye. Dil wê de kirî mêrik çêlikên wê bibe. Xwe dahijt ser serê Mihemed ku wî bikuje, bû şîqeşîqa çêlikan. Ji diya xwe re gotin;

- Wî zilamî em ji mar xelas kirin. Û parçeyên mar pêş wê kirin. Nêrî ku bi rastî çêlikên wê ji mirinê xelas kirine. Teyrê Sîmir ji Mihemed re got;

- Ka tu çi ji min dixwazî, ez dinyayê ji te re xera bikim yan ava bikim?

- Min tiştek ji te navê, min tenê divê tu min bi ser rûyê erdê bixî û hew.

Teyr ma heyirî. Got;

- Xwezî mar dîsa çêlikên min bixwara û te ev tişt ji min nexwesta. Lê çû min soz da te. De here ji min re heft tenûr nan û heft rehnê beranan bîne û were.

Mihemed çû gundê Paşê, heft tenûr nan û heft rehnê berana anîn û hat. Teyr, Mihemed li stûye xwe kir û bi hewa ket. Her qonaxeke ku diçûn, Mihemed tenûrek nan û rehnek dixist devê teyr. Firiyan firiyan firiyan riya wan gelekî dûr bû. Nêzikayî li dinyayê kirin, teyr got;

- Dinya ji te ve çilo xuya ye?

- Wek hêkekê xuya ye.

Teyr da xwe dîsa firiya û firiya. Dîsa ji Mihemed pirsî;

- Ma vê carê çilo xuya ye?

- Bû wek nanekî. Mihemed di ber re nan û goştê wê didayê. Carekê nêrî va ye goşt xelas bûye. Hindik jî maye bigihîjin ser rûyê erdê. Mihemed rabû rehnekî xwe jê kir û da teyr. Teyr nêrî tama vî goştî ne wek ê berê ye, fêm kir ku Mihemed rehnê xwe dayê. Ew rehn xist bin zimanê xwe.

Teyr dîsa pirsî;

- Dinya ji te ve çilo xuya ye?

- Vê carê bû bi qasî teştekê.

- De baş e, xwe qenc bigire, hindik ma, em ê dakevin ser rûyê erdê.

Hêdî hêdî xwe berdan û nêzikî gundê Mihemed danîn. Teyr

156

got;

- Mihemed, ew goştê dawiyê te da min ê çi bû?
- Min ji rehnê xwe jêkiribû.

Teyr goştê bin zimanê xwe derxist û li ciyê berê xist, alast alast û got, de here. Teyrê Sîmir vegeriya cem çêlikên xwe. Mihemed hat ber deriyê mala xwe, dît ku va ye dawetek li dar e, gundî hemû direqisin. Ji gundiyan pirsî, got;

- Ev çi ye, xêr e, daweta kê ye?

Jê re gotin;

- Birayê te yî mezin dike bizewice.

Çû ber şibakeya bûkê, nêrî ku wa ye fincana jehrê di destê bûkê de ye û dike ku vexwe. Rabû bang kirê û fincan ji destê wê girt û xwe avêtin paxila hev, Mihemed got;

- Bîstikekê li vir bisekine ez ê niha bêm.

Çû her sê birayên xwe kuşt û meseleya xwe ji gundiyên xwe re got û keçik li xwe mehr kir. Û her du jî gihîştin meqsed û miradê xwe.

QUMRIYÊ

ҩ

Hebû tune bû. Dibê, hebû lawê paşê Mêrdînê. Navê wî Mihemed bû. Rojekê Mihemed li hespê xwe siwar e, çawa dajo! Li aliyê din pîrek feqîr li nav zadan ji xwe re şoqilên xatûnê dane hev û hemû ji qaşilan derxistine, liblibî kirine. Di zembîlê de ne û li ser piyê wê ne, dimeşe. Mihemed lawê paşê Merdînê bi wê xezebê li pîrê qelibî û zembîla wê ji ser piyê wê ket, şoqil rijiyan, her libek bi derekê de belav bû. Mihemed hema ji hespê xwe dadikeve, wan şoqilan dide hev, dîsa dixe zembîlê û dide destê pîrê. Ji pîrê re dibêje;

- Pîrê ez ricayê ji te dikim tê li qisûra min nenihêrî. Bêhemdî min wilo bû. Tu tu nifiran li min nekî.

Pîrê dibêje;

- Lawo ez tu nifiran li te nakim. Lê înşeleh bi qeweta Xwedê û Pêxember û Şêx Evdilqadir, miradê te bi Qumriyê keçika Melîk Naman ji bajarê Sivîra nebe.

Lawik nema bi riya xwe de çû vegeriya malê, hespê xwe teslîmî xulaman kir û çû dîwana bavê xwe. Got;

- Yabo!

Bav got;

- Çi ye lawo?

Lawik got;

- Yabo min divê tu Qumriyê keçika Melîk Naman ji min re bînî.

Bavê wî got;

- Lawo hinekan henekên xwe bi te kirine, em keseki wilo nas nakin.

Lawik got;

- Ez vir de wê de nizanim, tu tînî bîne tu neynî ez ê xwe bikujim.

Bav dibêje;

- Eman zeman! Weleh bileh tileh ez nizanim bê li ku ye, li kîjan welatî ye. Ma ez çawa bikim?

Lawik got;

- Naxwe çare tune divê ez bi dûde herim.

Radibe têra xwe malê dinyayê bi xwe re kar dike, li hespê xwe siwar tê û berê xwe dide riya Diyarbekirê. Hespê xwe dajo dajo, digihîje nêzikî Sultan Şexmûs yek tê pêşiyê dibêje;

- Selamun eleykum!

Lawik dibêje;

- Eleykumselam.

Zilam dibêje;

- Tê bi ku de herî?

Lawik dibêje;

- Hal û meseleya min ji vê ye.

Zilam dibêje;

- Lawo keseki ya te nebihîstiye. Here bajarê Amûdê, li bajarê Amûdê li filan taxê li filan sikakê û li filan deverê şeş dikan hene. Xwediyê her şeş dikanan birayê hev in û wek hev in. Tu wan ji hevdu nas nakî; tu herî kîjan dikanê tê bêjî qey ew ê din e, ew qasî dişibin hev. Heke ku zanibin ew zanin. Belkî meseleya te bi cî bînin, belkî ji bo tiştê ku tu bi dûde yî rêyekê pêş te bikin.

159

Lawik rabû berê xwe guhert û da çargavê, wek ku zilam got çû Amûdê. Rast berê xwe da sikaka ku birayê hev lê ne. Çû dikanekê, hat a din nêrî ku her şeş wek hev in. Li ber dikanekê ji wan ma sekinî. Xwediyê dikanan birayên hev in, birayê ku emrê wî ji yê din mezintir e bangî wan dike dibêje;

- Heyran ez xeyala xwe didim vî xortî ji gava din ve li vir e. Miheqeq xerîb e û mêvanê me ye.

Bûye êvar wextê malê hatiye, xwediyê dikanan lawik jî bi xwe re birine û çûne malê. Xwarina xwe hazir kirine, sifra xwe danîne, bangî mêvanê xwe kirine gotine, kerem ke ser sifrê. Lawik dibêje;

- Ez nayêm ser sifrê. Derdekî min heye, ku hûn çarekê ji min re nekin ez nanê we naxwim.

Xwediyê malê dibêje;

- Heyran, xwarina xwe bixwe bi soz serê me û zarokên me û malê me di oxira te de here jî em ê alîkariya te bikin.

Mihemed radibe şîva xwe dixwe, dûre hal û hewalên xwe ji wan re dibêje û dibêje, hûn di der heqê Qumriyê û bajarê wê de bi tiştekî zanibin ji kerema xwe re ji min re bêjin.

Ew jî dibêjin;

- Heyran, em niha ji te dibihîzin, em ne bi vî navî kesekî nas dikin û ne em devereke wilo zanin. Lê li bajarê Helebê li filan taxê û filan sikakê û li filan malê yek heye. Sergoyek li devê deriyê wî ye. Şekala wî spî ye, kirasê wî spî ye, kopalê wî spî ye, cibê wî spî ye û porê serê wî spî bûye; heke ku zanibe wê ew zanibe meseleya te û wê rê pêş te bike.

Lawik radibe xatir ji wan dixwaze û dide ser riya Helebê. Meşiya meşiya ka bê çiqasî bi rê de ma, axirê xwe gihand bajarê Helebê. Vir de wê de çû, bi pirsê xwe gihand cihê kalo. Nêrî ku va ye eynî wek ku jê re hatibû gotin, hemû tiştên wî spî ne û pêrgî hev hatin. Kalo got;

- Ma tu mêvanê min î?

Lawik got;

- Erê kalê delal, ez mêvanê te me.

Kalo rabû ew bir malê. Xwarin jê re hazir kirin, sifra xwe danîn, ji lawik re got;

- Biqedim xwarinê.

Mihemed got;

- Heta ku tu meqseda min bi cih neynî ez xwarina te nawxim.

Kalo got;

- Bavo, bi soz ez û her şeş lawên xwe di vê oxirê de herin tiştê ku ji me bê em ê ji te re bikin, hela tu xwarina xwe bixwe.

Rûdinên xwarina xwe dixwin. Kalo dibêje;

- Derdê te çi ye?

Lawik dibêje;

- Derdê min Qumriyê ye û hal hewalê min ev e.

Kalo dibêje;

- Hûû lawoo! Ma ne min şexsê wê bixwe dîtiye û ez pê re peyivîme jî. De binere li kîjan welatî li ku derê, ez çilo çûme û min çilo dîtiye ez ê hemûyî ji te re bêjim.

Kalo dest bi meseleya xwe ya ku çilo Qumriyê dîtiye dike û dibêje;

- Lawo, lawê bazirganekî pere dan min got, tê herî ji min re heywanan bikirî û tê bibî bifiroşî. Got, di vê bêûşirê de wê semyan di cihê xwe de be û tiştê ku biserkeve bi nêvî. Me malê xwe bi gemiyan bi qeyika bir nav ecnebiyan me firot, qurişê me bû du quriş. Cara duduyan tiştê ku me kar kiribû me dîsa xist ticareta xwe. Me dîsa pereyê xwe kir du qat û em vegeriyan. Lê cara sisiyan ji me re bi silametî derbas nebû. Firtoneyek li me rabû te yê bigota qiyamet rabûye. Di wê firtoneyê de ez û du zilaman li ser textekî man û ew gemî tevî barê xwe xwar bû ket binê avê. Em jî man li ser wî textikî, ba bi kîjan aliyî de tê me bi aliyê din de didehfîne. Çend rojên me wilo qediyan ne kes û ne kûs. Em ê çilo bikin!.. Heta ku em hatin ber qiraxa reşahiyekê sekinîn. Di ser wê re jî kaşek hebû. Hema em rabûn û me da kêş. Em gihîştin serê kaş, me li biniya xwe nêrî ku heyloo! Bajarekî mezin li wir e, ne serî xuya ye û ne binî. Hema me rabû xwe berda û em ketin nav bajêr. Me nêrî ku ne mirov û ne kesek, em man ecêbmayî. Axirê me wê şevê îdare kir heta ku ferecê lê xist. Îcar me nêrî ku em çi binerin. Me dît zirhûtekî xwe berda bajêr û çi dikeve ber hiltîne; heywan bin çi bin. Hema min dît ez û her du hevalê min jî wek du zarokan xistin bin çengê xwe.

Em birin xistin taliya şikeftekê, devê derî got terq û girt û qurmê xwe yê êzingan danîn ser hev û dada. Şîşek ji yên dirêj anî û xist nav êgir sor kir. Heywanên wî jî hebûn. Şîr ji heywanên xwe dot, anî ew jî germ kir. Em her sê li hundirê şkeftê ne, her du hevalên min jixwe qidûmê wan şikestiye. Hût hebekî ji ber çavê min winda bû, hema ez rabûm min çavê xwe li wan doran gerand. Min nêrî va ye yek li taliya şkeftê ye. Min got, tu kî yî? Got, 'ez jî yekî wek we qurban im. De binere wê niha hût bangî we bike û wê her yekê ji we fincanek şîr bide we. Ku hûn vexwin wê ava reş bi çavê we de bê û hûn ê kor bibin. Dûre jî heta ku hûn qelew bibin wê we di şîşê xe û bixwe. De binere emanet, emanet tu şîr venexwî. Hema di ber xwe re birijîne erdê û xwe jê xelas bike.' Di vê navê re saetek derbas bû nebû hût bangî me kir, got; 'werin her yek fincanek şîr vexwin, hûn mêvanê min in ya xortên delal, divê ez li we miqate bim.'

Em qedimîn balê, her du hevalên min qedehên şîrê xwe vexwarin û her du kor bûn. Ê min, min di ber berstûka xwe re berda û ez çûm qorzîkê rûniştim. Wilo bû nîvê şevê. Min nêrî ku wa ye tebak hatiye hundirê şkeftê. Min got bi Xwedê ku ne bi riya vî tebayî derkevim ji derve ez mam. Min di dilê xwe de got, helbet wî ji xwe re riyek dîtiye heta ku hatiye vir. Hema min xwe çem kir her du lingên wî û min qenc zept kir, min berneda û teba bazda. Ha li viyalî û ha li wiyalî axirê em derketin jiderve.

Dinya tava heyvê ye. Min teba berda. Teba neçû, li min sekinî û ştexilî.

Min got, çi ye? Got;

- Binere ez qirdê te bûm. Rebilalemîn qedera te neanîbû. Xweşik li min guhdar bike. Ku roj derkeve wê Qumriyê û du cêriyên wê di vir re bên. Wexta ku bên xwe bavêje hefsarê hespê wê û bê ez di bextê te de me, tê min û her du hevalên min ji vir xelas bikî. Binere emanet tu ji bîr nekî.

Û qird çû, ez mam tenê.

Berî sibehê min dît ezman bû wek mijê hêdî hêdî bû ruhnî, ez jî dev li lêvên xwe dikim asaqan di xwe de dikim; ji bo ku xewa min neyê. Min nêrî ku va ye Qumriyê û her du cêriyên xwe hatin, çawa ew nêzik bûn min dît devê min ket hev. Min got, mala min ne ava, ma wê çi bi min bê!

Hîna ez wilo ketime hev hema min nêrî gihîşt ber min. Min jî xwe çem kir hefsarê hespê wê min zept kir. Gava min serê xwe rakir û çavê min li çavê wê ket min got gurm û ez ketim û ez ji ser hişê xwe çûm. Ew jî ji cêriyê xwe re dibêje, dakevin. Her du cêrî dadikevin bi min ve. Yekê serê min danî ser kaboka xwe, yek jî bi min daket, heta ku min çavê xwe vekir. Ew jî li hespê xwe siwar e. Min dît got, 'Xorto derdê te çi ye?' Min jî hal û hewalê xwe jê re got û min xwest ku min bavê welatê min. Hema min dît ku ez li ser vî sergoyê mala xwe me. Îcar wek min ji te re got, min ew dîtiye û gelekî xweşik e, lê ne ez zanim li ku ye û ne jî ez zanim li kîjan bajarî dimîne.

Mihemed dibê;

- De baş e, mala te ava, hema min fêm kir ku rast e, yeke wilo heye. Bi destûra te be, îcar ez ê herim bi riya xwe de.

Kalo got;

- Lawo were dev ji vê meseleyê berde. Ka tê çilo bikî, tê li ku bigihêyê?

Mihemed ji qirara xwe venegeriya û rabû bi fereca sibehê re da rê.

Meşiya, meşiya ber nîvro gihîşt çolekê. Hebekî din çû nêrî wa ye darek. Rabû daket bin siya darê rûnişt. Birçî bûbû. Nan û ava ku ji xwe re ji mala kalo anîbû danî ber xwe. Nanê xwe xwar, ava xwe vexwar. Hîna wilo rûniştiye, nêrî ku wa ye wehş e bê teba ye, tiştekî ecêb mezin e û êrîş kir darê.

Mihemed hema rahişt nan û ava xwe û hilkişiya ser darê. Ew teba jî hat bin darê. Teba her bêhnekê wê serê xwe rake û li Mihemed binere û li bin darê dere û tê. Mihemed nêrî ku nare hema xwe çem kir ser pişta wî û xwe zept kir. Çilo xwe davêje ser, teba jî bazdide ku wî ji ser xwe bavêje. De li vir û de li wir gihîşt bin darekê, Mihemed avêt û çû.

Mihemed li aliyekî ketiye tûrikê wî li aliyekî. Dinêre ku zîhakî maran û tîremarek çawa li hevdu dixin û ber pê de diherikin! Tu nabêjî zîha bêhna avê dike, dev ji pevçûnê berdide tê tûrik, xwe li avê digire. Dema ber bi Mihemed ve tê Mihemed radihêje şûrê xwe û wî dike du qet. Mar di cih de dimire. Ne bi gelekî dinêrî yek ber pê de hat, bê çi karek xezalan e, çiqas spehî ye. Qîz tê bal Mihemed, dibêje;

- Ne ji te bûya wê vî zîhayê maran ez bixwarima. Ew av ne bi te re bûya dev ji min bernedida û ez jê xelas nedibûm. Îcar dawiyê te ew kuşt û te bi temamî em jê xelas kirin. Mihemed jê dipirse dibêje;

- Meseleya te çi ye? Çima te û vî marî li hev dixist.

Keçik dibêje;

- De ka em rûnên, ez ê ji te re bêjim.

Her du li bin darê rûdinên, keçik meseleya xwe jê re dibêje. Dibêje;

- Binere ez keçika mîrê cinan im û vî zîhayî heft birayên min kuştine. Ez jî li çolê lê rast hatim û ne ji te bûya, ez niha kuştî bûm. Îcar ka tu derdê xwe bêje, bê tu li vir çi dikî?

Mihemed jî hal û meseleya xwe jê re dibêje. Û dibêje;

- Ez ji bo Qumriyê li vir im û ez nizanim bê ez ê çilo bigihimê?

Keçik dibêje;

- De binere çavê xwe bigire, ez ê te bibim mala bavê xwe. Lê ez ê tembiyekê li te bikim. Emanet emanet tu ji bîra nekî. Ku em gihîştin malê û me meseleya xwe got wê gelekî kêfa wan bê. Îcar wê dayika min ji te re bêje, tu ji min çi dixwazî? Tê bêjî, sicada te. Ku bavê min ji te re got, ma te çi divê? Bêje min kopalê te divê û ku apê min hat ew jî wê wilo ji te re bêje, ji wî re jî bêje min kumê te divê. Binere emenet emanet ew çi bidin te, çi ber te vekin tu nebêjî erê. Tu ji van tiştên ku min ji te re gotiye neyê xwar.

Keçik dom dike dibêje;

- De çavê xwe bigire, em ê herin.

Mihemed çavê xwe digire, gava vedike dinêre ku li bal diya wê ne. Keçik ji diya xwe re dibêje;

- Yadê binere ev ê bi min re Mihemed e û ku ne ew bûya ez ê miribûma. Wî ez ji zihayê maran xelas kirim û heyfa lawêd te jî hilanî, ew mar kuşt.

Diya wê dibê;

- Niha tu birastî dibêjî? Vî heyfa lawêd min jî hilaniye û qîza min jî xelas kiriye? De binere lawo devê xwe veke û ji min bixwaze. Tu çi bixwazî ez li ber te sekinî me.

Mihemed dibêje;

- Dayê ma ka tê çi bidî min, hema wê sicada bin xwe bide min û min tiştekî din navê.

Diya keçikê radibe sicada xwe didê. Bavê wê jî tê, dîsa bi vî şiklî kopal didê. Apê wê jî wilo kum didê. Tiştê keçikê gotibû hemû gihanê. Mihemed radibe, dibêje;

- Ez ê herim.

Bavê keçikê dibêje;

- Tê herî lê ma tu zanî ev tiştên ku me dane te bi kêrî çi tên.

Mihemed dibê;

- Na ez nizanim.

Bavê keçikê rabû kum xist serê xwe, got;

- Ma tu min dibînî?

Mihemed got;

- Na.

Bavê keçikê kum ji serê xwe derdixe û dibêje;

- De binere îcar dema tu vê sicadê raxî tê rahêjî kopalê xwe lêxe heta tu bêjî bes wê fireh bibe û tu ku bixwazî wê te bibe li wir deyne.

Mihemed rabû xatir ji wan xwest û da rê. Ji sicada xwe re got, min bibe bajarê Qumriyê, çûn li bajarê Qumriyê danîn. Çû ber dikanekê, nêrî wa ye kalek û xortek jî li ber destê wî ye. Hema rabû kumê xwe ji serê xwe derxist û çû dikanê. Ji dikandar pirsî got;

- Ma bajarê we îro çima wilo qerebalix e?

Kalo got;

- Îro roja Qumriyê ye, em fîstanekî jê re çêdikin em ê jê re bibin.

Mihemed ji wan hebekî dûr dikeve, dîsa kumê xwe dixe serê xwe û dibêje, ev firset e, ew min nabînin, ez ê jî bidim dû wan û herim mala Qumriyê.

Kalo fîstanê Qumriyê hazir kir û xist nav hev. Da ser riya

166

mala Qumriyê. Gihîşt devê derî, kalo derbas bû, Mihemed jî derbas bû lê kes Mihemed nabîne. Kiras xistin destê Qumriyê. Keçikê rabû kirasê xwe li xwe kir. Ew û du cêriyên xwe ne û kalo ye. Qumriyê kêfa xwe ji xwe re anî û got;

- Binerin ez ê duayekê bikim, hûn hemû bêjin amîn.

Got;

- Ya Rebî tu min ji Mihemed layê paşê Mêrdînê pêve nekî nesîbê kesî.

Her sêyan jî got;

- Amîn!

Xwediyê kiras derket, her du cêrî jî her yek bi derekê de çûn, Mihemed û keçikê man tenê. Mihemed hebekî kumê xwe da alî, Qumriyê nêrî ku zirzilamek û li hundirê wê ye got;

- Nobetçîno, nobetçîno!

Nobetçiyan got;

- Çi ye xatûna me?

Got;

- Werin va ye zilamek.

Mihemed kumê xwe da serê xwe, dîsa winda bû, kesî ew nedît. Nobetçiyan got;

- Xatûna me em kesî nabînin. Kes tune.

Sê caran wilo bû, cara çaran Qumriyê got;

- Tu ins bî tu cins bî derkeve, bext ji te re, ez bangî nobetçiya nakim. Bê tu kî yî, tu çi kes î derkeve holê.

Mihemed derket got;

- Netirse, ez layê paşê Mêrdînê me.

Keçkê got;

- Tu ne rast dibêjî, çilo tu dibêjî ez lawê paşê Mêrdînê me. Tu li ku û lawê paşê Mêrdînê li ku.

Mihemed rabû meseleya xwe hemû jê re got û got bi rastî ez layê paşê Mêrdînê me. Axirê Qumriyê nêrî ku nîşanên wî hemû ew in, yeqîn kir. Xwe avêtin hev û man li bal hev. Destê wan di stûyê hev de ye û ji xwe re kêf û henekan dikin heta sibehê.

Du cêriyên wê hene yek jê çil salî ye, yek jê jî bîst salî ye. Sibehê tên ku wa ye Qumriyê û yekî hevdu hêmbêz kirine, destê wan di bin serê hev de ne û di ber hevdu de di xew de ne. A ku çil salî ye dibêje star stara Xwedê ye, em ji bavê wê re nabêjin. A biçûk dibêje, ez ê herim ji bavê wê re bêjim. A mezin dike nake bi ya wê nabe, cêriya biçûk dere bal bavê keçi-kê, di civatê de dibêje, hal û hewal ji vê ye. Em çûn odeya qîza te ku wa ye xortek di ber de ye û hevdu himbêz kirine.

Melîk Naman bavê keçikê dibêje;

- Hema star stara Xwedê ye, te negotiba. Madem qîza min û yekî ji hev hez kiribûn min ê bidayê. Lê piştî te li pêş ev qas kes gotiye, divê ez herduwan bikujim.

Bavê keçikê emir dide dibê;

- Peşiyê herin binerin bê wilo ye, yan na. Ku rast be her duyan bi hev ve girêdin werînin vir bal min.

Zilamê wî rabûn çûn derî vekirin nêrîn ku herdu di ber hevdu de di xew de ne. Deng li wan kirin, destên herduwan girêdan û anîn hizûra bavê keçikê. Lawik kopalê xwe û sicada xwe bi xwe re bir û çûn dîwana bavê Qumriyê. Bavê wê ji civa-ta xwe re got;

- Gelî dostên min, hevalên min, şêwirdarên min, wezîrên min, va ye ez ji we hemûyan dipirsim, ka heqê keçika min û vî xortî çi ye? Em çi cezayî bidin wan, ji min re bêjin.

Hinekan ji wan got, keçika xwe û vî zilamî bike hepsê. Hine-kan got, em ê wan bikujin, hinan got, em ê bişewitînin, hinan got, na em ê daliqînin; her kesî ji xwe re tiştek got. Zilamekî bi emir mezin, bi aqil, bi serpêhatî xwe avêt nav şitexaliyê got;

- Heyra niha ev zilam ne di destê te de ye?

168

Melek Naman got;

- Belê.

Got;

- Ê madem wilo ye, çima tê bikujî, bavê binê zindanê. Em bêjin te ev zilam kuşt; ezbeta wî pir be û bên bigirin ser me em ê çilo bikin? De ka bi ya min bike, salekê têxe hepsê, ku sala wî qediya û kesekî wî tune be dîsa di destê te de ye. Tu çi bixwazî tu karî pê bikî. Lê ku êla wî, eşîra wî hebe û dora me zept bikin, tu mecbûr î lawê wan bidî wan. Wê çaxê barê te siviktir e.

Bavê keçikê got;

- Heyran ev a te ji hemûyî bêhtir ket serê min.

Îcar qîza xwe û Mihemed avêt zindanê.

Mihemed di zindanê de sicada xwe li erdê danî, kopal danî ser û mektûbek jî nivîsî danî ser û got, bi emrê Xwedê û cinan, tê herî vê sicadê, vî kopalî û mektûbê di destê bavê min xî. Sicade bi rê ket û giha destê bavê wî. Paşê Mêrdînê nêrî ku wa ye mektûbek li ser sicadekê ye û hat li ber danî. Vekir ku Mihemed hal û hewalê xwe hemû nivîsiye û gotiye, ez niha di zindanê de me. Êla xwe deyne ser sicadê û wan bîne were bi min ve.

Bavê wî rabû êl civand û ji wan re got, layê min sax e. Wa ye gihîştiye Qumriyê û mesele ji vê ye. Rabû êla xwe hemû rakir, hazir kir û li ser sicadê danî. Dûre kopal lê xist û got, min li bal mîrê cinan deyne. Li bal mîrê cinan daketin. Li wir jî hinek bi wan re kar bûn û çûn bajarê bavê Qumriyê. Li bajêr danîn, zilamê xwe li dora bajêr pêçan û zept kirin, kirin teht. Paşê Mêrdînê mektûbek nivîsî û şand ji bavê keçikê re, got, 'ecele ecele ez lawê xwe dixwazim. Te çawa lawê min avêtiye zindanê, lawê min zû ji min re bîne. Yana ez ê bajarê te wêran bikim.'

Mektûb gihîşt destê bavê Qumriyê, xwend, mecbûr ma rabû lawê wî jê re şand. Qîza mîrê cinan hat ber paşê sekinî, got;

169

- Ya paşayê min ma lawê te ji bo çi hatibû wir? Ma ne ji bo Qumriyê bû. De mektûbeke din jî ji bavê wê re bişîne, bibêje 'lawê min ji bo Qumriyê hatibû ev hemû ji bo wê wilo bûye. De ecele Qumriyê bixemilîne û ji layê min re bişîne yan na ez ê bajarê te bi serê te de bînim xwarê.'

Paşe rabû mektûb nivîsî û şand. Qumriyê jî ji wan re hat û rabûn çûn ba mîrê cinan. Qîza wî jî li Mihemed mehr kirin. Gihîştin miradê xwe û çûn welatê xwe.

ÇÛKÊ BILBILHEZAR.

Hebû carkê ji caran, rehme li dê û bavê hazir û guh-dêran, ji xilaf şeytanê kor î ber dîwaran. Got, di bajarê Mêrdînê de paşayek gelekî adil hebû û gele-kî dewlemend bû, malê wî nedihat hesaban. Sibehekê radibe ser xwe, dere ser banê qesra xwe, dinêre ku çawa berf û bahoz e, dixurbilîne û derî di dinyayê de tune ye. Dibîne ku teyrikekî ji ev ên neqişandî, paqij û minasib hat serê qorziyê danî; tu lê dinêrî her periyekî wî ji hawayekî ye û şewqek jê dere tu lê dimînî heyran. Devê paşê ji hev dimîne. Paşe dibêje, min kari-bûya ev teyrik bigirta û bibûya yê min, min ji xwe re li hundir daniya û têr lê bineriya, wê sebra min pê bihata. Ber bi teyrik ve çû viyalî wiyalî, teyrik got pir û firiya çû. Teyrik firiya û pê de wek ku paşê tiştekî xwe winda kiribe. Teyrik ma hesret di dilê wî de. Dibêje, ka ez ê çilo bi ser wî teyrkî vebim, ez ê çilo wî zept bikim. Dike û nake ew teyrik ji bîra wî dernakeve; hingî dikeribe bi nexweşiyek xedar dikeve, dimîne di nav cihan de.

Navê teyrik kirine Bilbilhezar. Paşe dibêje, çawa ez ev qas dewlemend, ez paşê bajarê Mêrdînê û sê lawên min hene, nika-rin herin Bilbilhezar ji min re peyde bikin bînin. Her sê lawên paşê dibêjin, wilo çênabe, divê em herin dermanê bavê xwe bînin. Radibin her yekî hespekî ji xwe re kar dikin. Zên û metreh û gêm û lexabê wan li devê wan dixin û bi ser pişta hespê xwe dikevin û dajon. Hespê yekî ji wan gelekî jêhatî bû, ba û behrî bû. Jê re digotin Reşa Belek lê yê din koşkor bûn, heta te ew dimeşandin wek ku tu li kerê siwarê, bi aliyekî ve dimeşiyan. Her sê bira dan ber hev û meşiyan heta êvarê. Êvarê dîtin ku wa ye qesrek li pêşiya wan e. Xwe li wê qesrê girtin.

- Selamun eleykum.
- Eleykum selam.

Nêrîn ku kalek tê de ye.

- Kalo êvara te bixêr.
- Bixêr û ser çavan mêvanê ezîz.

Jê pirsîn;

- Ma kalo tu kî yî, navê te çi ye?

Kalo got,

- Navê min Kalê Serê Heft Riyan e.

Wî jî got,

- Ma we xêr e, hûn ê bi ku de herin.

Gotin;

- Hal û meseleya bavê me ji vê ye. Ji kerba teyrekî jê re dibêjin Bilbilhezar nexweş ketiye û maye di nav cihan de. Divê em wî peyde bikin. Gelo haya te jê tune. Ji saloxekê ji ulimkî.

Kalo got;

- Lawo weleh ez nizanim.

Îcar dibêjin;

- Ma ji vê qesra te çend rê derdikevin?

Kalo got,

- Lawo sê rê derdikevin. Yek dere Diyarbekirê, yek dere Mûsilê û ya din riya çûn û nehatê ye. Dinya xeylecî ye, kî di vir re dere venagere, kes nizane çi bi wan tê; ev riya çûn û nehatê jê re dibêjin.

Birayê biçûk, ê ku xwediyê hespê ba û behrî ye, ji birayê xwe re dibêje, her yekî ji xwe re riyêkê bigirin û riya ku ma ji min re ez ê pê de herim. Birayê mezin got, riya Diyarbekirê ji min re, birayê navîn jî got a Mûsilê ji min re, riya çûn û nehatê ma behra yê biçûk.

Bu sibeh, rabûn ser xwe, her yekî hingulîska xwe ji tiliya xwe kirin, ferşek li ber derî hebû, ferş qulipandin xistin bin ferş û gotin, kî ji me vegeriya em ê dîsa bên bibin mêvanê kalo û em ê bi dû hev de herin, heta em her sê negihên hevdu gerek em venegerin malê. Kê ji me dermanê bavê xwe anî wê li benda yê din bimîne. Em ê bi dû hev de herin li hev bigerin heta em bi ser hev vebin û bi hev re em ê li bajarê xwe vegerin. Li ser wilo soz dan hev. Birayê mezin berê xwe da bajarê Diyarbekirê, birayê navîn berê xwe da bajarê Mûsilê meşiya, ê biçûk li hespê xwe siwar bû, hespê wî Reşa Belek e, ba û behrî ye, çawa rimerim ji ber tê û dajo bi riya çûn û nehatê de.

Birayê mezin berê xwe da Diyarbekirê, çû hespê xwe li xanekê danî, di vê zikakê re çû di ya din re derket, sibê heta evarê ma ji xwe re bigere, here liqunta û qehweyan. E wî pere bi xwe ve nehiştin, heta bi hespê xwe jî firot, tişt nema ku bixwe. Xwarin nema bi dest ket, di hundirê bajarê Diyarbekirê de ji xwe re li şuxil geriya, dawiyê çû ber destê qesabekî. Qesab wê heywanên xwe serjê bike û hûran li ber coka avê pê bide şûştin. Birayê mezin vî karî dike heta gepek nanê xwe derdixe. Ew ma di wî halî de.

Ê ku berê xwe dabû Mûsilê jî çi malê wî yê ku hebû xerc kir, hespê xwe jî firot û xwar, hemû tiştên xwe firotin û li riya nebaş da û ma feqîr, belengaz. Wî jî dest bi hemaltiyê kir. Berê benikê hemalan hebû bi neqiş bûn, belek bûn; davêtin ser piyê xwe ji bo baran pê li ser pişta xwe bişidînin. Ew jî ma her roj benikê xwe bavê ser piyê xwe û derkeve himaltiyê bike.

Ê biçûk hespê xwe ajot ji sibehê heta êvarê, êvarê ket mêrgekê ku bihar davê heta kabokê. Ev mêrg tê bê qey mêş jî di ser re neçûye û tu heywan li van deran tune ne ku deverekê tê de veke, tayekî jê biqetîne. Hespê xwe berda mêrgê û ew çû ber gola avê rûnişt, gepek nanê xwe xwar. Dît ku ji aliyekî dengek hat, li xwe fetilî dît ku ji dûr ve mendereyek xuya dike û jinek ji wir ber pê de diaxive. Guhê xwe dayê ku dibêje,

- Şeş top li malê keto, wextî dêwê sor bê, te hespê xwe berdaye vê mêrgê, ku bê wê bike ku piçikê mezin guhê te be. Ma te hesabê wî nekiriye te hatiye hespê xwe berdaye vê mêrgê.

Hûtê Sor çûye seydê; darên ku radihêjê bi qasî çiya ne, li piyê xwe dike, tu li wê darê dinêrî wek bûka ku tu bixemilînî ji teyr û tilûran dineqişîne hingî pê vedike.

Wî jî got;

- Ya qîza delal ji bavê xwe bê minet e, min hesabê wî kiriye. Ma kengî tê?

Jinkê got;

- Hema ku esir bû tê binere ku dinya sor bû û icacok rabû û bayek rabû wek bayê kur, toz û tirabêlk ji erdê radibe; ew wê demê wexta wî ye.

Lawik, ma li bende hût. Ji aliyekî ve gepê li nanê xwe dixe û ji aliyekî ve dibêje ka ev dêw nehat. Ber esirkî dît ku dinya sor bû, toz û icaca ji erdê radibe wek icacoka wextê bênderan ku li kayê radibe bilind dike. Toz û icac ji aliyê bakur hilat û ber pê de hat. Wî jî got çip û rabû çû bi serê hespê xwe girt û zîn û metreh û gem û lexabên wî qenc şidand, rima 12 movikan di ber de çikand û di pêşiya wî de sekinî. Dît ku ji wê ve hat û darek li ser piyê wî ye qalindbûna wê 2, 3 metro heye. Tu li serê dêr dinêrî wek ku çiyak daniye ser pişta xwe; ji tebê çola, ji roviyan ji kîvroşkan, ji guran lo hema tu çi bêjî, yê ku kuştine û pê ve girêdane.

Hût, çav li mêrik dikeve dibêje;

- Tu ji xwe re li vî siwarî binere, çilo hatiye di mêrga min de daniye. Ez derim li ew qas çol û cebelan digerim, va seyda min hatiye ber lingê min. Ji vê seydê rihetir tune ye.

Lawik got;

- Zirtên xwe neke, min berê hesabê te kiriye.

Hût got;

- Weyloo! Hîn diaxive jî. Ez sax î nemirî û însan di miqabilî min de biaxivin.

Lawik got;

- Zirtên xwe neke derba xwe deyne min.

Hût got;

- Tewrê behsa derban jî dike.

Û çavê dêwê sor bûn, bûn wek pilingê êgir. Darê li ser piyê xwe avêt erdê, pê lê kir wek ku tu hûrikan bişikênî hemû şikênand, rahişt qurmekî li ser du metroyan, zîzikand zîzikand û avêtê; li erdê ket wek ku mayînek biteqe. Hût got,

- Hooweh! Xwezika min hinek goştê wî ji xwe re bihişta, mala min neava, niha tevde bûye nanik.

Lawik xwe ji ber derba wî dide alî, hespê wî jêhatîbû, ba û behrî bû, çû li pişt hût sekinî û got;

- Zirtên xwe neke, va ez ji te re hazir im, ez sekinî me.

Hût dimîne ecêbmayî, dibêje,

- Min got qey piçek jî jê nema, ev vî çilo kir.

Îcar lawik derb avêtê, serê hûtê sor ji vir û dera hanê pekand. Serê hût li ser rehikekê mabû, ji lawik re got,

- Derbeke din jî bavêje min.

Di derba duduyan de wê dîsa sax bibûya, bibûya wek berê. Lawik got,

- Ez ji mala yekderbo me û meşiya. Hût ji qehran got tereq û teqiya.

Lawik çû mala hûtê sor, wê şevê bû mevanê jinikê. Jê re got;

- Ya qîza delal ev der ji min re nabe. Ez hatime dermanê bavê xwe, ez mecbûrim herim lê bigerim. Ma te di derheqê teyrê Bilbilhezar de tiştek nebihîstiye?

Jinkê got;

- Em di hidûdê hûtê reş de ne. Ev sê bira ne, hûtê spî jî heye. Dibe ku ew pê zanibin. Ez bi xwe pê nizanim, min tiştekî wilo nebihîstiye.

Sibehê lawik rabû karê xwe kir û da ser riya mala dêwê reş. Lawik çû dêwê reş jî kuşt û çû bû mêvanê pîreka wî. Meseleya xwe ji wê re jî got û li ser teyrê Bilbilhezar jê pirsî. Jinikê got;

- Ez nizanim, di vê derbarê de min tiştek nebihîstiye.

Ew jî tenê hişt û çû dêwê spî kuşt. Wê şevê bû mêvanê jina dêwê spî. Lawik meseleya xwe ji jina dêwê spî re jî got û eynî pirs jê kir. Got;

- Der heqê teyrê Bilbilhezar de te tişt nebihîstiye?

Jina dêwê spî got,

- Belê ez zanim tu çêl çi dikî. Ew teyr teyrê jineke sêrdar e. Em di hidûde hev de ne. Ev jinik jineke cambaz e, sêrdar e, ma kî kare di hidûdê wê keve. Jê re dibêjin Çilbiskê. Çilbiskê çil şevan radizê û çil şevan şiyar dimîne. Îro du sê roj in rojên xewa wê dest pê kirine. Di devê deriyê xwe de gurek û mihek daniye. Giha avêtiye ber gur û goşt daniye ber mihê. Ev teyri- kê tu dibêjî di qefesekê de ye. Ew qefes li ser refikeke di hundir de ye. Tu heta evarê bikî nekî tu nikarî xwe bigihîniyê. Lê surek wê heye. Ku tu herî ser tiştekî bilind û karibî xwe bigihînî şerî- ta çekên Çilbiskê, wê teyrik bê li ser destê te deyne. Hukmê sêra wê ew e. Encex wilo tu karî teyr bigirî û bînî. Yan na ya star sihra wê, ilmê wê gelekî xurt e, kesî tiştê wilo nedîtiye, tu nikarî pê.

Jinik dom dike, dibêje;

- Ka ez herimê çêtir e. Tu herî, tê bêyî kuştin em ê her sê jin

176

bêxwedî bimînin. Ka ez herim, ez bêm kuştin jî tê sax bimînî.

Lawik qebûl nekir. Got,

- Ez lawê paşa me. Wexta jinek here dermanê bavê min bîne, wê gelek derban ji min re bibe seravde, wê xelk bêje te newêribû tu herî dermanê bavê xwe binî, te jinek şandiye. Ez ê herim, dibe ku ez bêm kuştin û dibe ez vegerim.

Ew jî li dû xwe hişt û çû.

Her sê jin jê re dibêjin, tu mêrê me dikujî em dimînin tenê. Tu me tenê li vir dihêlî û derî wilo çênabe. Lawik ji wan re sozê dide dibêje, di vegerê de ez ê we jî bi xwe re bibim bajarê xwe. Her yek ji wan qutiyekê didin lawik ku wan ji bîr neke û di vegerê de wan bi xwe re bibe.

Qutîka jina dêwê sor dema tê vekirin kurkek jê derdikeve bi çil çêlikên xwe ve, hemû zîv û zêr e. Tu karî bi wan re biaxivî, dema tu bêjî bimeşe wê bimeşe, eyn neqla ê rast wê çêlik li dora makê bizivirin. Dema dilê wî bixwaze qutîkê bigire, wê hemû dîsa herin têkevin qutîkê, ew kurk bi çil çêlikên xwe ve di qutîkê de bi cih dibe, îcar wê qutîkê bigire.

Di qutîka jina dêwê reş de çadirek heye. Kêlîka ku qutîk vebe wê çadirek jê derkeve ku bajarê lê ye temamî wê binixumîne. Dema ku qutîkê bigire wê ew çadir bê pêçan û di hundirê qutîkê keve.

. Dema Qutîka jina dêwê spî veke wê xwarinek jê re rêz bibe ku ji vir û heta di çavan de hilê wê sêniyên birincê û her yekê qazek heşandî li ser û çi fêkiyên li dinyayê hene wê hazir bibin. Dema ku qutîkê bigire wê ew qas sifre û sênî bên têkevin hundirê wê, bi cih bibin û bê girtin.

Lawik li hespê xwe siwar hat û berê xwe da hidûdê Çilbiskê. Çû devê derî dît ku bi rastî jî va ye di devê derî de gurek li aliyekî girêdayî ye û mih li aliyêkî ye û giha li ber gur daniye, goşt li ber mihê daniye. Lawik got, ev çi zalim û zulmdar e. Zane ku gur gihê naxwe û mih goşt naxwe; giha daniye ber gur û goşt daniye ber mihê. Hema rahişt goşt danî ber gur û giha danî ber mihê. Îcar ew bi xwarina xwe daketin û lawik di neqeba wan re derbas bû çû hundir. Dema derbasî hundir bû dît ku va ye keçikek li ser textê xwe dirêjkirî ye û hepriyek hevrêşim li ser rûyê wê ye, her bêhna xwe berdide hepriya hevrêşim bilind dibe û wextê distîne li ser rûyê wê datîne. Çil bedil livîn jî raxistî ne. Çil cêriyên wê hene, her yek li ser livînekî razayî ne. Sifra wan jî rêzkirî ye; çil sênî ne, her yek ji wan tije birinc e, kevçiyê wan di sêniya wan de ye û qazek heşandî li ser e. Şer-bikê ava wan jî tije av e û sêv jî di devê şerbikê wan de ye. Şîre-ta jina dêwê spî hat bîra wî, çavê xwe li tiştekî bilind gerand, nêrî wa ye sindoqek li wir e. Çû ser sindoqê û xwe gihand şerî-ta çekên Çilbiskê, teyrik hat xwe li ser destê wî danî. Rahişt tey-rik û çû derket danî ser hespê. Ji xwe re got, ez hatim heta vir û min rahişt çûkê wê, hema min li rûyê vê keçikê nenêrî. Vege-riya gepik li sêva devê şerbikê wê xist û hepriya ser rûyê wê vekir, nêrî ku qîzek ji eva xweşik, hinarkên rûyê wê û lêvên wê sor dikin, hema tu dibêjî Xwedo ez ji xwe re lê binerim. Nema xwe girt rûyê wê maçî kir û derket. Gihîşt devê derî ma sekinî, dilê wî xera bû, ji xwe re got, qîza wilo spehî destê min nema jê dibe; li ser textê xwe razayî ye, min rûyê wê maçî kir va ye tişt bi min nekir, hema ez ê dîsa vegerim. Çilbiskê çil girêk li doxîna xwe girêdane. Lawik sih û nehan vedike dimîne yek, poşman dibe, dibêje ez vê xayîntiyê nakim. Wilo dihêle û dere. Radihêje teyrikê xwe, li hespê xwe siwar tê û dide ser riya malê.

Tu nabêjî Çilbiskê dergistiya layê apê xwe hûtê guhrût e. Beriya rojên ku Çilbiskê şiyar bibe layê apê wê tê dinêre ku va ye çûkê wê ne xuya ye û pêxilên wê vekirî ne. Dibêje hinan belaya xwe lê xistiye, ev nema ji min re dibe û radibe ji wir dere.

Lawik jî tê yek bi yek radihêje jinên hûtan û tevde derin mala kalo, Kalê Serê Heft Riyan.

- Selamun eleykum.

- Eleykum selam.

Ji kalo dipirse dibêje;

- Ma heta niha kes ji birayên min vegeriyaye vê derê?

Kalo dibêje;

- Ji roja hûn çûne kes ji we venegeriyaye cem min.

Çû bin ferşê xwe hilgavt, nêrî ku va ye hîn her sê hingulîsk di bin ferş de ne. Lawik ji kalo re dibêje, ev her sê jin û her sê hesp emanetî te û ez ê herim bê ez birayên xwe nabînim. Ez bêyî wan narim malê.

Li hespê xwe siwar bû, berê xwe da bajarê Diyarbekirê. Di bajêr de li hemû deran, li hemû zikakan digere birayê xwe nabîne. Rojekê dere sûka qesaban, dinêre va ye birayê wî li ber coka avê hûran dişo. Pingepinga mêşan jî di ser serê wî re ye. Ew li ser xwe ye, wek fêrisekî ye, hespê bilind û bedew di bin de ye rimerim ji bin lingên wî tê. Hat li ber sekinî, birayê wî ew nas nekir. Lawik got;

- Tu li vir çi dikî?

Wî jî got;

- Ez hûran dişom. Tu îş bi destê min nakeve, ez ji sibehê heta êvarê van hûran dişom heta ez gepek nan dixwim.

Birayê wî got;

- Niha îşê te ev e.

Got;

- Erê.

Lawik got;

- Ez paşê Deşta Silîva me. Wer bi min re, ez ê hespekî ji te re peyde bikim û ez ê jinekê ji te re bînim, ez ê bedlekî li te kim; tenê em ê sibehê bi hev re derkevin nêçîrê û êvarê vegerin.

Xwarin pir e, te çi xwarin divê em ê bidin te. Te çi xwe xistiye vî halî.

Birayê wî bikêf got;

- Tu birast dibêjî.

Got;

- Erê.

Birayê xwe da dû xwe pêşiyê bir himamê, kir ku xwe qenc bişo, paqij bike. Dûre bir bedlek ji yên spehî jê re kirî, lê kir. Hespek anî xist bin. Zîn û metreh û gêm û lexabên hespê li serê wî xist û got, de heydê em herin Silîva. Ber bi Deşta Silîva de ajotin hatin mala kalo.

- Selamun eleykum.

- Eleykum selam.

Birayê wî dibêje,

- Te ez anîm vir çi?

Ji nû ve dibêje,

- Malnexerab hîn jî te ez nas nekirim, ez birayê te me. Ma ne em ji bo dermanê bavê xwe hatin, te çûye xwe xistiye ber hûran. Tu layê paşa yî, eyb e tu di wî halî de yî. Ji nû ve hişê wî tê serê wî, birayê xwe nas dike.

Lawik ji wan re dibêje, hûn li vir bin, divê ez bi dû birayê xwe yê din herim Mûsilê, ez wî jî bînim. Ku min ew jî anî îcar em ê bi hev re berê xwe bidin bajarê xwe, em ê dermanê bavê xwe bibin jê re. Hemû man li wir mêvanê kalo, lawik li hespê xwe siwar bû, berê xwe da bajarê Mûsilê. Ka bê rojek e, dudu ye digihîje bajêr û li birayê xwe digere. Dinêre ku va ye çewa-lek ji yên kilindirî bi qasî pênc olçek genim tê de û li nav pişta wî ye; berê xwe daye odakê ku li qata duduyan e, hildikişe. Çewalekê bi nîv wereqeyî dikişîne. Wê wî çewalî hilkişîne qata duduya heta nîv wereqeyî bidinê. Lawik hilkişiya cem birayê xwe, hîn derenceyek mabû lingê xwe li çewal xist, çewalê ser pişta birayê xwe gindirand heta bi jêr. Birayê wî di ser xwe re nêrî û got,

- Ji şûfa te xuya ye ku çend qurişkên te hene ji loma tu vê forsê li min dikî. Yên ku malê wan hebe wilo eziyetê didin me.

Birayê biçûk nêrî ku wî nas nake, got,

- Xeman nexwe, were bi min re ez ê te ji vî halî derxim. Ez paşê Deşta Silîva me, were ez ê jinekê û hespekî jî bidim te. Tê bi min re derkevî seyd û nêçîrê, em ê sibehê herin êvarê vegerin. Heçî em paşe û axe ne, dilê me bi feqîra dişewite, tu di bin van çewalan de yî dilê min gelekî bi te şewitî.

Birayê navîn got,

- Weyla ez bi qurbana paşe û axayên wek te.

Û da dû. Birayê wî yê biçûk ew pêşiyê bir himamê, kir ku xwe qenc bişo, paqij bike. Dûre bir bedlek ji yên minasib li bejna wî kir û berê xwe dan cem birayê xwe yê din, cem kalo.

Her sê li kalo bûn mêvan. Her sêyan jî hevdu nas kirin. Birayê biçûk dibêje, min dermanê bavê xwe Bilbilhezar û ev her sê jin bi xwe re anîne. Va ye min hûn jî peyde kirin. De îcar bilivin em bi oxira xwe de herin. Bextê dinyayê tune ye. Ev jinên hûtan ku neqandî ne û tu dibêjî heyva li çardehan in bi wan re ne. Çûkê Bilbilhezar jî bi hezar lewnî şewq jê dere... Bi rê de her du birayên mezin li hev dinêrin, dibêjin, em herin malê jiyan ji me re namîne. Yek ji me di ber hûran de bû, yê din jî hemaltî dikir. Birayê me hat em ji wî halî derxistin û dermanê bavê mê jî wî peyde kiriye. Îcar em ê tim şikestî bin, em nikarin ne di miqabilî bavê xwe de û ne di miqabilî birayê xwe de biaxivin. A qenc em hawayekî bi birayê xwe bikin. Di riya me de çalek heye, hey wê birayê me ji bo em avê vexwin û bidin hespêd xwe, bêhna xwe berdin, gepek nan bixwin wê bêje em ê li wir bisekinin. Dema em avê ji çalê derxin em nakevinê, em ê wî dahêjinê. Ku me dahiştê em ê kêrê li werîs bixin û wî di wir de bihêlin û herin. Va ye teyrikê dermanê bavê me jî aniye, em ê wî jî bi xwe re bibin û herin.

Digihên ber çalê, birayê biçûk dibêje;

- Gelî birayan ev jin li ser van hespan qerimîn, hişk bûn, em hemû jî betilîne, va ye çal jî li vir heye, ka em dakevin hebekî bêhna xwe derxin, ava xwe vexwin, heywanê xwe av bidin. Heta em gepek nan bixwin bela hespên me jî li vê mêrgê ji xwe re biçêrin.

Her du birayên mezin berê şêwra xwe danîne. Dadikevin, derin ber çalê. Dibêjin, ka wê kî dakeve çalê ji me re avê dagire ku em bikişînin. Birayê mezin dibêje, ez ê dakevim. Werîs li newqa wî girêdidin, hîn du metroyan daneketiye, dike hewar dibêje, ez ditirsim, ez newêrim min hilkişînin. Wî hildikişînin. Ê navîn dadihêjin, ew jî ew qasî dere nare dibêje, hewar e min bikişînin, ji tirsan ez qutifîm. Wî jî dikişînin. Birayê biçûk dibêje, şeş top li ruhê we keta ma bû çi, hilînin min dahêjin. Werîs li newqa wî dişidînin û wî dadihêjin. Werîs berdidin wî digihînin binê çalê. Avê ji wan re dadigire, têra xwe ji xwe re hildikişînin. Dema ji bo birayê xwe derxînin werîs bi jor de dikişînin dikin ku kêrê bidin werîs, birayê navîn dibêje, bise wilo neke, birayê me gelekî egît e, beran e, pêlewan e, tu dibînî hesp li ser rûyê erdê pev diçin ew ji hundirê çalê qîrekê dide wan, wan di cihê xwe de disekinîne; birayê me ne yê wilo ye, ne yê ku mirov wî bikuje. Birayê mezin dibêje, li aqilê te be û kêrê dide werîs. Çilo kêrê dide werîs hespê lawik bazdide û kes nema kare wî zept bike. Birayê xwe di çalê de dihêlin û didin rê, berê xwe didin bajarê Mêrdînê.

Ji bavê xwe re qasid dişînin, dibêjin va ye em hatin û me dermanê wî anî. Digihên malê bav û diya wan ji wan dipirsin, dibêjin, kanî birayê we? Ew jî dibêjin, wê çend rojên din bi dû me de bê. Heta teyrik digihê cem bavê wan ew şewq û biraqa teyr jî namîne, bavê wan pê dilxweş nabe û rihet nabe. De ne li ser rûyê birayê biçûk hatibû û bi wî wê rihet bikira. Bav rihet nebû û xerabtir bû. Her du birayên mezin ji tirsan nema karin derkevin, dimînin di hundir de.

Em ê bên ser birayê biçûk. Birayê biçûk di hundirê çalê de ye. Bazirganek di wir re derbas dibe. Bazirgan ji Stenbolê hatiye wê derbasî aliyê Cizîrê bibe. Tên li ser çalê disekinin, dewlê dadihêjin çalê ku avê ji xwe re derxin, lawik bi werîs digire. Yê ku werîs dikişîne, bang dike dibêje, werin bi min ve, tiştekî dewla min zept kiriye ez nikarim bikişînim, werin alî min bikin. Bi hev re werîs dikişînin dinêrin zilamek derket. Jê dipirsîn;

- Kuro tu di hundirê vê çalê de çi dikî?

Wî jî got;

- Şev reş bû ez bi rê ve dihatim, min ber xwe nedidît ez ketim çalê.

Dibêjin;

- Ma tê herî ku?

Dibêje;

- Ez ê herim bajarê Mêrdînê.

Ew jî dibêjin;

- Em ê herin ber bi Êstilê, Midyadê û ber bi Cizîrê ve. Tu jî bi me re were, li rasta Mêrdînê tu karî ji me veqetî.

Çilo ketin derba Rişmilê û Qubala wan berê xwe da aliyê Êstilê û ew jî ber bi Mêrdînê ve meşiya. Lawik difikire, dibêje, divê ez xwe têxim şiklekî din û nehêlim min nas bikin; ka heta ez bibînim bê çi heye, çi tune ye. Dide ser riya Mêrdînê dibîne ku şivanek ji wir de tê. Çû ji şivan re got;

- Tu wî nêriyî nafiroşî? Bila goştê wî ji te re be û eyarê wî ji te re, tenê bila hûrê wî ji min re be û hew. Tu bê çi jî ez ê heqê wî bidim te.

Şivan got;

- Hema hûr tenê?

Wî jî got;

- Erê, hema hûr tenê.

Got;

- Bila.

Çar zêran dide şivan û nêrî şerjê dike. Goştê wî û eyarê wî tevde danê û hûrê wî qulipand kir serê xwe û berê xwe da bajarê Mêrdînê.

Digihê Mêrdînê, nare cem mala bavê xwe, xwe pêş wan nake. Dixwaze kes wî nas jî neke. Ma vir de wê de here, hûr di serî de ye, ketiye şiklekî din, navê wî bûye Gurî. Çil zêrkir di bajarê bavê wî de hene. Çû ber yekî ji wir berdanê, çû ber a din berdanê. Çû ber ê serî û ji dûr ve xwe da ber dîwêr. Wê rojê bêûşirêk xilbe dikeve ser wî zêrkirî. Rê û rêwanî di dikana wî de namîne; hema ew dibê ka vî yê din dibê ka wî û rê ji miştiriyan tune ye. Yê zêrker dibêje, heye neye îro ev miştiryên pir ji ber vî xortî ye; her roj min çar xiram nedifrot, îro rê û rêwanî di dikana min de tune ye. Ji lawik re dibêje,

- Tu li vir bisekine, dûre îşê min bi te heye.

Muxrib bû, zêrkir bangî Gurî kir got;

- Gurî!

Gurî got;

- Hê!

Zêrkir got;

- Tu li çî xwe digerî?

Got;

- Ez însanekî feqîr im. Hema ez li ber destê yekî wek te bûma û gepek nan bi destê min biketa besî min bû.

Zêrkir got;

- Heyra li cem min be, te çi divê ez ê bidim te. Karek ket ber

184

te tê ji me re bikî, te tişt nekir jî xem nake. Em ê nan û ava te
bidin te, tê êvaran jî li dikanê razêyî û hew.

Lawik got;

- Mala te ava.

Gurî ma li cem zêrkir.

Li aliyê din jin mane di hundir de. Çavê wan û yê dê û bav
maye li rê, lê tu pêjna lawikê wan ê biçûk nayê. Mehek qediya
birayê mezin ji bavê xwe re got;

- Yabo!

Bavê got;

- Hê!

- Ev jin man di hundir de, wilo çênabe. Gerek hûn destûra
me bidin, îcar em ê daweta xwe li dar xin, em ê xêliyên xwe
bînin û pîrekên xwe biguhêzin. Ma ka va ye birayê me nehat,
em çawa bikin.

Bavê wan kor bûye, ji dest xwe çûye, ma çi bike; destûr da û
karê dawetê dest pê kir. Mala paşê ye! Xeber şandin heta bi
Diyarbekirê, heta bi Mûsilê. Dawetek li dar xistin li vê beriya
Mêrdînê, wer li siwaran û li cirîdan. Li aliyekî dahol û zirne, li
aliyekî ribab lê dixe, dê weledê xwe davêje.

Li malê bûk bi mitale ye, dibêje gelo ew xortê wilo nestêle çi
pê hat. Bangî dergistiyê xwe dike, dibêje;

- Ne qelenê min heye, ne rehela min heye, ne berderî heye.
Tu layê paşa yî, çil zêrkir di bajarê bavê te de hene. Hema ez
qutiyekê ji te dixwazim, ku tu vekî bila kurkek jê derkeve bike
qurpequrp û çil çêlik bila li dora wê bin. Dema te qutîk girt bila
hemû dîsa tê de bi cih bibin. Tenê ez qutiyekê ji te dixwazim,
ma ev jî zor e.

Jinik bi vî hawayî dixwaze fêm bike bê birayê biçûk ji çalê
derketiye, derneketiye. Ew difikire, dibêje ku ji çalê sax derke-
tibe û hatibe bi van deran de wê ev deng herê û wê qutîka kurk

û çêlikan derxe holê. Ji xwe kesek ji zêrkiran nikare vê çêbike, encex ê ku qutîka min bi wan re be wê bibêje ez ê karibim çêbikim. Ku qutîk ji min re hat ez ê zanibim ku sax e.

Zavê got;

- Malava, ev qutiyên wilo min nebihîstiye kesî çêkiriye.

Jinkê got;

- Zêrkir çêdikin ez zanim.

Mêrik xulamê xwe dişîne cem zêrkiran. Hemûyan gotin, em nizanin çêbikin. Dor hat zêrkirê ku Gurî li cem e. Xulam ketin dikanê gotin;

- Layê paşê got, bila qutiyekê ji dergistiya min re çêke ku saeta mirov veke bila kurkek jê derkeve, çil çêlik li dora wê bin û bila hemû ji zîv û zêr bin.

Zêrkir got;

- Ma ev tiştê wilo kî dikare çêke? Ez nizanim tiştekî wilo çêbikim.

Gurî ji dera hanê got;

- Belê belê ez karim çêkim.

Zêrkir got;

- Dev ji me berde lawo, em feqîr, belengaz, em bi zor gepek nanê xwe dixwin; tu van derewan dikî tê serê me bixî belayê.

Gurî got;

- Belê yabo belê, ez karim çêkim. Tiştê heye, çil zêrkir di bajarê Mêrdînê de hene, her yek wê du zêr û nîvan bidin û her yek wê barek êzing, rehnek goşt û kîloyek nok ji min re bînin.

Zêrkir hey di ber re bêhna xwe teng dike, dibe pitpita wî û dibêje,

- Kurkek û çil çêlik di ber re tê çilo çêkî? Kesî tiştê wilo nedîtiye.

Gurî dibêje;

- Tu here malê razê, îşê te bi tiştekî tune ye.

Zêrkir rabû çû malê. Xulamê layê paşê bi zêrkiran ketin ji wan re gotin,

- Her yek ji we hûn ê du zêr û nîvan bidin û her yek ji we dê barek êzing, rehnek goşt û kîloyek nok bînin ji me re deynin dikana filan zêrkirî.

Her zêrkirekî rabû du zêr û nîvê xwe hazir kir, barek êzing û kîloyek nokên xwe anîn û li dikana zêrkir ê Gurî li cem, danîn. Zêrkir gihîşt malê negihîşt got, ka ez herim binerim bê Gurî çi dike, wî got ez ê çêkim û tişt xwestin, ku sibê qutîk ne hazir be wê paşe me ji vî bajarî derxe. Vegeriya nêrî ku, Gurî qiyametek êzing daniye ser hev û gumeguma agirê wî ye; çi piling di agirê wî de çêbûne û Gurî rehnê goşt davêje ser êgir û ji aliyekî ve goşt dixwe ji aliyê din ve bi kulman nokan davêje devê xwe. Zêrkir dinêre tiştê ku gotiye ez ê çêkim xuya nake, Gurî tenê xwarina xwe dixwe û kêfa xwe dike. Got, sibê fermana min e. A baş ez ji îşev de mala xwe bar kim. Çû wê nîvêşevê qemyonek peyde kir, mala xwe lê bar kir û got, kêliya li min qewimand ez ê bazdim.

Heta bû sibeh xew neket çavê zêrkir. Bi şeveqê re rabû dîsa çû cem Gurî got, bise ez herim bê ev di çi halî de ye. Ji Gurî re got,

- Va bû sibeh, ka tê çi bersiva xwe bidî.

Nêrî ku va qutîk hazir kiriye.

Roj hilat zilamên paşê hatin, qutîk ji cem zêrkir birin û şikiriya xwe anîn, gotin, ya Rebî elhemdulîlah ku sax e û va ye çêkiriye. Ya na me yê çawa bikira. Bangî zêrkir kirin, jê re di nivê dawetê de textek danîn û li ser rûnandin. Ê zêrkir gelekî xwe bi qapan dike û li dora xwe dinêre, ma kî kare xwe tê deyne.

Gurî jî rabû kumê xwe ji serê xwe kir avêt hundirê dikanê û du mûyên hespê xwe şevitandin, hesp tevî zîn û metreh û gem û lexabên xwe li devê dikanê hazir bû. Gurî bi ser pişta hespê xwe ket û ber bi dawetê ve herikî.

Tu li beriya Mêrdînê dinêrî ji siwarê ku didin cirîdan tije bûye. Li her derê qîr û qiyamet e. Layê paşê jî li ser qesra xwe ye û bi dorbînê li beriyê, li dawetê dinêre. Gurî ket nav siwaran, ê ku pêhnkê li wan dixe û yên ku rimê di bin qûna wan radike di hespê wer dike; wey xwezî bi dilê wî yê ku nebûye xêlî ji layê paşê re. Her yekî bi deverekê de bazda. Gurî dibêje, dora yê zêrker e. Rast xwe li zêrkir girt, zêrkir rahişt kopalê xwe û bazda. Bi wê reqereqa hespê Reşê Belek - agir ji ber nalên wî dere- daye ser pişta zêrkir û bûye helkehelka zêrkir di wan kaşên Mêrdînê de. Zêrkir nêrî ku xelasbûna wî tune ye, xwe xist ber dîwarekî û hesp tê bihurî.

Piştî dawet bela kir Gurî rast çû dikanê, hespê xwe berda û rahişt kumê xwe da serê xwe, dîsa xwe xist şiklê Gurî. Zêrkir tê ku helkehelkek lê ketiye, xwêdan pê ketiye û hema dibêje;

- Ya Rebî star vê derbê Xwedê ruhê min xelas kir. Ya Rebî Xwedo te ez ji vê belayê xelas kirim. Ev Melkemot bû, Ezraîl bû, çi bû, ji ku derket?

Wek ku haya Gurî ji tiştekî tune ye, dibêje,

- Xwedê xêrê bike, ev çi bi te hatiye, helkehelka ku li te ketiye?

Zêrkir got;

- Tiştê min dît kes nebîne.

- Çi ye, çi qewimiye?

- Malava, siwarek derket û ket nav ew qas xêliyên layê paşê hemû qûnrim kirin, ê ku ji hespên de xistin, ên ku kuştin, ên ku bazdan. Ez jî ketim derba wî, Xwedê ez sitirandim, min xwe xist ber dîwarekî di min bihurî. Yan na filitandina min jî tune bû.

Gurî got;

- Ma we ev siwar nas nekir bê kî ye?

- Kesî nizanibû kî ye, ji ku ye. Wek bê difiriya. Êbret bi serê xelkê de hat.

Gurî di ber xwe de keniya û nema deng kir.

Piştî layê paşê yê mezin jina xwe guhest pê de bi çend rojan layê navîn ji bavê xwe re got;

- Yabo te daweta birayê min kir, îcar destûrê bid ez jî ya xwe çêkim.

Bav got;

- Tu jî serbest î.

Bi wî hawayî birayê navîn jî dergîstiya xwe guhest. Di wê dawetê de jî Gurî wilo li wan kir.

Çend roj di navberê de derbas bûn, her du birayan ji bavê xwe re got;

- Yabo me her du dergistyên xwe guhestin. Jinika din ma. Va ye birayê me nehat. Guneh e, ev jin di malê de, wilo çênabe. Hema layê wezîr jî birayekî me ye, em ê vê jî li wî mehr bikin.

Paşê got;

- De hûn zanin.

Şandin ji layê wezîr re. Saeta layê wezîr çav li jinikê ket –tu dibêjî heyva li çardehan e– bi heft dilan dil ketiyê. Lê madê jinikê ne xweş e, bi mitale ye. Dibêje, çilo ew zilamê wilo jêhatî, yê xwediyê hespê bayî û behrî, yê ku sê dêw kuştin winda ye ka li ku ye, di çi halî de ye.

Layê wezîr ma xune wek layê paşê kir! Ji mektûban, ji qasidan li çar aliyên dinyayê bela kir û daweta xwe li dar xist. Çû ser qesra xwe ya sê qat û xwe biqapan kir, şûr simbêlên wî nabirin.

Gurî jî li aliyê din haziriya xwe dike ku dîsa here dawetê ji hev bela bike û heqê layê wezîr bidê. Wek derbên din, li ser hespê xwe dikeve nav xêliyan û tiştekî li ser hev nahêle. Tevî hespê xwe hilkişiya ser qesra layê wezîr, bi çeplê wî girt û di qesre werkir, hestîyekî sax di laşê wî de nehişt. Dawiyê Gurî li dikanê vegeriya, kumê xwe da serê xwe û xwe kir wek berê.

Du sê roj tê re derbas nebûn, hûtan dora Mêrdînê zept kir. Xwarin vexwarin li bajarê Mêrdînê heram bû; kî wêre here firinan dade, kî wêre here ser kaniyan. Kes nema ji hundirê xwe derdikeve. Ew dibêje çi ye, çi qewimiye, yê din dibêje gidî ev çi ye? Bajar hebitiye.

Hût dişînin, dibêjin zû mezinê vî bajarî bila bê û yê ku teyrê Bilbilhezar aniye jî bila bê vir. Ahlê bajêr gotin, layê paşê çûne ev teyr anîne, jin jî ji xwe re anîne, bila herin li xwe mikur werin, bila vê belayê ji ser me rakin. Îro çend roj in ne xwarin û ne vexwarin, wilo çênabe, zarokên me ji nêzan mirin.

Layê paşê yê mezin çû cem hûtan got;

- Min teyrikê Bilbilhezar aniye.

Jê dipirsin, dibêjin;

- Ka ji me re bêje bê te çilo aniye.

Birayê biçûk 'bê çawa çûbû Bilbilhezar anîbû' ji birayê xwe re behs kiribû lê, behsa vegera xwe ya kêliya dawîn, maçîkirina keçikê û vekirina sih û neh girêkên doxîna Çilbiskê nekiribû. Birayê mezin tiştên ji birayê xwe bihîstibûn got, lê ji ber ku nizanibû, behsa maçîkirin û van tiştên dawiyê nekir. Çilbiskê got;

- Ez di bextê te de, tê rast bibêjî.

Birayê mezin got;

- Hew ev bû, tiştekî din tune. Min bi vî hawayî rahişt teyrik û ez hatim.

Çilbiskê got,

- Te tiştekî din nekiriye?

Û pê ketin, ew ji wî eyarî derxistin kirin yekî din. Çilbiskê

190

fêm kir ku ne wî teyr derxistiye. Gotin, here yê ku ev teyr aniye bila bê.

Îcar, birayê navîn çû, wî jî bi eynî lewnî mesele got. Tiştên ji birayê xwe yê biçûk bihîstibû got, lê behsa maçîkirin û doxînê nekir. Lêxistinek li wî jî kirin ku çend rûnên û behs bikin.

Bajar ket qelaqê, çend rojan ma di wî halî de. Gurî ji zêrkir re got;

- Min ew teyr aniye.

Zêrkir got;

- Tu çima wilo dikî lawo, tu dixwazî serê min bê jêkirin.

Gurî got;

- Ez ji te re dibêjim min aniye, va ye ez ê herim cem wan ji wan re bêjim.

Zêrkir got;

- Tê herî ku lawo, bes serê me têxe van belayan.

Gurî deng nebir xwe û tev qaqilê serê xwe çû bal hûtan.

- Selamun eleykum.

- Eleykum selam.

Gurî got;

- Min ew teyr aniye.

Hemûyan di dilê xwe de henekên xwe pê kirin, lê Çilbiskê wiha li awirên wî nêrî, dît ku ew nêrîn ê mêran in, ê pêlewanan in. Di dilê xwe de got, ev wê rast be. Got;

- Gurî ji bo Xwedê, tê rast mikur bêyî û gerek tu derewan nekî, tu bi bext biaxivî.

Gurî got,

- Li ser bextê min be tiştê min kiriye ez ê rast bêjim û yên ku min nekiriye ez nabêjim, a rast çi be ez ê wê bêjim.

Çilbiskê got;

- De bêje;

Gurî behsa rêwîtiya xwe hemûyî kir, çilo her sê hût kuştin

got û dawiyê çilo bi ser Çilbiskê vebû wiha got;

- Wexta ez hatim te goşt danîbû ber mihê û te giha danîbû ber gur. Min giha bir ber mihê û min goşt danî ber gur û ez derbasî hundir bûm. Sifra te rêzkirî bû, qazek heşandî li ser wan bû, min her yekê rehnek ji wan xwar.

Çilbiskê got;

- Êê...

- Sêva te di devê şerbik de bû, min gepek li sêvê jî xist, min xwar.

Çilbiskê got,

- Êê...

- Tu li ser textê xwe vezelandî bû. Ez hilkişiyam ser sindoqê min destê xwe da şerîta çekên te, teyrik hat li ser destê min danî û min teyrik anî.

Carê Çilbiskê digot, ji bo Xwedê tê ya rast bêjî.

Gurî digot;

- Ez ê ya rast bêjim û dom dikir. Ez derketim devê derî şeytan ket qelbê min, min got, hema min rûyê vê keçikê nedît. Ez vegeriyam min çilo hepriya ser rûyê te hilda ez heyranî te mam. Min bi xwe nikaribû min tu maçî kirî û ez derketim.

Çilbiskê got;

- Êê...

- Di devê derî de şeytan dîsa ket qelbê min, min got ev keçika wilo spehî çilo ez ê devjê berdim û dîsa ez vegeriyam. Ez vegeriyam, min dît ku çil girêk li doxîna te girêdayî ne. Sih û neh min vekirin ma yek. Ez poşman bûm, min got di xew de ye ma ez ê çilo namûsa vê jinikê bişikînim û ez di derî re derketim. Min rahişt teyrik û min da rê. A mesele hemû ev bû.

Çilbiskê fêm kir ku lawik bela xwe lê nexistiye. Ji nûv re bêhna wê derket. Kêfa hûtan hemûyan hat, hatin eniya Gurî maçî kirin. Ji Gurî re gotin;

- Tu kesekî pir mêr û bi mirwet î. Çê ye ku Çilbiskê ya te be.

Dawetek ji wî û Çilbiskê re çêkirin. Qutîka çadiran vekirin ser bajêr hemûyî girtin. Qutîka xwarinê vekirin, serê sifreya wan xuya nedikir. Ji goştê heşandî, ji fêkî, hema tu bêjî çi tamitîngên li dinyayê hene li ser sifreya wan kar bû. Xelkê bajarê Mêrdînê hîn daweta wilo nedîtibûn. Dûre bangî birayê wî kirin, gotin yekî ji we hûrê genî dişûşt, yek ji we hemal bû, birayê we hûn ji wî halî xelas kirin û we wilo li serê birayê xwe kir; hûn ne hêjane tiştekî. Û birayê biçûk kirin paşayê bajêr.

Çîroka min li diyaran, rehme li dê û bavê hazir û guhdaran, ji bilî fesadên ber dîwaran.

REŞIK

 co

Hebû tune bû. Rehme li dê û bavê min û we bû. Got, hebû sê bira. Navê wan Ehmed û Mihemed û Reşo bû. Reşo hingî mekruh bû jê re digotin Reşik. Bavê wan miriye, ew û pîra diya xwe mane. Halê wan ne xweş bûye, feqîr bûne. Erdê wan jî tune, bûne feqîrê gund. Her sê bira li hev rûniştine gotine wilo nabe. Em ê herin ji xwe re îşekî, xulamtiyekê; bi vî halî naqede.

Ji xwe re pirsîne, ka em herin ku, em çawa bikin? Navê axayekî bihîstine ku xulaman dişixulîne, kar dide wan. Bira li hev rûniştine, gotine ka ma bila kî ji me here. Birayê mezin gotiye, ez ê mezin im ez ê pêşiyê herim. Birayê mezin çûye wî gundî, li bal mala axê bûye mêvan. Dibêje;

- Axayê min ez hatime bal te îşekî.

Axe dibêje;

- Ser çavan, ez jî li xulamekî digeriyam, lê em ê şertê xwe ji hev re bêjin.

Ew jî dibêje;

- Ser çavan, bes hema ku tu min li bal xwe bişixulîne. De ka şertê xwe bêje axayê min.

Axê gotiye;

- Li hewşê odak xulaman heye tê li wir bi cî bibî, tê li cem

194

me bimînî. Tê ji me re herî cot. Tajiyeke min heye, tê bi xwe re bibî cot, tajiya min li ku mexel bibe tê li wir cot bikî. Wê qîza min ji te re firavîna te bîne. Bes tu ji ya xwe vegerî, tu bixeyidî ez ê tehtîk çerm ji pişta te rakim. Ku ez bixeyidim tê ji pişta min tehtîk çerm rakî. Tu qebûl bikî sibê dest bi karê xwe bike.

Dibe sibeh, lawik tajî dide pêşiya xwe û dere çolê. Tajî dere li ser tehtekî mexel dibe. Difikire bê wê çilo vî tehtî cot bike, tu rê jê nare. Nîvro keçika axê nanê wî jê re dibe. Sifrê li ber datîne û dibêje, bavê min gotiye bila mastê sehnikê kêm neke, bila nan neşikîne, serê kevçî şil neke û têr bixwe fedî neke. Li ber sifrê dimîne rûniştî, dinêre çi bike wê xerab bikeve. Xwarinê di cih de dide destê keçikê û dimîne birçî. Heta êvarê tajî ji ser teht ranabe. Ji bo wilo tu karî jî nikare bike û êvarê bi halekî ne xweş dide rê tê mala axê.

Axe jê dipirse dibêje;

- Ma te cotê xwe xweşik kir, ma te têr xwar?

Xulam li axê dinêre xwe diqeherîne, dibêje;

- Te got tajiya min li ku mexel hat tê li wir cot bikî, tajî çû li ser tehtekî mexel hat, ma ez ê çilo teht bajom. Te firavîn bi qîza xwe re şand, tu dibêjî mastê sehnikê kêm neke, nan neşikêne, serê kevçî şil neke û têr bixwe fedî neke. Ma ez ê çilo xwarinê bixwim.

Xulam, bi zirt diaxive û dibêje şertê te giran in. Axe dibêje;

- Tu xwe ji min diqehirînî? Tu dixeyidî? Naxwe divê ez tehtîk çerm ji pişta te rakim.

Bangî zilamên xwe dike, tehtîk çerm ji pişta wî radikin, tavên axoyekî û li wir dimire.

Ka bê çiqas roj, çend hefte, meh derbas dibin, birayê navîn û yê biçûk li hev rûdinên, dibêjin, birayê me li me venegeriya, wilo çênabe, divê em ji xwe re bisebibin, ka em çi bikin? Mihemed ji Reşik re dibêje, ez ê mezin im ka ez ê herim. Belkî ez tiştina bi ser hev de bînim. Karê xwe dike, ew jî dere cem wî axayî û bi eynî şiklî ew jî tê kuştin.

Reşik dinêre ku birayê wî yê din jî nehat, dimîne heyirî. Diya wan jî ji feqîrî, ji birçîna dimire. Reşik dimîne tenê. Ew jî radibe karê xwe dike û dide dû şopa her du birayên xwe. Dere mala eynî axayî. Axe bi eynî şertî bi Reşik re diaxive. Reşik gelekî bi aqil û jîr û jêhatî ye. Şertê wî qebûl dike, dibêje ser çavan axayê min. Lê fêm dike ku bi vî hawayî birayê wî yên din hatine kuştin. Di dilê xwe de xeberan ji axê re dide û dibêje, ez ê heq ji te derkevim.

Reşik bi eynî hawayî derdikeve cot. Dîsa tajî dere ser teht mexel dibe. Ewil kevirekî li serê tajî dixe wê dikuje. Dûre keçik nîvro tê xwarinê jê re tîne û dîsa dibêje, bavê min gotiye bila mastê sehnikê kêm neke, bila nan neşikîne, serê kevçî şil neke û têr bixwe fedî neke. Reşik li ber sifrê rûdinê têr dixwe, tişte-kî di firaxan de nahêle. Dawiyê bela xwe li keçikê jî dixe û dibê-je de here, wê dişîne bi ser bavê wê de.

Axe li benda xulam e ku bê û tehtiyek çerm ji pişta wî rake. Dinêre ku keçika wî bi halekî perîşan tê malê. Xiyala xwe dide firaxan, firax jî hemû vala ne. Ji keçika xwe re dibêje;

- Ev çi halê te ye, çi bû ji te?

Keçik dibêje, hal û hewalê Reşik ji vê ye...

Reşik berî ku bê malê halet û gîsin jî dişikêne, dike êzing. Gayê cot şerjê dike û hemûyan li kerê dike tê bal axê. Dikeve derî, dinêre ku çavê axê sor bûne. Axe dibîne ku gayê wî jî şerjê kiriye û halet jî qut qutî kiriye; dike ku biteqe. Ji aliyê din ve Reşik bi bêhna fireh dibêje,

- Min ga şerjê kir ji bo em ji xwe re bikesidînin û vê zivista-nê bi hev re bixwin. Halet jî min şikênand, min ji we re kirin êzing.

Axe gelekî diqehire, nema di eyarê xwe de hiltê, lê newêre

deng bike. Reşik dinêre ku halê wî ne xweş e, dibêje;

- Tu xwe dixeyidînî, wer em şertê xwe bi cî bînin.

Axe sor dibe, şîn dibe, newêre deng derxe, dibêje;

- Na ez naxeyidim.

Axe di xwe de difikire, dibê ka ez çawa xwe ji vî xelas bikim. Dere ji pîra diya xwe re dibêje;

- Yadê here xwe têxe nav wan kokelan, wan keviran û bang bike, bêje qewlê şivan û gavanan xelas bûye. Ji bo em ji Reşik xelas bibin.

Deng dere Reşik. Dema diya axê bang dike dibêje, 'Qewlê şivan û gavanan xelas bûye!' Reşik dere kevirekî li serê pîrê dixe û wê dikuje. Dûre tê dibêje;

- Axayê min, dengê tebayekî dihat digot, qewlê şivan û gavanan xelas bûye, min nedixwest ez ji te veqetim min kevirek li serî xist min kuşt.

Axe fêm dike ku diya wî kuştiye, dere laşê diya xwe tîne, vedişêre. Di hundirê xwe de dipiçpiçe, awiran ji Reşik vedide. Reşik dibêje;

- Ma tu qehirî, tu xwe dixeyidînî?

Axe dibêje;

- Na.

De ne ku bêje ez xeyidîm, ez ji sozê xwe vegeriyam, wê Reşik tehtîk çerm ji pişta wî rake.

Reşik tiştê nemayî di serê wan de dike û ew li ber deng nakin. Rojekê lawikê wan ê biçûk dixwaze here qedemgehê, axe dibêje Reşik;

- Lawo here vî lawikî bibe qedemgehê.

Reşik dema lawik dibe ser destavê, şûjinan tê radike, asaqan tê dike, nahêle destava xwe bike. Axe bang dike dibêje;

- Çima lawik digirî?

Ew dibêje;

- Ez dikim û nakim destava xwe nake û digirî.

Axe dibêje;

- Serê wî li dîwêr xe.

Ew jî serê lawik li dîwêr dixe û lawik di cih de temam dibe. Axe dinêre ku Reşik lawikê wan jî kuşt, nema zane wê çawa bike. Reşik her çi dike ku axe tev dileqe jê re dibêje, ma tu poşman î. Heke tu qebûl nakî ka tehtiyek çerm. Axe di cih de dibêje, na na ez nexeyidîme. Bi vî hawayî mala Axê xera dibe.

Axe û jina xwe li hev rûdinên, diaxivin, dixwazin bi hawayekî xwe ji Reşik xelas bikin. Axe ji jina xwe re dibêje;

- Em ê îşev bi dizî karê xwe bikin, hin tişt miştên xwe di hev xin û berê sibehê em ê ji xwe re ji vir birevin.

Livînên xwe dixin hev, çend firaxên ferz ji xwe re kar dikin û ber sibehê bi dizî bi rê dikevin.

Digihên ber gundekî kûçikên gund tên wan. Dibe ewt ewta kûçikan û êrîşî ser wan dikin hema dikin ku dev li wan bikin. Jina axê dibêje;

- Niha Reşik li vir bûya wê çi bi serê we kiribûya!

Dema ev deng dere Reşik, Reşik serê xwe ji nav livînan derdixe û dibêje;

- Va ye ez li vir im!

Axe û jina xwe dimînin şaş. Dinêrin ku xelasî ji destê wî tune ye. Di cih de vedigerin gundê xwe û hemû tiştên xwe didin Reşik. Axe dibêje;

- Hemû mal û mewdanê min ji te re û bila tu axayê vî gundî bî, ma tu îcar bela xwe ji me venakî...

Îcar Reşik bû xwediyê hemû tiştên axê û bû axayê wî gundî.

SENECOQ

∾

Hebû lawikek, navê wî Senecoq bû. Dê û bavê wî miribûn û li ber destan mezin bûbû. Ji bo bê sem-yan mezin bûbû gelekî şûm û mekruh bû. Piştî demekê xalê wî tê wî dibe cem xwe.

Wexta xalê wî wî tîne, hîn bi rê de asaqan di serê xalê xwe de dike. Dema bi rê de ew û xalê xwe dimeşin Senecoq dibîne êlek mitirban ji wê de tê, bang dike dibêje;

- Hêê! Hêê! Ba ji ber xalê min çû!

Xalê wî dihebite, gelekî fedî dike nema zane wê çi bike, wê bi ku de here. Qey nêzikî şkeftekê ne, hema ji fediyan xwe dixe şkeftê û xwe vedişêre. Êl digihê Senecoq, dinêre şêlebêla wî ye, dibêjin, çi bû! Çi bû! Senecoq dibêje;

- Kêroşkek mezin ket vê şikefta hanê.

Ew jî hema tajiyên xwe berdidin qula şkeftê. Tajî dikevin qulê, zilam nikare deng bike, bi destê xwe bera wan dide, tajî bi paş de vedigerin. Qereçî dibêjin,

- Çima tajî wilo bi paş de vedigerin?

Senecoq dibêje;

- Hingî kêroşk mezin e tajî pê nikarin. Ka em ê agir di şkef-tê de bikin wê derkeve.

Pûş mûş tînin, devê şkeftê tije dikin û agir berdidinê. Feqîrê xalê Senecoq dinêre wê bifetise, bixar xwe davêje derve. Bêhn çikyayî dibêje;

- Ma hûn dîn bûne, hûn çima bi ya vî zarokî dikin?

Ew jî dibêjin;

- Me ji ku zanibû, me yeqîn kir ku kêroşk li wir e. Ma îşê te li wir çi bû?

Axir, her yek bi riya xwe de derin; xalê Senecoq bi qehr û merez wî tîne malê.

Li mal jî roj namîne ku tiştekî bi serê wan de nayne. Rojekê jinxala wî dere ber çem ku cilên xwe bişo. Berî ku here ji Senecoq re dibêje;

- Lawo çavê te li çêlîkên me be, ez ê herim ber çem cilan bişom.

Senecoq dibêje;

- Bila jinxalê îşê te pê tune, ez ê lê miqatebim.

Çilo jinxal dere ber çem, ew jî radihêje darekî spîndaran, çêlîkan bi serê wî vedike û ber bi hewa ve bilind dike. Carê teyr tê wan ji xwe re dibe. Jinxal tê ku ne çêlîk û ne tiştek, tev çûne. Xwe diqehirîne, xwe çilo dike, çûn! Nema vedigere. Giliyê wî li ber xalê wî dike, dike nake çarê jê re nabîne. Xalê wî jî nikare berdê; dê û bav tune ma wê bi ku de berde.

Çend rojên din dawetek çêdibe, jinxala wî xwe kar dike ku here dawetê. Ji Senecoq re dibêje;

- Cîranê me bangî me kirine, çavê te li derî be, ez ê bîstikekê herim dawetê.

Piştî jinxala wî derdikeve Senecoq derî hildike, li pişta xwe dike û wilo dere dawetê. Xirte xirtek tê, jinxala wî dinêre derî li pişta Senecoq û vir de wir de dere. Jinxala wî jê dipirse, dibêje;

- Lawo çi bû, çima te wilo kir?

Senecoq dibêje;

- Ma ne te got, çavê te li derî be, ji bo tiştek pê neyê min derî bi xwe re anî.

Xêlî geh pê dikenin, geh pê de dixeyidin. Jinxal ji qehran sor û şîn dibe, lê ma fêde nake. Dawetê nîvco dihêle û Senecoq tevî derî tîne malê.

Jinxala wî û lawê paşê jî dil ketine hev. Carê bi dizî hevdu dibînin, geh dema mêr ne li mal e lawê paşê tê malê, geh civînê li derê xewle didin hev. Rojekê Senecoq dinêre ku, jinxala wî qazek heşandiye, xwarin marinin din hazir kiriye, nîvişk, nanê şkeva... Senecoq dibêje;

- Jinxalê, ma te ev xwarin ji bo çi çêkiriye, tê bi ku de herî?

Jinxala wî dibêje;

- Ez ê herim mala bavê xwe, ez ê bi xwe re bibim.

Tu nabêjî Senecoq carê li wan guhdar dike. Zane bê çi ji hev re gotine û zane ew qaza heşandî, nîvişk û nanê sêlê wê ji layê paşê re here. Layê paşê gotiye, 'ez li filan derê cot dikim, gayê min jî spî û reş e, belek belekî ye. Ku tu hatî xwe li gayê belek bigire tê bi ser min vebî.'

Senecoq berî jinxala xwe derdikeve, dere topek çapan dikire û baz dide cem xalê xwe. Wî topê çapan li gayê xalê xwe dipêçe, dike belek belekî. Xalê wî dibêje;

- Tu çi dikî kuro, tu dîn bûyî?

Senecoq dibêje;

- Te îş pê tune, tu bise.

Jinxal ji wê de tê, dinêre ku ga belek belekî ye. Dil wê de ku ew ga yê yarikê wê ye. Ber bi wan de tê, digihe nêzikî wan dinêre ku ne lawê paşê ye, lê nema fêde dike, ji ber ku mêrê wê û Senecoq wê dibînin nema kare vegere. Kezeba wê dişewite lê, mecbûr dimîne wê xwarinê dibe li ber mêrê xwe û Senecoq datîne. Mêrik dinêre ku qaza heşandî, nîvişk û nanê şkeva... Dimîne şaş. De ne her tim, nan manin hişk dixist tûrikê wî û ew dişand. Tu carî xwarina wilo ji mêrê xwe re neaniye. Mêrik dibêje;

- Xêr e, ev xwarin wilo?

Jinik deyn nake, Senecoq dibêje;

- Bixwe bixwe, bi xêrka gayê belek.

Mêrik fêm nake. Axir, dikevin ser xwarinê di binî de bang didin, têr dixwin.

Li aliyê din, çavê layê paşê dimîne li riya xwarinê. Heta êvarê li wir birçî dimîne. Êvarê ku ew û jinik hevdu dibînin, dibêje;

- Te çima got ez ê xwarinê ji te re bînim û te nanî?

Jinik dibêje;

- Hal hewalê Senecoq ji vê ye. Nizanim ez ê çilo ji vî xelas bibim.

Nifiran lê dike, dibêje;

- Xwedê ruhê wî bistenda, Xwedê ew hitim bikira ku li qûn rûnişta...

Xirbek li bal mala wan heye, carna jinxala wî û layê paşê li wir hevdu dibînin. Senecoq jî zane, carê dere li wir xwe vedişêre û li wan guhdar dike. Vê derbê jî deng hemû dere Senecoq. Dibe sibeh Senecoq ji jinxala xwe re dibêje,

- Jinxalê, doh li ser quleteynê behsa ziyaretekê dikirin, digotin yek û yek e. Yên ku zarokên wan tune bin zarokên wan çêdibin, ê ku malê dinyayê xwestiye Xwedê daye wan. Kî çûbe cem û dua ji xwe re kiribin duaya wan qebûl bûye.

Kêfa jinkê tê, dibêje;

- Ma tu zanî bê ev ziyaret li ku ye?

Senecoq dibêje;

- Erê li filan derê ye. Lê divê tu hêkina biqelînî, goşt û girarê, tişt miştina jî bi xwe re bibî. Tiberika wê ew e. Tê pêşiyê wê xwarinê deynî ziyaretê, dûre tê dua xwe bikî. Ku te dua xwe kir tê herî li wan derdoran ji xwe re bigerî, xwe biştexilînî heta ziyaretê xwarina xwe xwar tê îcar herî rahêjî sênî û tebexçîkên xwe û tê bêyî. Jê û pê de te îş pê tune.

Dibe sibe, jinxala wî mirîşkekê şerjê dike, girarê di ber ava wê re çêdike, hêkina jî diqelîne ku here ziyaretê. Berî ku jinxala wî here Senecoq dere xwe di nav xirbê ziyaretê de vedişêre. Jinik dere, xwarinê datîne nîvê ziyaretê û destê xwe ji duayan re vedike, dibêje;

- Ya ziyaretê tu bikî ku Senecoq bi herdu çavan kor bibe.

Senecoq ji nav xirban dibêje;

- Amîn!

Dibêje;

- Înşeleh hew bibîne!

Senecoq dibêje;

- Amîn!

Jinik çi dibêje, ew ji wir de dibêje, amîn. Îcar dilê jinkê hênik dibe, dibêje,

- Qurbanê ziyaretê tu çiqas fadil î, tu çiqas hazir î.

Jinik radibe dere çol molê xwe diştexilîne, Senecoq dikeve ser xwarinê hemûyî dixwe û bazdide dere malê, ji bo berî jinxala xwe bigihê malê. Jinxala wî jî piştî bîstikekê xwe diştexilîne pê de tê radihêje firaxên xwe û bi kêf vedigere malê.

Senecoq ku tê malê dere piçek tûtin û bîber dixe çavê xwe, çavê wî sor dibin, şelêq digirin. Jinxala wî dibêje;

- Çi bi çavê te hatiye lawo?

Senecoq dibêje;

- Jinxalê çavê min gelekî dêşên, ez dikim nakim hew dinyayê dibînim, wek ku ez ê kor bibim.

Jinik wî diceribîne, tiliyên destê xwe pêşê dikê, dibêje;

- Ev çiqas in?

Senecoq jiqazî ve dudu be dibêje çar e, sê tilî bin dibêje yek e û xwe li koraniyê datîne. Jinikê dixapîne, jinik yeqîn dike ku Senecoq kor bûye. Di dilê xwe de dibêje, Xwedê da min. Dûra ji yarikê xwe re dibêje, Senecoq kor bûye, îcar em karin her tim hevdu bibînin. Dema mêrê min ne li mal be îcar tu karî bêyî mala me, Senecoq nema dibîne tu karî bê tirs bêyî mal.

Senecoq neqla koran dike, xwe diqehirîne, dibêje;

- Ez nema bi kêrî tiştekî têm. Ma ka ez ê ji nû ve karibim çi bikim?

Jinxala wî dibêje;

- Ma tê çi bikî lawo, hema li devê derî ji xwe re rûnê û hew.

Senecoq dibêje;

- De ka darekî baş bidin min, ku carê pisîk, kuçik bên hundir ez ê dar li wan xim ez nahêlim bên hundir.

Senecoq radihêje darekî û dere li ber deriyê ku xera kiribû rudinê. Dema pêjna pisîkan, an kûçikan dike darê xwe dihejîne, eyn wek koran dike û jinxala xwe qenc dide yeqînkirin ku qet nabîne. Îcar jinik ji yarikê xwe re dibêje;

- Mêrik ji sibehê heta êvarê li nav erd dixebite nayê malê, Senecoq jî hitim bûye, tu serbest î tu kengî têyî were.

Dîsa Senecoq li ber derî ye û dar di destê wî de ye. Lawê paşê tê û bi hêdîka dike ku derbasî hundir bibe. Senecoq darê di destê xwe de dibe vir de wir de, dibêje;

- Pişt! Tu pisîk î tu çi yî!

Lê nade ser lawê paşê, lawik derbasî hundir dibe. Senecoq xiyala xwe didê dinêre ku derbasî axo bû û li benda jinxala wî ye. Bi pelandina darê xwe vir de wê de dere û carê dibê;

- Pişt! Pişt! Ev bêxwedîk xwe xist ku!

Û dere dikeve axo xwe digihîne lawê paşê. Lawê paşê xwe di alif de daye ser hev ji bo ku bi ser venebe. Lê Senecoq ber pê de dere û dibêje;

- Ev ket ku û dadibelişiyê bi daran. Pelq û hey pelq! Yarikê jinxala xwe di wir de temam dike, dikuje.

Jinxala wî çûye ser çem çekên xwe dişo, ji mêrik re gotiye tu herî va ye ez têm. Jinik tê malê, dibêje;

- Senecoq, ma tu pisîk, tiştek neket hundir?

Senecoq dibêje;

- Jinxalê, pisîkek bû çi bû ez nizanim, tiştekî mezin ket hundir, çû axo, ez bi dû de çûm. Ketibû alif, ez jî bi daran pê ketim min ew kuşt.

Ruh ji jinikê dere, dibêje;

- Te çi kir, te çi kir! Te ne layê paşê kuştibe!

Senecoq dibêje;

- Îşê lawê paşê li wir çi bû?

Jinik dibêje;

- Qey hatibû elbê.

Senecoq dibêje;

- Bila bigota ez hatime elbê. Min çiqas got, pişt! Tu kî yî? deng jê nehat. Min jî got qey tebakî mezin e, min kuşt.

Jinik dikeve hev, dibêje;

- Ka ez ê çawa bikim, xelk pê bihisin wê min bikujin!

Senecoq dibêje;

- Pêşiyê divê em ji vî laşî xelas bibin.

Ew û Senecoq di nav hev re laş dikişkişînin ser sergo.

Sibehê xelk laş dibînin û dibe qîr û qiyamet. Jinxala wî deri vî serî û dere wî serî li hundir, hema dibêje, mala min xera bû, ez ê çawa bikim.

Senecoq dibêje here nav meeziyê, tu nerî wê gumanan ji te bikin. Jinik dere meeziyê, digirî û gotinên çewtomewto dike, xelk dibêjin, 'ev çi dibêje? Hewalê wê heye, ka binerin bê ev çi mesele ye. Lê dipirsin bê ka çawa dikin tê fêmkirin ku tiliya jinikê tê heye. Radibin jinikê dikujin û xalê Senecoq bê jin dimîne.

SENECOQ

∾

Hebû tune bû, hebû pîra Helîmê. Neviyekî wê jî heye, jê re dibêjin Senecoq. Senecoq gelekî şûm e, cira wî pir nexweş e. Dê û bavê wî tune ne, ji loma pir mekruh e, çilek e, lê pir bi aqil e. Mala bavê Pîrê jî hene, gelekî dewlemend in.

Çend bizinên pîrê hene, çele mastê xweş ji şîrê wan çêdike. Pîrê ji xwe re dibêje, 'karkerê me tune, em ê bê qût bimînin. Ez ê niha mast ji mala bavê xwe re bişînim ji bo ez dûre karibim hin zike ji wan bixwazim.' Rojekê bangî Senecoq dike, dibêje;

- Lawo ez ê her sibeh satilek mast bidim te, tê bibî ji mala xalê xwe re. Wextê bênderan em ê jî kera xwe bibin herin, em ê zadinî ji cem wan ji xwe re bînin.

Senecoq dibêje;

- Ser çavan pîrê ez ê bibim, ma çima ez nabim, ma ne mala xalê min e.

Pîrê serê sibehê satilê tije mast dike, dide Senecoq û dibêje;

- De lawo vê satilê bibe mala xalê xwe.

Senecoq radihêje satilê û dere xanî li xwe dizivirîne, radihêje satila mast bi ser serê xwe dadike. Yê ku dixwe, yê ku dimîne jî dirijîne. Piç bi sîtilê ve nahêle û tê malê. Pîrê jê re dibêje;

- Te mast bir lawo?

Senecoq dibêje;

- Erê pîrê min bir.

Pîrê dibêje;

- De baş e lawo, çi layê min qenc e.

Her roj çele û payizê bi vî hawayî Pîra Helîmê satila mast dide Senecoq, ew jî her roj mastê xwe li pişt xanî dixwe û ji pîrika xwe re dibêje, min bir ji mala xalê xwe re.

Tê wextê bênderan, zadan; pîrê dibêje;

- Lawo Senecoq kerê me û çewalê me werîne em ê herin mala xalê te. Ma vî qasî me ew bê mast nehiştin, gerek ew jî zadinî bidin me.

Senecoq hay ji xwe heye lê cardî jî ji pîrê re aqûbeta mast nabêje, dibêje;

- Heydê em herin.

Pîrê û Senecoq didin dû hev, li ser bêndera mala xalê xwe li ber genimê sor disekinin. Pîrê dibêje;

- Qewet be.

Senecoq dibêje;

- Qewet be.

Mala bavê pîrê bi awirên ne xweş li wan dinêrîn û dibêjin;

- Ma we xêr e?

Pîrê dibêje;

- Em hatine qutê me tune, me got belkî hûn zikanê bidin me.

Jê re dibêjin;

- Tu genimê ku em bidin we tune. Salweqat we ew qas mast xwar, we negot em ê satilek mast bidin mala bavê xwe, îro hûn hatine zad. Tu zadê ku em bidin we tune ye.

Pîrê di cihê xwe de dicemide, dimîne sekinî. Dûre dibêje;

- Her roj satilek mast min dida Senecoq min digot bibe ji mala xalê xwe re, qey nedianî ji we re?

Birayê wê dibêje;

- Mastê çi? Me ne Senecoq dîtiye û ne me mastê we dîtiye.

Pîrê li Senecoq vedigere û dibêje;

- Lawo te çi dikir ji wî mastî? Her roj min mast dida te min digot bibe ji mala xalê xwe re.

Senecoq dibêje;

- Pîrê, her roj min sîtil dibir pişt xanî, min dixwar, ê ku dima min dirijand û ez li te vedigeriyam.

Pîrê dibêje;

- Niha te ew mast ne tanî ji mala xalê xwe re!

Radihêje dar û bi ser pişta Senecoq dikeve, di ber re jî dibêje;

- Gerek mala min li te heram be, divê tu nema bê vî gundî!

Senecoq dixeyide û dere bi çolê dikeve. Ji xwe re dibêje ez nema li gund vedigerim. Lê nema zane wê here ku jî. Çend rojan dimeşe, ji gund bidûr dikeve. Li çolê dimîne, nema zane wê çi bike. Bîstikekê li ber tehtekî rûdinê. Qijakek tê xwe li ser serê wî datîne. Senecoq destê xwe davêje qijakê û wê digire. Sebra wî gelekî bi wê qijakê tê. Qijak pê re dibe heval. Wê jî bi xwe re dibe û dimeşe, digihên gundekî. Ji xwe re soz dide dibêje, mala min bihewîne ez narimê mala min nehewîne ez ê herimê. Nêzikayî li gund dike. Gundekî pir mezin e. Digihê mala ewilî, li deriyê wan dixe. Qey xwediyê malê li aş e, jina wî derketiye û gotiye;

- Tu kî yî?

Senecoq dibêje;

- Ez feqîr im, ez mêvan im. Ma hûn min nahewînin? Navê min Senecoq e, pîrka min bera min daye, min divê hûn min bihewînin.

Jinik dibêje;

- Îşê mêvanan li ba min tune, mêrê min ne li malê ye û ez

kesî nahewînim.

Senecoq derî didehfîne û dibêje;

- Xaltîkê tu min bi xweşikayî dihewînî bihewîne, ya na ez ê bi zorê bêm.

Jinik dibêje;

- Yabo ma tu bela yî? Ez te nahewînim. Û deriyê hewşê li rûyê wî digire.

Senecoq birçî ye, hal tê de tune ye. Radibe bi zorê dikeve hewşê. Xwe li deriyê hundur diceribîne dike nake venabe. Li ber derî kurtanê kerê heye, hema xwe dixe bin kurtan û dimîne. Tu nabêjî yarikê jinikê heye di hundir de. Senecoq li wan dinêre. Dibîne ku jinik û yarikê xwe ji paşiya hundur derketin. Dest bi kêf û henekên xwe dikin. Radibin qazekê şerjê dikin û birinca xwe çêdikin, rûdinin dixwin, ê dimîne jî dixin bin merkebê. Senecoq ji xwe re dibêje, 'weeeyy! Jinikê hay ji xwe hebû ji bo wilo ez nehewandim. Ma qey mêrê vê jinikê li ku ye?'

Bîstikek dere, dinêrî ku va ye mêrê wê ji êş hat. Dibêje, şoooşş, ji kera xwe re û bangî jina xwe dike, dibêje;

- Jinikê were bi min ve. Ma tu li ku yî? Ez betilîme. Îro du roj in ez li êş im û dora êş nedihat min, were bi min ve ez gelekî betilîme.

Jinik jî ji yarikê xwe re dibêje, here têkeve kewarê û bangî mêrê xwe dike. Dibêje;

- Bise heta ez xwe girêdim, va ye ez hatim.

Deng hemû dere Senecoq, li wan dihishise. Di wê navê re Senecoq qurîncekina ji qijaka xwe dide, qijaka wî dike qîj qîj. Ew jî bi qijaka xwe re diştexile ji bo dengê xwe bibe mêrik. Bi vî hawayî mêrik pê dihise wî dibîne û dibêje jinikê;

- Ma ew kî ye, çima ev feqîrê hanê te nehewandiye?

Jinik dibêje;

- Mêriko tu ne li mal bûyî min got heram e, ma min ê çilo

bihewanda.

Mêrik bang dike dibêje;

- Feqîr ma navê te çi ye?

Dibêje;

- Senecoq.

- Ma tu kî yî, tu ji ku tê?

- Ne pirse. Pîrika min bera min daye û li min xistiye. Ez hatime û ez gelekî birçî me. Di bin vî kurtanî de ez hişk bûm. Jina te ez nehewandim.

Mêrik jê re dibêje;

- Heydê lawo hundirû.

Ji jinkê re jî dibêje;

- Heyla çavê te derketê! Ma te çima ev feqîr ne hewandiye?

Jinkê yarê xwe di kewarê de veşartiye. Haya Senecoq jê heye ku mêrik di kewarê de ye. Mêrik ji jina xwe re dibêje;

- Em birçî ne ka tiştekî ji me re werîne. Îro çend roj e belkî vî feqîrî tiştek nexwariye. Ka tê çi bidî me?

Jinik radibe nan manê hişk û dewînî tirş datîne ber wan. Senecoq xwarina di bin merkebê de dîtiye lê nikare ji mêrik re bêje.

Mêrik dibêje;

- Jinkê ma tiştekî din tune ku te ev anî danî ber me?

Jinik dibêje;

- Na, tu ne li malê bûyî min nikaribû xwarinê çêkim.

Senecoq di dilê xwe de dikene, dibêje tê bibînî bê xwarin heye yan tune ye. Qurincekikê ji qijakê dide qijak dibêje, qîîjj qîîjj.

Mêrik dibêje;

- Lawo ma qijaka te çi dixwaze?

Senecoq dibêje;

- Qijaka min dibêje ev xwarin nayê xwarin, ez naxwim. Wa

ye di bin merkebê de goştê qazê û birinc heye, wî ji min re bînin.

Mêrik li jina xwe vedigere dibêje;

- Hey bêbav! Madem ev xwarin heye çima tu naynî ji me re?

Jinik ji tirsan dibêje;

- Goştê çi? Tiştekî wilo tune.

Senecoq radibe dere bin merkebê vedike, xwarinê hemûyî derdixe û tîne datîne ber mêrik. Mêrik radibe bi jina xwe de dixeyide û rudinên wê xwarinê dixwin. Dûre radibin radizên.

Dibe sibeh Senecoq cardî qurincekê li qijaka xwe dide. Qîjînî bi qijakê dikeve. Mêrik dibêje;

- Lawo ma cardî qijaka te çi dixwaze?

Senecoq dibêje;

- Qijaka min dibêje ez ê serê xwe bişom. Bila ji min re avnê qenc germ bikin û bibin ser kewarê. Ez ê serê xwe li wir bişom.

Jinik dimîne heyirî nema zane wê çi bike, dibêje;

- Hewarê ma tê çilo bi a vî mêvanî bikî. Kewara me herî ye. Wê hemû xera bibe. Qey ev mêvan dîne. Distik ava kelandî çênabe em deynin ser kewarê. Eman! Zeman! Dike nake mêrik dibêje;

- Tê bi ya lawik bikî, tê avê germ bikî, wê lawik serê qijaka xwe bişo.

Jinik ditirse, dibêje;

- Ya star! Ya star! Û ji mecbûrî avê germ dike û datîne ser kewarê. Jinik diqutife. Zane wê çi bi dû de bê. Senecoq qijaka xwe datîne ser kewarê. Mêrik alî dike ku avê deynin ser kewarê ji qazî ve dista ava kelandî bi ser kewarê dadike. Kewar herî ye, her piçekî wê bi derekê de dihele û bi ser serê zilam de dikeve. Mêrê jinkê dibîne ku zirfîtekî zilama xuya bû û tê de hişk bûye. Mêrik dibêje;

- Hey hewarê ev çi ye, ev çi qebhet e? Ev çi talanî ye?

Ji aliyê din ve Senecoq dike hewar hewar û dibêje;

- Te bavê min kuşt! Te bavê min kuşt!

Mêrik yekcar dibehete, dibêje;

- Hey batil! Ev çi ecêba serê heft ecêban e. Bavê te li ku bû? Ma li vir çi dikir, ma ev çi ye?

Senecoq dibêje;

- Bavê min li vir bû te kuşt.

Mêrik dibê;

- Haya min ji bavê te tune. Ma bavê te di kewarê de çi dikir?

Hey Senecoq dike hewar hewar û hema dibêje te bavê min kuşt. Mêrik dimîne heyirî. Dibê;

- Ma ka te çi divê û ji bo Xwedê dev ji min berde.

Senecoq dibêje;

- Ma min çi divê, min hinek pere û ker û werîsê te divê, ji bo ku ez bavê xwe li kerê bikim û bibim.

Mêrik radibe kera xwe didê. Senecoq jî laş li ser kerê datîne, dişidîne û şifqê dixe serê wî. Dike neqla saxa û dimeşe dere.

Dere dere, bi rê de gelekî birçî dibe. Berê xwe dide Tora Mihelmiyan. Wextê mixtiyan e û bênderan e. Senecoq kerê xwe bera nav zad dide û ew jî dikeve nav mixtiyan. Têr dixwe û xencerekê li wî şebeşî dixe yekî lî vî tehlikî dixe, ji bitrî û ji qazî ve. Ma ne îşê wî mekruhî ye.

Tirozîkî diçine gepekê lê dixe û dixe destê mêrikê mirî li ser kerê, ji bo xelk bêje sax e. Dîsa derbasî nav mixtiyan dibe. Yekî ji gund bang dike yê mirî û dibêje;

- Hey çavê te derketo! Ma tu li ser kerê yî û te ker bera ser genim daye...

Ji gundiyan we ye ku zilamek sax li ser kerê ye. Çiqas mêrik ji gund bang dike dibêje,

- Lawo ma tu ker î ma tu dîn î, tu li ser pişta kerê yî û te ew bera ser genim daye! Ev tu kî yî, tu ji ku yî?

Deng ji yê ser kerê dernakeve û ker di nav genim de dere û tê. Gundî hingî diqehere xwe bera ser bênderê dide, dehfekê dide zilamê ser kerê û di erdê werdike. Wî çaxî Senecoq ji nav mixtî derdikeve û dike qîreqîr, dibêje;

- Hey sebav te bavê min kuşt! Ma te çima wilo kir! Hewar û sed hewar ev ê mehelmî ji bo elbek genim bavê min kuşt.

Gundî şaş dibe dibê;

- Min bavê te nekuştiye. Ma ka xwîn jî jê nehatiye, bavê te berê mirî bû. Senecoq dibêje;

- Bavê min berê çilo mirî bû? Tiroziyê xwe dixwar, nuh gepek lê xistibû feqîro. Ma tu kor î, ma çilo bavê min berê mirî bû hey ne wek xwe. Ez ê li te gilî bikim.

Yek ji wî û yek ji wî yê mihelmî ditirse, dibêje;

- Bela te li te keve! Ka te çi divê û dev ji min berde?

Senecoq dibêje;

- Tê rabî heftê û pênc qantiran, heftê û pênc barê genim û heftê û penc xortan ji van xortên delal bi min re kar bikî. Yan jî ez ê te di hepsan de birizînim.

Gundî dimîne şaş, dibehete, diheyire. Dîsa jî ka bê bi çi hawayî radibe hemû tiştên ku xwestiye jê re kar dike û didêyê. Senecoq bi heftê û pênc qantiran, heftê û pênc barên genim û heftê û penc xortên delal re dide rê û wek mîrekî berê xwe dide gundê xwe. Dimeşin! Dimeşin! Hingî gundê wî dûr e sol molê xortan diqetin, gelekî dibetilin mala wan xera dibe. Carekê dinêrin ku nêzikî gund bûne. Senecoq li wan vedigere ji wan xortan re dibêje;

- Lawo xortino binerin! Ku em gihîştin gund pîrikek min heye ji dilê xwe nexweş e. Ji bêhna ne xweş pir aciz e. Wextê hûn li vê derê razên hûn tu pîsî mîsiyan nekin wê pîrika min dilê wê bisekine û wê bimire. Îcar hûn zanin.

Hemû li hev dinêrin, hemû ji xwe razî, ji hev re dibêjin, me di heyata xwe de tiştekî wilo nekiriye, ev çima ji me re wilo dibêje? Xort lê vedigerînin dibêjin, 'na yabo na em tiştekî wilo nakin netirse. Ka bila em bigihên malê em gelekî birçî ne û em betilîne.'

Digihin deriyê pîrê, Senecoq û siwarên din dadikevin li derî dixin. Pîrê dibêje;

- Tu kî yî?

Senecoq dibêje;

- Derî veke lawikê te hat.

Pîrê derî vedike, pîra ku ew qasî hez ji malê dinyayê dike, dibîne ku ew qas siwar û tevî genim li ber deriyê wê ne. Devê pîrê gazekê ji hev vedibe, dere pişt guhên wê. Hema xwe çem dike Senecoq, dibêje;

- Ehlen layê min. Tu ev qasî li ku bûyî? Min çi qasî bêriya te kiribû. Çavê pîrika te derkeve, min çilo dilê te hişt, li min mal xerabê.

Xort betilîne, derbasî hundir bûne bêhna xwe vekirine. Dûra şîv xwarine. Berî di nav cihan kevin çekên xwe ji xwe kirine, tiştên xwe, hungulîskên xwe, pereyên xwe hemû danîne, spartine Senecoq û razane. Piştî xort hemû razane Senecoq deng li pîrika xwe dike, dibêje;

- Pîrê rabe ji me re pelûleke sor çêke. Ez ê her xortekî piçekî deynim bin wan û îşê te pê tune.

Pîrê dipirse, dibêje;

- Çima?

Layê wê dibêje;

- Îşê te pê tune, ev îşê min e.

Pîrê jî tima bûye, nema di miqabilî Senecoq de deng dike. Ew çi dibêje wek wî dike. Radibe pelûlê çêdike û dide destê layê xwe. Ew jî dibe, her xortekî piçek pelûl datîne bin wan. Dûre tê ji pîrê re dibêje, tu xwe bavê erdê. Pîrê dimîne şaş, hema xwe davêje erdê û deng nake. Senecoq dest bi hewarê dike û dibêje, hewarê û sed hewarê pîrika min mir! Xort radibin dibêjin, kuro çi bûye, lawo ev çi hewara te ye?

Senecoq dibêje;

- Ma çi bûye! We bin xwe lewitandiye, pîrka min ji ber bêhna we mir. Ez ê gilî li we bikim, we hemûyan di hepsê xim!

Xort hemû diqutifîn. Hemû tiştên xwe dihêlin û direvin. Senecoq bi dû wan de xwe li erdê dixe, kêfa xwe tîne û ji pîrka xwe re dibêje;

- Te dît pîrê bê em çiqas dewlemend bûn, ez ne di bextê mala xalê xwe de.

∽

Hebû tune bû, rehme li dê û bavê min û we bû. Got, hebû xortek, ew û xweha xwe bûn. Gelekî feqîr bûn. Ji xwe re li gundan digeriyan ji bo ji xwe re îşekî bibînin. Lawik ji bo ku xwe û xweha xwe xwedî bike dere gavantiya gundekî dike. Qey ji gundiyan re gavanek lazim e. Dewarê wan hene û gavanê wan tune ye. Lawik li wî gundî dest bi gavantiyê dike. Xaniyekî didin wan, ew û xweha xwe tê de rûdinên. Karê lawik, wê sibehê dewar bibra çêrê û êvara banîna.

Rojekê li çolê qoqek li ber çavê wî dikeve. Dere dinêre ku qoqek hestiyê serê însanan e û li ser jî nivîsandinek heye; dibêje wê li ser vî qoqî çil nefs an jî kes bên kuştin. Ew jî radibe wî qoqî li ser tehtekî datînê û hûr hûrî dike, eyn dike wek ard û radihêjê dixê nav desmalka xwe. Ji xwe re dibêje, ma îcar wê kî li ser toza vî qoqî hevdu bikuje û dixe berîka xwe. Dibe êvar tê malê û wê tozê di berîka xwe de ji bîr dike.

Qey rojekê xweha wî çekan dişo, radibe çakêtê birayê xwe jî tîne ku bişo. Dinêre di berîka wî de desmalka wî heye û tiştek di nav de girêdayî ye. Keçik jî meraq dike, dibêje 'gelo ev çi ye di berîka birayê min de.' Radibe vedike lê dinêre, dibêje 'ya Rebî ev ne ard e lê dişibe ard, ma ev çi ye.' Serê zimanê xwe digihînê, dibêje bise bê ev kils e, ev xwê ye, ka bê ev çi ye û diri-jîne. Çekên xwe dişo û radixe; bîra ku wê ji wê toza tamandiye tiştek bê serê wê nabe.

Di wê navê re çend meh derbas dibin. Dinêre ku roj bi roj zikê wê mezin dibe. Gundî jî ferq dikin. Di gund de dibe dengî dibêjin, xweha filankes bihemil e. Birayê keçikê di nav xelkê de serê xwe dixe ber xwe, gelekî diqehire. Nema xwe digire bangî xweha xwe dike û jê re dibêje,

- Va ye zikê te bi rastî jî wek ê avisan e. Ka tê ji min re bêjî bê kî li dora te geriyaye? Kê çi kiriye ji te? Ya tê ji min re ya rast bêjî yan jî ez ê te bikujim!

Keçik jî qet û bileh bîra ku zimanê xwe daye toza wî qoqî û ji wilo bihemil bûye nabe. Di wê navê re çend meh derbas bûne, xwe ji bîr kiriye qet nayê bîrê. Gelekî li ber xwe dikeve, fedî dike. Ji birayê xwe re dibêje;

- Keko tu çilo ji min re wilo dibêjê. De biner ez li xwe amin im, însanên îbadileh nezikî min nebûye û destê tu kesî negiha-ye min. Yanî tu ji vê piştrast be. Lê dîsa jî ji bo ku tu bawer bikî ku kesek nehatiye cem min, bisekine bê çi ji min re çêdibê. Ez jî nizanim bê ka çi di zikê min de ye, lê xebera te ye her roj zikê min mezin dibe. Ka em ê li bendê bin bê ev çi ji zikê min der-dikeve.

Birayê we dibêje;

- Baş e, madem ku tu hevqasî li xwe amin e, em ê li bendê bisekinin bê ka ev çi ye.

Di wê navê re zeman derbas bû, neh mehên keçikê qediyan. Rojekê qolincî dibe, ji birayê xwe re dibêje;

- Keko here pîrikeke bi star, yanî zimangirtî ne zimandirêj werîne cem min. Binere, yek li filan deverê ye, here wê werîne bal min û tu derî çolê tu narî çolê tu zanî.

Ew jî sundê li ber xweha xwe datîne dibêje;

- Ez li çolê bim ez li ku bim çi ji te re çêbibe, ya rastî çi be tê ji min re bêjî.

Dere pîrikê tînê, li bal xweha xwe datîne û dere çolê. Kute-kuta dile wî ye; ji xwe re dibêje ku zarok ji xweha min re çêbi-be ez e çilo bikim! Wî çaxî divê ez xweha xwe bikujim. Lê dilê wî bi taswas e.

Wê rojê hîna nebûye êvar gavan berê dewarên xwe dide malê, dibêje, ez ê herim binerim ka bê xweha min çilo bû û wê rojê ji her roj zûtir tê malê. Xweha wî jî ji hev xelas bûye. Wexta gavan dikeve malê jojiyek pê re diaxive. Tu nabêjî jojî ji keçikê re çêbûye. Pîrik û jinik dimînin ecêbmayî. Wextê ku çêbûye şitexiliye û gotiye, min deynin ser wî textî heta ku xalê min bê. Pîrik jî radibe wî jojiyî dibe ser textik datîne, çekên keçikê dişo, dora wê didê hev. Keçik jî di nav livînên xwe de ye. Birayê wê tê, lê di wê tirsê de ye ku derî veke û zarokek li ber serê xweha wî be. Heta hatiye malê ev di bîra wî de ye û dibêje ku wilo be ez ê çilo bikim! Di van fikaran de ye, tê ber derî û derî vedike, derbas dibe hundir; jojî dibêje;

- Qewet be ji te re xalo.

Lawik ma ecêbmayî. Got;

- Ev deng ji ku hat?

Hema pîrik û xweha wî bi hev re dibêjin;

- Wele yê ku çêbûye jojiyek e û ha wa ye li ser textik e.

Xweha wî dibêje;

- A va ye ev ji min re çêbûye. Pîrê jî şahidê min e.

Birayê wê jî nema îşê xwe ji xweha xwe tîne. Dibêje;

- Bavo qey îşê Xwedê ye.

Kesek ji wan jî hîna bîra wî qoqî nabin û nayê bîra wan. Birayê wê dibêje;

- Bavo mala Xwedê ave ku bi vî şiklî ye û ne bi tu şiklê din e.

Îcar ew jojî jî di tiştan derdixe. Ji xalê xwe re dibêje;

218

- De binere xalo, te ji xweha xwe re gotibû qey hinek li dora te geriyane, ku hinan tiştek bi te kiribe ez ê te bikujim. Tu zanî bê diya min çilo bi min bihemil bû. Ma nayê bîra te, filan tarî-xê filan zemanî filan mehê filan kelîkê li ser filan tehtê te qoqek seriyan dîtibû û li ser nivîsek hebû. Wê nivîsê digot, wê li ser vî qoqî çil kes bên kuştin. Nehat bîra te? Xalê wî got;

- Erê hat bîra min.

Jojî got;

- De binere te ew qoq hûr kir, te xist nav desmalka xwe û te ew desmalk xist berîka xwe. Xweha te wexta kir ku cilan bişo ew di berîka te de dît, zimanê xwe dayê û ez jî wilo di zikê wê de xuliqîm. Va ye wek ku tu dibînî ez çêbûm.

Her duwan jî got, wey! Erê hat bîra min. Lawik dibêje;

- Erê min ew qoq hûr kir û min xist berîka xwe.

Keçikê jî got;

- Erê bi Xwedê min jî zimanê xwe dabûyê, va ye niha tê bîra min.

Îcar hebekî dilê wan xweş dibe. Dibêjin, Xwedê kir ku wilo ye û ne tiştekî din e.

Îcar navê jojî di nav cîranan de, di nav gundiyan de bela dibe, dibêjin, jojiyekî gavan heye di hemû tiştî derdixê û hemû tiştî zane. Gundî, cîran tev tên balê, pirsên xwe jê dikin. Heçî ku nêtik wan heye, derdekî wan heye tên bal jojî, pirsên xwe jê dikin, jojî bersivên wana ji wan re dibêje û derin. Ev jî bûye sebeba ku gavan devlemend bibe û qesr û qonaxên wî çêbibin.

Îcar ez sere we neeşînim. Ez behsa jojî û meseleyekê bikim. Dibê, zilamek dikeve şkeftekê û qey tê de tî dibe. Dinêre ku ji nav şikeftê dilop bi dilop av tê. Ew jî radibe destê xwe dide ber wan dilopan, kulma xwe tije dike û vedixwe, lêbele pê dimire. Malbata wî jî bi vî hawayî nizanin. Dema xelk dipirsin dibêjin, ma çi pê hat? Maliyên wî dibêjin, hema çû wê şkeftê û mir.

Hinek ji vê malbatê re jî dibêjin, jojiyek heye bi hemû tiştî zane, hûn çima narin dilê xwe naxin cih. Ew jî dibêjin, ka em herin jê bipirsin bê zilamê me çima miriye. Radibin derin bal jojî. Jê re dibêjin, 'heyra wele hal û hewalê mê ji vê ye. Madem-kî tu bi tiştan zanî tê di meseleya me jî derxî. Kesî ji me fêm nekir bê çi pê hat. Zilamekî me yî nestêle bû, hema ket wê şkef-tê û tê de hişkîhola bû. Ne dewsa pêvedana maran xuya bû ne dewsa birînekê lê hebû. Ji wê çaxê ve bi me re maye derd. Em dixwazin ku tu ji me re bêjî bê ka çi mesele ye, ya jojiyê delal.'

Jojî dibêje;

- Ji jora şkeftê dilopên jahra mar niqutiye. Ew jî tî bûye vex-wariye û miriye. De binerin, herin pişta şkeftê vedin, ew zîha-yê maran hîna jî tê de ye, hûn ê wî bibînin.

Ew jî radibin derin ser şkeftê wek ku jojî ji wan re gotiye dikin. Mar dibînin û dikujin û gotina jojî tê cih.

Navê jojî roj bi roj bela bûye. Her kes ji hev re dibêje. Navê wî pir bela bûye çûye heta guhê paşê. Bajarê paşê jî gelekî dûrî wan e. Wek ku ji Nisêbînê heta Stenbolê yan jî heta Mehabadê dûr e. Di wan rojan de jî tiştek tê serê paşê, ew jî dixwaze jojî alîkariyê pê bike.

Qey çil cêriyên jina paşê hene. Rojekê paşe û jina xwe û her çil cêrî bi hev re derin gerê, seyranê ji xwe re. Derin ser hawi-zekî lêbelê hawizeke ku gelekî paqij e û ava wê zelal e. Masiyek jî di nav de ye, ji xwe re dilîzê. Xelk derin dîtina wî. Jina paşê û her çil ceriyên xwe derin ber hawiz û ji xwe re li masî dinêrin. Masî jî di nav avê de ji xwe re dilîzê, teqla davêje. Di wê navê re peşkê masî tên li jina paşê dikevin. Jina paşê xwe aciz dike û dibêje;

- Biner vî masiyî ez herimandim! Peşkên wî li min ketin!

Masî jî li jina paşê dinêre û dibêje lîq lîq lîq dikene. Paşe jî gava dibînê ku masî bi jina wî dikene dimîne şaş û pê re dibe derd û mereq. Dibê ez ê bi dû vî tiştî kevim, ka bê masî çima bi jina min kenya. Qey nav û dengê jojî hatiye guhê wî; dibêjin jojiyek li filan deverê heye, hema tu bê çi tê derdixe. Paşe jî radibe zilamêd xwe kar dike û dibêje;

- Herin wî jojiyî ji min re bînin. Çi divê bidinê û wî bînin.

Du xulamên paşê xwe kar dikin û bi rê dikevin.

Li aliyê din her tişt ji jojî ve xuya ye. Jojî ji xalê xwe re dibêje;

- Binere xalo wê sibehê du xulamên paşê bên min bibin. Tu bikî nekî ew ê min bibin. Îcar biner ez ji te re bêjim, gava hatin tu jî bazara xwe bike û bêje hûn tenekak zêr nedin min ez jojiyê xwe nadim. Ew pir dewlemend in û wê sibehê li vir bin.

Dibe a din î rojê gavan dinêre va ye du mevana li derî xistin û hatin hundir. Mêvanan got;

- Roja we bi xêr.

Gavan got;

- Ehlen û sehlen, bi xêr û ser çavan. Ma we xêr e, ya mêvanên delal.

Her du mêvanan got;

- Paşê me nav û dengê jojî bihîstiye û em şandine dû wî ku em wî bibin bal paşê.

Gavan dibê;

- Ser çavan ez ê wî bidim we lê lazim e hûn jî tenekak zêr bidin min.

Ew jî dibêjin;

- Bila, em ê bidin te. Jixwe paşê gotibû çi bixwaze bidinê.

Radibin tiştê ku gavan xwestiye didinê, radihêjin jojî û derin.

Ka bê çiqasî bi rê de dimînin, axirê digihin bal paşê û derbasî mekanê wî dibin. Malî xêrhatinê di wan didin û rûdinên. Paşe dibêje;

221

- Jojî li gorî ku min bihîstiye tu di tişta derdixî. De ka di derdê min jî derxe.

Jojî dibêje;

- Ya paşê min î delal, çima tu hevqas bêsebr î, bêhna xwe fireh bike. Bila civat bela bibe ez ê dûre ji te re bêjim.

Yek di vir re yek di wir re şevbuhêrk bela bû. Îcar paşê got;

- De ka bêje, va ye şevbuhêrk jî bela bû.

Jojî got;

- Ma ne wê kuştin çêbibe, tu ew qas ecelê li min dikî.

Paşe hîn bêhtir tirsiya lê ji ya xwe daneket û got;

- Jojî min tu aniye heta vir, çi jî çebibê tê bêjî.

Jojî got;

- De ka meseleya xwe ji min re bêje.

Paşê rabû mesela xwe hemû jê re got, got hal û hewalê min ji vê ye. Masî bi jina min keniyaye û bi min re bûye derd. Sebeba ku masî bi jina min keniya tê ji min re bêjî.

Jojî got;

- Naxwê derdê te ev e. Bila bavo ez ê ji te re bejim.

Qey her çil cêrî jî di nav mala paşe de ne. Jojî dibêje;

- Van deriyan û şibakan bigirin, asê bikin. Bila pîreka te û her çil cêriyên xwe bên vir.

Paşe emir dike, jina wî û her çil cêrî tên oda paşê. Jojî dibêje;

- Bila cêrî xwe tazî bikin.

Di nav cêriyan de dibe şêlebêle, cêrî dibêjin;

- Bavo em pîrek in, em fedî dikin!

- Em ê çilo xwe li vir tazî bikin!

Jojî dibêje;

- Ez jojiyek im û jina paşê jî wek we pîrek e û paşe jî jixwe hûn di nav mala vî dene û bûye wek bavê we, ma hûn ê ji kê fedî bikin. Kesî ku hûn ji wan fedî bikin tune ye.

Cêriyan çiqas xwe bir viyalî wiyalî, gotin em xwe tazî nakin, xwe ji destê jojî xelas nekirin. Yekê got, ez ê herim destavê. Yekê got, divê ez herim îşê min heye. Yekê got, zaroka min digirî... Kirin nekirin jojî got, çênabe, îmkan tune hun ê xwe tazî bikin, ma yana ez hatime vir çi. Mecbûr man xwe tazî kirin. Paşê nerî ku her çil cêrî zilam in û yanî bi şiklê pîrekan li wir in. Jojî got;

- Paşeyê min, debinere, ew kenê masî bi wilo bû. Ew masi-yê di nav avê de, ava paqij, zelal û spî de xwe qulpandiye peşkê wî hatine li jina te ketine, jina te xwe kubar kiriye gotiye, peş-kên vî masiyî li min ketine ez herimandime. De biner, ev her çil cêrî li dor jina te digerin û kenê masî ji bo wilo bû.

Paşê gava nêrî ku her çil zilam in tu nebû bimire. Hema radibe û her çilî dikuje û pîreka xwe li ser dike dike çil û yek.

BÛK Û TÛTÛK

~

Çîrokê çîvanokê
Xetxetokê bajarokê
Gangulokê şivanokê

Hebû tune bû, hebû çûkek. Rokê strîk ket lingê çûk. Kir nekir nikaribû derxîne. Nêrî ku pîrek li wê derê, li ber tenûrê, dike nake tenûra wê pênakeve.
Çûk got;
- Pîrê çima tenûra te pênakeve?
Pirê got;
- Lawo ardûyê min şil bûye ez dikim nakim pênakeve.
Çûk got;
- Pîrê striyek di binê lingê min de ye, derxe têxe tenûra xwe wê pêkeve.
Pîrê strî derxist û pê tenûra xwe pêxist. Nanê xwe çêkir teşta nan danî ser piyê xwe, kir ku here malê. Çûk jê re got;
- Pîrê ka strîkê lingê min.
Pîrê got;
- Min strîk şewitand, ez nikarim strîk bidim te.
Çûk got;
- Yan tê strîkê binê lingê min bidî min an jî ka heft nan û kilorekê.
Pîrê got;
- Nan ne nanê min e, ez bi heqê xwe çêdikim, ma ez ê çilo

nanê xelkê bidim te.

Kir nekir xwe ji destê çûk xelas nekir. Çûk digot;

- Yan tê strîkê min bidî min an tê heft nan û kilorekê bidî min.

Ma wê strîk ji kû bîne ji nû ve. Pîre xwe pê re nehetikand, rabû heft nan û kilorek dayê û çû bi riya xwe de. Çûk rahişt heft nan û kilorekê û çû... Çû, çû pêrgî şivanan bû. Nêrî ku şivan şîr û bişkulan dixwin. Çûk got;

- Mal xeranebûno hûn çima şîr û bişkulan dixwin?

Şivanan got;

- Nanê me tune ye, ji bo wilo.

Çûk got;

- Ha ji we re heft nan û kilorek, biçînin şîrê xwe û bixwin.

Şivanan heft nan û kilorek çand şîr û tevde xwarin. Piştî ku xelas kirin û bû êvar şivana pezê xwe da hev û berê xwe dan gund. Çûk got;

- Hûn ê bi ku de herin? Ka heft nan û kilora min.

Şivana got;

- Me nan û kilora te xwarin, em ê çilo bidin te...

Çûk got;

- Yan hûn ê heft nan û kilorekê bidin min an jî heft berx û beranekî.

Şivan şaş man û gotin;

- Pez ne pezê me ye, pezê xelkê ye em ê çilo pezê xelkê bidin te!

Kirin nekirin xwe ji destê çûk xelas nekirin. Çûk ji wan re got;

- Yan hûn ê nanê min bidin min, an jî hûn ê heft berx û beranekî bidin.

Nan çûye zik nema derdikeve. Şivan ji mecbûrî heft berx û beranek danê û bi mitale çûn gundê xwe.

Çûk rahişt heft berx û beranê xwe û berê xwe da gundekî din. Nêrî ku va ye dawetek li dar e û ji bo xwarinê ker û kûçikan şerjê dikin. Çûk çû bal wan û pirsî;

- Hûn çima ker û kûçikan şerjê dikin?

Gotin;

- Pezê me tune ye, ji bo wilo em ker û kûçikan şerjê dikin.

Çûk got;

Ha ji we re heft berx û beranê min ji xwe re şerjê kin.

Rabûn bi kêf heft berx û beran şerjê kirin û li ber mêvanên xwe danîn û xwarin. Dawet xelas bû, her kes bela bû çûn malên xwe. Çûk ji xwediyê malê re got;

- Ka heft berx û beranê min.

Maliyan gotin;

- Me hemû şerjê kirin me dan mêvanê xwe, ma em ê çilo heft berx û beranê te ji nû ve bidin te...

Çûk got;

- Yan hûn ê heft berx û beranê min bidin min an jî hûn ê bûka xwe bidin min.

Malkê got, "Eman! Zeman! Em ê çilo bûka xwe bidin te?

Çûk got;

- Yan hûn ê heft berx û beranê min bidin min ya jî hûn ê bûka xwe bidin min.

Man heyirî, ji bo xwe nehetikînin rabûn bûka xwe danê. Çûk bûk bir û da ser rê. Hinekî çû nêrî ku şivanek li ber pezê xwe li bilûrê dixe. Çûk got;

- Waaa şivanooo!

Şivan got;

- Çi ye?

Çûk got;

- Tu tûtûka xwe nadî bi bûkekê?

Kêfa şivan gelekî hat, got;

- Belê, çawa ez nadim.

Çûk bûka xwe da şivan û tûtûk jê stend. Çûk rahişt tûtûka xwe û çû çû giha ber şikêrekê, li wir li tûtûka xwe xist û got;

- Tûû... tûûû... tûû... Min strîyek da bi heft nan û kilorekê, min heft nan û kilorek da bi heft berx û beranekî, min heft berx û beranek da bi bûkekê, min bûkek da bi tûtûkekê, kes tune serê min hûr bikê...

Hema şikêr bi ser de hat xwar û serê wî hûr kir...

BEQBELÛS

ᴂ

Hebû zilamek. Ev zilam dil ketibû beqekê. Beq di nav avê de dijiya. Her roj zilam diçû ser avê û digot;

- Beqbelûs,
Were lûs,
Çav ramûs.
Beq dihat, wê û zilam ji xwe re henek dikirin.
Rojekê jina zilam guhdarî lê kir, bi wan hisiya, ew dîtin.
Vê carê jinik çû ser avê, wek zilamê xwe got;
- Beqbelûs,
Were lûs,
Çav ramûs.
Beq derket ku kêf û heneka bi zilam re bike, pîrekê şûjin li çavê beqê xist û çavê wê derxist. Jinik wek ku tişt nebûye rabû çû malê.

Beq kor bû. Dûre mêrê pîrekê dîsa çû ser avê û got;
- Beqbelûs,
Were lûs,
Çav ramûs.
Beqê jî got;
- Ez ne têm û ne qetek,
Jina te wek hêbetî
Çavê min kir şewetî.

ROVÎ Û ŞÊR

ᖇ

Hebû roviyek; ew û jina xwe û zarokên xwe li cem hev bûn. Salekê çileyekî pir xedar bi ser wan de tê; berf û baran û bahoz bi hev re tên, di dinyayê de ronahî namîne. Milet ditirse, çiya û erd û newal hemû rast bûne ji berfê, qul di erdê de nemaye. Hema ecêb bi serê wan de hatiye. Rovî jî ditirse, ew û zarokên xwe jî di qulê de ne. Debara wan bi mirîşkan, bi berxikan, bi tebayên çolê, yanê bi heywanan e. Di van rojên sar û sermayê de tiştek bi destê wan nakeve û dimînin birçî.

Rovî bi aqil e. Rojekê ji jina xwe re dibêje; ka em ê ji xwe re derkevin, bila zarok di hundir de bimînin; binê bê em bi xêra camêran tiştina ji xwe re naynin. Çile xedar e, xuya ye em ê vî çileyî zor derbas bikin. Rovî û jina xwe derketin. Baran û berf bi hev re tên. Rovî û jina xwe dan dû hev meşiyan û meşiyan û meşiyan, têra xwe meşiyan; qûna wan bi aliyekî ve diçe û serê wan bi aliyekî ve diçe. Ji nêza û hingî betilînê dinya li ber çavên wan reş dibe. Rûniştin ku bêhna xwe berdin, nêrîn şêrek ji wir ve tê. Ê şêr e, bi qapan e; her bi her hema bi aliyê wan ve tê. Nêzikayî li wan kir. Rovî û jina xwe qutifîn. Ew jî li şêr dinêrin, nizanin wê çi bikin. Dema gihîşt cem wan ji wan pirsî;

- Hûn li vir çi dikin, çima hûn wisa bi ser hev de qurmiçîne?

Hema rovî ji nişka ve rabû û çû dest û lingên şêr. Got;

- Ma apê şêr, Xwedê tu ji ku ve ji me re şandî? Me jî xwe li Xwedê û li te girtiye. Zarokên me hemû di qulê de ne. Hemû wê ji nêza bimrin, ji birçînan. Ma ez çawa bikim? Ez di bextê te de me ku tu destûrê bidî min ez ê bi te re bigerim. Tu şêr î, tu mêr î, tu mêr lawê mêran î, tu hêja yî. Dema ez bi te re bigerim, belkî ji zarokên xwe re tiştina bidim hev. An na wê zarokên min hemû bimrin.

Şêr hinekî sekinî û fikirî. Ji aliyekî ve dilê wî bi rovî dişewite, ji aliyekî ve şêr e wê çawa rovî bi xwe re bigerîne, ji ber rovî fedî dike. Dawiyê dilê wî tenik dibe û dibêje;

- De wer wer! Ma ez çi bikim qey tu jî bela Xwedê yî. Tê bi min re bigerî lê divê tu bîst gavan dûrî min bî.

- Çima apê şêr?

- Çawa çima? Ez zilamekî şêr im tu rovî yî, ji ber wê yekê ez ji ber te fedî dikim. Çênabe kes te bi min re bibîne.

- Ser seran ser çavan apê şêr. Hema ku tu destûrê bidî min bes e.

Rovî û jina xwe dan dû şêr û meşiyan. Şêr jî çavê xwe digerîne ku xezalekê, pezkoviyekê, heywanekê, tiştekî bibîne bide rovî, rovî bibe ji zarokên xwe re, vî çileyî pê îdara xwe bike.

Meşiyan meşiyan, bi hev re çûn serê timikekî û li dora xwe nêrîn. Dîtin ku wa ye li jêra wan mêrgek heye, di nav de hespek diçêre. Dora wî hemû şînkayî ye, tavê li wê derê xistiye, berfa wê helandiye. Ew jî di nav wê mêrgê de ye. Şêr ji rovî re got;

- Li dora xwe binêre ka tu tiştekî dibînî?

Rovî jî ji qazî ve got;

- Ma tu çi dibînî apê şêr?

- Ma koranî bi çavê te de hatiye! Qenc binêre ma ev ne hespek e?

- Belê weleh hesp e.

- Erê hesp e.

Qûna wî û serê wî bûne yek, ji qelewbûnê. Rovî di dilê xwe de keniya û got, ev zirhespê hanê û piçikê şêr, ma wê çawa zora wî bibe. Şêr û rovî dan dû hev û çûn nêzikayî li hespê kirin. Şêr got;

- Rovî, li min binêre, ma çavên min dişibin çi?

- Apê şêr çavên te wek du pizotan in, wek agirê cehnemê ne.

- Ma eniya min wek çi ye?

- Ew jî wek pêlên deryayan e.

Şêr xwe bi qapan dike, dibêje;

- Teriya min wek çi ye?

Û hema teriya xwe li erdê dixe. Rovî dibêje;

- Teriya te wek cunehên cehnemê ye.

- De haydê li min binêre û qenc li min guhdarî bike.

Çûn. Wexta hespê ew dîtin qutifî. Her kes ji şêr ditirse. Bi carekê hesp avêt erdê û ew temam kir. Şêr hespê dide rovî. Dibêje;

- Binêre rovî, ji te re û here malê. Ev hesp heta du çileyan jî besî te û zarokên te ye û ji dû min vegere, bes careke din ez te nebînim.

- Mala te ava apê şêr, tu zilamekî pir mezin î, tu şêr layê şêran î, tu mêr lawê mêran î û ne ji te bûya min ê çawa bikira, oxira te ya xêrê be.

Şêr çû, rovî hat malê. Sê çileyan wî û zarokên xwe ew hesp xwarin, salên xwe hemû pê qedandin. Sala çaran, wê salê jî ji sala berê xerabtir bû. Berf û baran. Ne heywan û ne jî teyr û tilûr nikarin ji qula xwe derkevin. Rovî rabû bangî jina xwe kir, got;

- Ka em ê çawa bikin? Vî çileyê xedar, em hemû birçî, em neçar in, wiha di hundir de naqede. Divê em tiştekî bifikirin.

Ka sibehê em derkevin çolê. Ji heywanekê, ji karikekê, ji mirîş-
kekê bê em tiştekî nabînin ku em bînin ji zarokên xwe re.

Rabûn ew û jina xwe çûn çolê. Rovî tevgera şêr anî bîra xwe
û xwe wek şêr hesiband. Rovî ji xwe re dibêje ez ê wek şêr
bikim. Ew xwe wek şêr dihesibîne lê tu emelê wî tune ye. Rastî
gameşekê tên, bi qapanî ber pê de diçe. Gameş dinêre rovî
gelekî mekrohiyan dike. Ew jî pir aciz bûye. Hema her du qilo-
çê xwe daye binê rovî û heta jê hatiye li bin guhê tehtê xistiye.
Her perçeyekî rovî bi derekê ve çûye. Piçekî ruh tê de maye.
Jina wî devê xwe kiriye guhê rovî, ban kiriyê, gotiye;

- Rovî de biwxe! Ma te bi çavê şêran li xwe nêrî, ew şêr layê
şêran bû. Ew mêr bû, bavê wî û kalikê wî şêr û mêr bûn. Ma
lawo rovî çavê te wek du libên hersim bûn, eniya te wek qali-
bekî sabûnê bû, teriya te wek şimikekê bû, ma tu çi bûyî ku tu
bêyî ber vê gameşê, wê jî tu perçe kir û avêt. Te ez û zarokên
xwe tenê hiştin ey rovî! Tu rovî bûyî tu nedibûyî şêr, ma rovî
dibin şêr!

GUR Û HEC

❧

Hebû tune bû, rehme li dê û bavê min û we bû. Hebû gurek. Gur rojekê got, ez ê herim hecê, ez ê dev ji malê heram û diziyê berdim. Çû ji hevalê xwe re got;

- Ez ê herim hecê.

Hevalê wî pê keniyan gotin;

- Ma tu herî hecê tu nema karî derkevî nêçîrê û heywanan bikujî, tê çi bixwî? Û ku tu herî ka em ê ji te re bêjin çi, em ê navê te bikin çi?

Gur got;

- Îşê we pê tune. Ji min re bêjin Hecî Mihemed û hew.

Xatir xwest û ket ser riya hecê. Çû çû çû pêrgî mîhekê bû, nêrî ku mîh ji kerî maye. Mîheke pir xweşik e. Tenê ji xwe re diçêre. Dilê gur gelekî bijiyayê di dilê xwe de got, gelo ez vê mihê bixwim, ez nexwim. Ma dilodînî û hino hino çû bi aliyê mîhê de. Lingekî wî ma li paş û yek ma li pêş. Nalet li şeytên anî, ji xwe re got, ma ne ez ê herim hecê. Rabû gur meşiya û çû bi oxira xwe de.

Meşiyaye meşiyaye gur birçî bûye. Gelekî birçî bûye. Got, ma gelo ez cardin li mîha xwe vegerim. Di xwe fikirî got, çênabe û meşiya. Çû ser avê, ji ber ku gelekî birçî ye nikare avê jî vexwe, dilê wî nare avê. Ket ser riya xwe, piştî çend qonaxan nêrî ku qantirek di mêrgekê de diçêre û bi her çar lingan ve girêdayî ye. Ser û qûna qantirê bûye yek, hingî qelew e. Dilê gur li ser êşiya, ber pê de çû got,

- Merheba hevalê qantir.

Kantirê got,

- Ehlen hevalê gur ser çavan. Tu ji ku têyî hevalê gur?

Gur dibêje,

- Ez dikim herim hecê û ez gelekî birçî bûme. Hek ji min bê ez ê te bikujim û ez ê te bixwim.

Qantirê nêrî ku hebekî aqilê gur kêm e, dibêje;

- Ser çavan hevalê gur. Her tê min bixwî, xweşik bixwe. Nalbendekî min î gelekî qenc hebû nalê min gelekî qewîn û xweşik danî, hema wî nalê min derxî, bila hesin nere zikê te.

Kêfa gur hat got;

- Bila ka lingê xwe hilgêve ez ê nalê te derxim.

Qantirê lingê xwe hilgavt û gur çû nalê wê derxe. Qantir bi qewet bû. Heta Xwedê huner dayê pêhnek li devê gur xist, diran di devê wî de nehişt, hemû hûr kirin. Hema gur bi dev û diranên xwe girt, bû zûrezûra wî û hawar û sed hawar. Dûre ji xwe re got, wê bêbava qantirê çi kir ji min.

Yanê gur wê biçûya hecê. Hebekî bi paş de vegeriya got, bi Xwedê ez birçî me ma ez çilo bikim, a baş ez li mihê vegerim.

Rabû li mihê vegeriya. Mih dinêre ku gur her bi her xwe tîne ber pê de, got,

- Destbirakê gur ma te xêr e, wek ku îro nêta te xerab e, tu dev ji min naqerî.

Diran jî di devê gur de nemane. Gur got;

- Ya mîha delal, bi Xwedê ez gelekî birçî me, goştê te jî pir xweş e. Ku ji min bê ez ê te bixwim.

Mihê got,

234

- Bila, lê tiştekî tenê ez ê ji te bixwazim. Şivanekî me hebû hingî bilûrvan bû. Min gelekî bêriya wî kiriye. Hema tu jî sê caran berê xwe bide bayê kur û neqla bilûrê bike û were min bixwe. Ma ez çilo bikim.

Gur rabû neqla bilûrê sê caran zûriya. Hema kûçiiik û lê vehewiyane, bi dû gur ketine. Gur bazdaye, bi zorê xwe ji nav lepê wan xelas kiriye.

Dîsa bi riya xwe de meşiya. Pêrgî mihînekê bûye. Hingî meşiyaye û betiliye û birçî ye ber çavê wî tarî dibe, nema ber xwe dibîne. Dere bal mehînê jê re dibêje,

- Merheba hevala mihîn.

Mihîn dibêje,

- Merheba hevalê gur.

Gur jê re dibêje,

- Ez birçî me ez ê te bixwim.

Mihînê nêrî ku nêta gur xera bû, jê re got;

- Temam, lê pêşiyê were ser pişta min ez te hebekî bigerî-nim. Ez ê bazdim, ez li ku sekinîm min li wir bixwe, ma çênabe?

Gur dibêje;

- Ma çima çênabe.

Li ser pişta wê siwar bû û mihînê bazda. Bazda gihîşt gun-dekî. Gundî extiyar û mezin û zarok hemû derketin gotin, ma vî tiştê wilo kê dîtiye? Gurek li ser pişta mihînekê ye û di nav gund de dimeşe. Li derdora wan bûn kom û bi keviran bi wan ketin, bi zorê xwe ji nav lepên wan xelas kirin û bazdan. Her yek bi derekê de çûn. Gur çû bal şkeftekê dora xiramekî, ket wê şkeftê. Ji birçîna hal tê de nemaye, yanê mêrik wê biçûya hecê. Çima tu nabêjî yekî gundî navê wî Mihemed e; bivirekî seqaki-rî pê re ye û kirî here êzingan. Haya wî ji gur tune. Gur jî ji xwe re diştexile, dibêje;

- Lawo Hecî Mihemed, birçiyo, dizo, malheramxuro, ma kalikê te hecîîî ma bavê te hecîîîî ma apê te hecîîîî. Binê bê te çi kir serê xwe. Ma tu li ku û hec li ku. Lawo ma qey kes tunê ku bivirekî li serê te bixe û stûyê te jêke.

Deng dere Mihemed, ew jî dibêje, wey tu çi dibêjî û bivir li serê gur dixe, serê wî perçe dike.

MIRÎŞKA GAVÊN

ç

ayê gavan wek her roj garan bir û çû çolê. Dî ku va ye li ser tehtekê hêkek dipeke vî aliyî û wî aliyî ji xwe re dilîze. Rahişt wê hêkê ji xwe re pê lîst, êvarê jî bi xwe re anî malê. Xweha wî hêk dît got;

- Ev çi ye?

- Li çolê li ser tehtekê ji xwe re dilîst, min jî rahiştê ji xwe re anî, te divê bila ji te re be.

Her du zarokan têra xwe pê lîstin; bû evar, razan. Diya wan sibehê rabû, dora xwe da hev, karê xwe kir û derket nav gund. Êvarê tê malê ku va ye hêka wan bûye mirîşk. Dinêrin va ye mirîşk zane biştexile. Kêfa xwe ji hev re tînin û mirîşk dibe yek ji kufletê malê.

Li gund melê suxte datanîn. Mirîşka mala gavên got;

- Wa yadê, min divê tu min jî bibî ber melê deynî, ez ê bix-wînim.

- Lawo tu mirîşk î, tê çilo bixwînî, wê xelk nebêjin çi?

Kir û nekir mirîşk ji ya xwe daneket. Rabûn ew birin cem melê û gotin;

- Mele!

- Çi ye!

- Tê mirîşka me jî bielimînî Quranê.

- Ez ê çilo mirîşkê bielimînim Quranê, we aqilê xwe berda-ye?

Mirîşkê dest bi şitexaliyê kir û li dora melê çû û hat. Mele ma şaş. Kir û nekir dev ji melê neqeriya. Dawiyê mele qanix kir.

Mirîşkê li cem melê dest bi xwendinê kir. Her roj wek hemû kesî çû û hat dersa xwe. Rojekê melê got; "Hûn ê hemû herin nav baxçeyê paşê, kî berê baqek beqdûnis ji min re bîne ez ê dersa wan zêde bidim wan". Heta zarokan xwe kar kir û şeka-lên xwe li xwe kirin mirîşkê go pirrr û çû li ser birka mala paşê danî. Layê paşê jî di şibakê de ye li baxçe dinêre. Dinêre ku va ye mirîşkek hat ser birka wan. Mirîşk dibê heta hevalên min bên ez ê ji xwe re hebekî têkevim avê. Radibe eyarê xwe ji xwe dike, dibe keçikek spehî ku tu fedî dikî lê binerî. Layê paşê dil ketiyê, aqil li ser berda, çavê wî ma li ser keçikê. Wê jî di birkê de sobanî kir xwe qenc şûşt, eyarê xwe dîsa li xwe kir, çû beq-dûnis çînî û vegeriya da melê, hîn hevalên wê bi rê de ne. Mele ma ecêbmayî. Tu nabêjî layê paşê dide dû mirîşkê, dibîne ku mirîşk ket mala melê. Heta suxte li malên xwe bela dibin, dere ji melê dipirse dibêje;

- Ew çi mirîşk e tê mala te?

Mele ji layê paşê tirsiya, got;

- Mirîşka mala gavên e. Suxta min e. Tê Quranê dixwîne.

- Ma zane biştexile?

- Erê, wek min û te zane biştexile. Dersa xwe jî xweşik dis-tîne.

- De baş e.

Layê paşê tê malê, ban diya xwe dike dibêje;

- Yadê yadê ka were.

- Çi ye?

- Ji bavê min re bêje, bila here mala gavên ji min re mirîşka wan bixwaze.

- Tê çi bikî ji mirîşka gavên? Hewşa te tije mirîşk in.

Lawik got, ileh bileh hûn ê herin wê mirîşkê ji min re bixwazin. Lawik yekî tenê ye, naxwazin dilê wî bihêlin ma wê çilo bikin, wê herin ji mala gavên mirîşkê bixwazin.

Mirîşk jî ji maliyên xwe re dibêje;

- Binerin, wê mala paşê bên min ji we bixwazin, hûn qelenê min gelekî bixwazin ha.

- Bila.

Mala paşê xwe kar kirin û çûn xwestina mirîşkê. Piştî bîstikekê rûniştin gotin, em hatine mirîşka we ji layê xwe re bixwazin. Mala gavên got;

- Hûn ê çi bikin ji mirîşkê?

- Layê me wilo dixwaze ma em çi bikin.

Qelenê wê bi piranî didin û mirîşkê ji layê xwe re tînin. Mirîşk birin odeya lawik. Lawik ma li ber, pê re diştexile, dibêje;

- Ez zanim tû keçikek gelekî xweşik î, min tu dîtî, min dît te eyarê xwe ji xwe kir, roja tu ketî birkê ez dil ketim te, ka eyarê xwe ji xwe bike.

Dike û nake mirîşk tiştekî li xwe heq nake; dibe qidqida wê û hew.

Jina paşê her sibeh radibe ku va ye der dor tije zelq bûye. Dibe pitpita wê, malê paqij dike û di ber re dibêje;

- Xelk derin qîzê axa tînin, qîzê mîran tînin, layê min xwelî li serê min kiriye çûye mirîşka ku her roj zelqa dike aniye.

Rojekê daweta cîranê wan çêdibe, xesû karê xwe dike ku here dawetê. Çekên xwe ji xwe dike, wê serê xwe bişo, mirîşkê hat bi ser çekên wê de zelq kir. Xesûyê rahişt heskê, avêtê û got;

- Kiş bêxwediyê, mirîşkê me hindik bûn me çû ya gavên jî li xwe zêde kir.

Mirîşk ji ber firiya çû. Xesûyê serê xwe şûşt, çekên xwe li xwe kir û çû dawetê. Mirîşkê jî di qorzîkekê re eyarê xwe ji xwe kir û çû dawetê, li tenişta xesûya xwe rûnişt. Xesûyê lê nêrî û kezeba wê şewitî; got;

- Pepû pepû lawo tu ji ku yî, weyla ez bi qurban bûmê, ma kesên wilo xweşik hene li dinyayê, gerek layê min yeke wek te ji xwe re anîbûya çû mirîşka mala gavên anî, ev tu ji ku yî lawo?

- Ez ji welatê heska me metkê.

- Qey welatê heska heye lawo?

- Erê heye.

Berî dawet biferike, mirîşk bi xar hat malê, eyarê xwe kişand xwe, bi dû de xesû hat malê. Wexta layê wê hat cem bû pitpita wê bi ser layê wê de;

- Xwelîsero, kezepşewitiyo, min îro yek li dawetê dît, di dinyayê de keseke wilo xweşik tune ye, encex ew layiqî te bû, ma mirîşka gavên.

Lawik serê xwe xist ber xwe û deng nekir. Di dilê xwe de jî dibêje heye neye ew e.

Dibe roja din dîsa xesû xwe kar dike ku here dawetê, mirîşk tê dîsa bi ser çekên wê de zelqan dike. Xesû xwe hîn bêhtir diqehirîne, radihêje şûnik davêjê û dibêje;

- Kişşi te serê min xwarê, xelk daweta çêdikin ji keçkan re, em li te hesilîn.

Piştî xesûya wê dere dawetê ew jî eyarê xwe ji xwe dike, xwe dike şiklekî din, dere dawetê û li tenişta xesûya xwe rûdinê. Xesûya wê dinêre fêm nake ku ya doh e, dibêje;

- Lawo doh yek li cem min rûniştibû, gelekî sipehî bû, lê tu ji wê jî xweşiktir î, ev tu ji ku yî? Xwelîserê layê min yeke wek te nanî ji xwe re, çû mirîşka gavên anî.

- Ez ji welatê şûnika me.

- Pepû lawo ma welatê şûnika heye?

- Erê.

Heta teqnikî ji xwe re diştexilin. Di vê navê re layê paşê nav mirîşkan saxtî dike, dinêre mirîşka wî ne xuya ye. Dere hundir digere dîsa nabîne. Dinêre va ye eyarê mirîşka wî di qorzîkê de ye. Hema radihêje eyar û davêje êgir dişewitîne. Keçik çilo tê li eyar digere, hema layê paşê xwe davêje newqa wê û nema ber-dide. Bi dengekî bilind banî diya xwe dike;

- Yadê! Yadê! Ka were.

Dê dibêje;

- Yadê û jehr, Xwedê rûyê te reş bike, çi tu ban min dikî ez nayêm, mirîşka te bi ser min de zelqan dike.

- Yadê! Tu were! Zû were!

Diya wî rabû çû hundir, ku çi bibîne! Dît ku va ye ew keçi-ka xweşik di nav lepên layê wê de ye, cemidî wek ku tu cerek av bi ser daki, ma di ciyê xwe de, devê wê ket hev. Layê wê got;

- Yadê mirîşka min ev bû, ev e bûka te û ji serî ve çîroka xwe ji diya xwe re got. Ji nû ve dawetek li dar xistin ku heft rûnên û behs bikin.

KÊZÊ

~

ot, hebû kêzikek. Demekê kêzê nexweş ket, çû heft werîs li pişta xwe şidand. Hebekî venihirî, rabû dora xwe rêş kir. Seriyek çortan dît, xist kevçîdankê. Dîk hat ew çortan xwar. Kêzê çû li dîk xist. Wexta li dîk xist ba ji ber dîk çû. Dîk got;

- Çi heqê te li min hebû, çima te wilo li min kir? Ez de'wa heqê xwe li te dikim.

Kêzê got;

- Ez de'wa heqê xwe li te dikim, çima te çortanê min xwar.

Her duyan li ber hev dan taliyê gotin, heydê em herin şerîetê. Dan dû hev û çûn cem melê. Kêzê got;

- Mele ez nexweş ketim.

Melê got;

- Emrê Xwedê bû.

Kêzê got;

- Ez hebekî bi ser xwe ve hatim, ez baş bûm.

Melê got;

- Xwedê li te hat rehmê.

Got, min dora xwe rêş kir.

Melê got;

- Ew paqijî bû, paqijî ji îmanê ye.

242

Got, min serîk çortan dît.
Melê got;
- Ew xwarina te bû.
Kêzê got;
- Min xist kevçîdankê.
Melê got;
- Ew der cihê wê bû.
Kêzê gote;
- Dîk hat xwar.
Melê got;
- Ew jî nesîbê wî bû.
Kêzê got;
- Min tepik lê xist.
Melê got;
- Ew jî heqê wî bû.
Kêzê got;
- Ba ji ber çû.
Melê got;
- Ew ji kêmtaqetî bû.

GAYÊ COT

~

Salî duwazde mehan ga dibirin cot, kar pê dikirin, gele-kî dibetilî. Rojekê dîsa ga ji cot vegeriyaye, pir westi-yaye; li axo mexel hatiye û diponije, difikire, bê ka wê çawa ji vî halî xelas bibe, maye heyirî. Ji kerê dipirse dibêje;

- Weleh ez gelekî dibetilim, ez nizanim bê ez çi bikim ji bo ez ji vî cotî xelas bibim, ka tu çi dibêjî, tu şîretekê li min nakî?

Kerê lê vegerand got;

- Ku tu guh bidî min, ez ê rêyekê pêş te bikim, tê ji vî halî xelas bibî.

Gayê cot got;

- Ez ê şîreta te têxim serê xwe, tenê tu min ji vî halî xelas bike; ka bibêje ez çi bikim?

Kerê got;

- Îşev êmê xwe nexw, sibê êmê xwe nexw, wê xwediyê te bêjin gayê cot nexweş e em wî naşînin cot.

Gayê cot şîreta kerê xist serê xwe û êvarê êm nexwar, sibehê êm nexwar. Xwediyê malê hatin ku wî bibin cot, nêrîn ga ji dest çûye, êm nexwariye, dibêjin;

- Dev ji ga berdin ne rihet e, ka em ê kerê bibin cot.

Kurtanê kerê lê dikin, lê siwar dibin û dirin cot. Ji sibehê heta êvarê bi kerê cot kirin, êvarê cotkar li kerê siwar bû û berê xwe da malê. Gihîştin malê, ker xistin axo, ker ji hal û balê xwe de ketibû. Li axo mexel hat û fikirî, di dilê xwe de got, min çi anî serê xwe, min xwe xist şûna gayê cot. Ka ez çi fenê bikim ku dîsa ga here cot, an na xelasiya min ji vî halî tune ye. Ji gayê cot re dibêje;

- Ma ne min îro tiştek his kiriye.

Ga dibêje;

- Xêr be, te çi his kiriye?

Kerê bê betilî dibêje;

- Wele îro wextê ku ez di ber dîwar re ji cot dihatim, xwedi-yê malê ji xwe re dipeyivîn, behsa te dikirin. Digotin, gayê axê nexweş e, îro du roj in êmê xwe naxwe, êdî wê axe sibehê wî şerjê bike.

Gayê cot dibêje;

- Na lo, tu bi rastî dibêjî?

Ker dibêje;

- Erê ez rast dibêjim, wê sibê te şerjê bikin.

Bû êvar gayê cot ket ser êmê xwe, xelas kir, bû sibeh dîsa ket ser êmê xwe hemû xelas kir. Serê sibehê hatin ku kerê kurtan bikin, nêrîn gayê cot baş bûye, li ser xwe ye; dev ji kerê berdi-din û ga dîsa dibin cot. Ker jî ji cot xelas dibe. Bi vî hawayî her kes li îşê xwe vedigere.

Hebû kêzikek. Got ez ê ji xwe re mêrekî bikim. Çû çû... pêrgî gavanekî bû. Bang kir gavan got;

- Oooo gavano tê min bikî?

Gavan got;

- Erê

Kêzê got;

- Ma tê bi çi li min bixî?

Gavan got;

- Ez ê bi darê gavantiyê li te xim.

Kêzê got;

- Tu ji min re nabî.

Çû çû çû... pêrgî şivanekî bû. Ji şivan re got;

- Oooo şivano tê min bikî?

Şivan got;

- Erê.

Kêzê got;

- Ma tê bi çi li min bixî?

Şivan got;

- Bi şiva xwe ya şivantiyê.

Kêzê got;

- Tu ji min re nabî.

Dîsa meşiya bi riya xwe de. Çû çû çû... pêrgî mişkekî bû. Got;

- Vaaa mişko, tê min bikî?

Mişko got;

- Erê.

Kêzê got;

- Ma tê bi çi li min bixî?

Mişko got;

- Bi terîka xwe.

Kêzê got,

- Ha ev li gora min e.

Kêzê mişko kir. Rabûn çûn ser avê ku cilên xwe bişon. Çûn ser ava Bûnisra kêzê got, têra me nake; çûn ser ava Dîcleyê got têra me nake; çûn ser simê gayekî got ah ev têra me dike. Kêzê dest bi şûştina cilan kir, mişko jî çû ser mewlûda gund.

Gelek tê re neçû kêzê ket avê. Siwarek di wir re bihurî, kêzê bang dikê. Dibêje;

- Siwaro hênder mênder,

serê gulka pazde wersel,

tê herî mala Hemê Hînder,

bêjî mişko mişkaviro, hebandiro,

bê kêzê kêzxatûnê di nav avê de viro viro.

Siwar jî dere ser mewlûdê dibêje;

- Ka mişko mişkaviro kî ji we ye? Bi rê de wexta ez dihatim dengek dihat digot,

bêjin mişko mişkaviro, hebandiro,

bê kêzê kêzxatûnê di nav avê de viro viro.

Hema dîtin ku mişkek ji nav goşt û girarê, ji bin merkebê bazda û çû. Çû kêzê ji avê derxist, li kolîna xwe kir, îcar kêzê bi ser de mîz kir.

Mişko got;

- Kêzê ev çi ye?

Kêzê got;

- Hebek mîzlere ye xem tune ye.

Hebekî wir de çûn, vê carê kêzê bi ser de ... kir.

Mişko got;

- Îcar çi ye?

Kêzê got;

- Hebek gûlere ye xem tune ye.

Mişko kêzê li êrdê xist. Got, hingî kêzê keniya keniya rovî-tirtirka wê qetiya.

PÎRÊ Û DÎK

ebû pîreke feqîr. Rojekê pîrê danê xwe kuta û çû dan dêra. Qey libek jê pekiya, dîk hat nikulek li dan xist danê wê xwar. Pîrê şivek avêtê çavê wî derxist. Dîk ji ber pîrê reviya û ji gund bi dûr ket. Zêde li ber xwe ketibû, digot çawa ji bo libek dan pîrê çavê min derxist. Ma ne ez vê yekê ji pîrê re nahêlim. Meşiya meşiya rastî gundorekî hat. Gundor banî dîk kir got;

- Waaaa dîko!

Dîk got;

- Quzilqurta bavê dîko, nebêje dîko bêje Dîkilaxa!

- Waaaa Dîkilaxa ma tê herî ku?

- Ez ê herim cem mîrê mîran.

  Koma giran bînim ser pîra dudiran.

  Çavê min derxist ji bo libek dan.

- Ma tu min jî bi xwe re nabî?

- Belê.

Dîk û gundor dan dû hev û çûn çûn rastî marekî hatin. Mar banî dîk kir got;

- Waaaa dîko!

- Quzilqurta bavê dîko, nebêje dîko bêje Dîkilaxa!

- Waaaa Dîkilaxa ma tê herî ku?

- Ez ê herim cem mîrê mîran.

Koma giran bînim ser pîra dudiran.

Çavê min derxist ji bo libek dan.

- Ma tu min jî bi xwe re nabî?
- Belê.

Dîk, gundor û mar bûn heval. Dan dû hev û meşiyan, çûn çûn çûn rastî dûpişkekê hatin. Dûpişkê ban kir got;

- Waaaa dîko!
- Quzilqurta bavê dîko, nebêje dîko bêje Dîkilaxa!
- Waaaa Dîkilaxa ma tê herî ku?
- Ez ê herim cem mîrê mîran.

Koma giran bînim ser pîra dudiran.

Çavê min derxist ji bo libek dan.

- Ma tu min jî bi xwe re nabî?
- Belê.

Her çar bûn heval. Dan dû hev û meşiyan, çûn çûn çûn rastî tepikek rêx hatin. Tepika rêxê ban kir got;

- Waaaa dîko!
- Quzilqurta bavê dîko, nebêje dîko bêje Dîkilaxa!
- Waaaa Dîkilaxa ma tê herî ku?
- Ez ê herim cem mîrê mîran.

Koma giran bînim ser pîra dudiran.

Çavê min derxist ji bo libek dan.

- Ma tu min jî bi xwe re nabî?
- Belê.

Her pênc bûn heval û destbirak. Dan dû hev û meşiyan. Gelekî betilîbûn, xwe dan ber siya darekê. Dîko fikirî, got ne hewce ye ez herim tu deran esker bînim, va ye em têra xwe hene. Hema em ê herin bigirin ser pîrê em ê heq jê derkevin û ez ê heyfa xwe jê hilînim. Rabû ev ji hevalê xwe re got. Dan dû hev û berê xwe dan gund. Ber êvarê gihîştin gund. Xwe li dora mala pîrê veşartin heta bû êvar. Êvarê girtin ser pîrê. Dûpişkê xwe xist şekala wê, mar xwe li stûnê pêça, gundor çû ser serê xanî, tepika rêxê xwe kir tifikê. Dîk berê sibehê got qîîqîîqîîî bang da; pîrê şiyar bû ku şeveq e, hîn reş li erdê ye. Radibe ji xwe re nîskekê çêke. Diçe ber tifikê ji bo agirekî bike, tifikê vedide, destê wê dikeve rêxê, dibêje; wî, ev çi rêx bû! Destê xwe bi stûnê paqij dike mar pê vedide. Tê şekala xwe dike lingê xwe ku bireve, dûpişk pê vedide. Derdikeve ku here hewşê li gundi-yan bike hawar, gundor xwe bi ser de berdide. Pîrê di cî de dimîne.

QIRŞIKEK, KÊZIKEK, TERTIKEK

∾

Hebû qirşikek kêzikek û tertikek,
Ba hat qirşik firiya,
Baran hat tertik hiliya,
Hingî kêzê keniya rovîtirtirka wê qetiya.

PÎRÊ Û ROVÎ

∾

Hebû tune bû. Hebû pîrek li gundekî, bizinek pîrê jî hebû. Her roj ji xwe re bizina xwe didot û xwe pê xwedî dikir. Rojekê pîrê dîsa bizina xwe dot û şîrê xwe danî ber derî. Heta bi karekî çû hundir û hat nêrî ku va ye rovî şîrê wê rijandiye. Wê jî hema rahişt bivir avêtê û teriya rovî jêkir. Rovî birîndar reviya, çû nav hevalên xwe. Hevalên wî lê nêrîn ku teriya wî tune ye; hemûyan henekên xwe pê kirin, pê keniyan û gotin;

- Quto quto!...

Rovî vegeriya ba pîrê got;

- Pîrê pîrê ka terîka min! Hevalên min henekên xwe bi min dikin, dibêjin quto quto…

- Here şîrê min bîne ez ê jî terîka te bidim te.

Rovî çû cem bizinê got;

- Bizinê bizinê ka şîr, ez ê şîr bidim pîrê wê pîrê jî terîka min bide min. Ji bo ku wexta ez herim nav hevalên xwe ji min re nebêjin quto quto…

Bizinê ji rovî re got;

- Here ji min re hinek çilo bîne ku ez bixwim, ez şîr bidim te.

Rovî rabû çû cem darê, got;

- Darê darê ka çilo bide min. Ez ê herim bidim bizinê, wê bizin şîr bide min. Ez ê şîr bidim pîrê wê pîrê jî terîka min bide min. Ji bo wexta ku ez herim nav hevalên xwe ji min re nebêjin quto quto…

Darê got;

- Hinek av bide min ez ê jî hinek çilo bidim te.

Rovî çû cem kaniyê got;

- Kaniyê kaniyê ka avê bide min, ez ê jî bidim darê, wê dar çilo bide min, çilo bidim bizinê, bizin şîr bide min, şîr bidim pîrê, wê pîrê jî terîka min bide min; ji bo wexta ku ez herim nav hevalên xwe ji min re nebêjin quto quto…

Kaniyê got bila keçik bên li dora min bireqisin ez ê jî avê bidim te.

Rovî çû cem keçika got;

- Keçikno keçikno werin dora kaniyê bireqisin wê kanî avê bide min, ez ê jî bidim darê, wê dar çilo bide min, çilo bidim bizinê, bizin şîr bide min, şîr bidim pîrê, wê pîrê jî terîka min bide min; ji bo wexta ku ez herim nav hevalên xwe, ji min re nebêjin quto quto…

Keçika gotin;

- Here cem solbend, ji me re şimikan bîne. Em ê jî bên li dora kaniyê bireqisin.

Rovî çû cem solbend got;

- Solbendo solbendo ka şimikan bide min, ez ê jî herim bidim keçikan, wê keçik bên li dora kaniyê bireqisin, wê kanî avê bide min, ez ê jî avê bidim darê, dar wê çilo bide min, çilo bidim bizinê, wê bizin şîr bide min, ez şîr bidim pîrê wê pîrê jî terîka min bide min; ji bo wexta ku ez herim nav hevalên xwe, ji min re nebêjin quto quto…

Solbend şimik dan rovî, rovî hat da keçikan, keçikan şimik li xwe kirin hatin ser kaniyê, li ser kaniyê reqisîn, kaniyê av da-

254

yê, av bir ji darê re darê çilo dayê, çilo bir ji bizinê re bizinê şîr dayê, şîr bir ji pîrê re, pîrê terîka wî ya bi şînokan û bi kespikan xemilandî dayê. Rovî terîka xwe bi xwe vekir û çû nav hevalên xwe. Hevalên wî nêrîn ku teriya wî xemilandî ye û gelekî xwe-şik bûye. Li dorê çûn û hatin gotin; "Ev te çi kir teriya te wilo xweşik bû? Ka ji me re bibêje em jî dixwazin teriya xwe wisa xweşik bikin." Rovî got;

- Min teriya xwe kir çem û heta sibehê tê de hişt wisa bû.

Şeveke sar e, qeşa ketiye. Roviyan hema xwe dan hev, çûn teriyên xwe xistin çem û heta sibehê man. Teriyên wan qeşa girtin, nikaribûn xwe bilebitînin. Roviyê terîxweşik çû seriyek li nav gund xist, xwe pêş kûçika kir û ber bi çem ve reviya. Kûçik hemû bi dû ketin. Wî bazda, xwe xelas kir û roviyên teri-yên wan di qeşayê de nikaribûn birevin, man di nav lepê kûçi-kan de. Yên xwe circirandin teriyên wan jê bûn, ên ku man tiş-tên nemayî bi serê wan de hatin.